La princesa de hielo y fuego

W0310160

La princesa de hielo y fuego

SVEND MORTHENS

DESTINO

DESTINO INFANTIL Y JUVENIL, 2015
infoinfantilyjuvenil@planeta.es
www.planetadelibrosinfantilyjuvenil.com
www.planetadelibros.com
Editado por Editorial Planeta, S. A.

© del texto, Svend Morthens, 2015

© Editorial Planeta S. A., 2015
Avda. Diagonal, 662-664, 08034 Barcelona
Primera edición: septiembre de 2015
ISBN: 978-84-08-14523-3
Depósito legal: B. 18.076-2015
Impreso por Huertas Industrias Gráficas, S. A.
Impreso en España – Printed in Spain

El papel utilizado para la impresión de este libro es cien por cien libre de cloro y está calificado como **papel ecológico.**

No se permite la reproducción total o parcial de este libro, ni su incorporación a un sistema informático, ni su transmisión en cualquier forma o por cualquier medio, sea este electrónico, mecánico, por fotocopia, por grabación u otros métodos, sin el permiso previo y por escrito del editor. La infracción de los derechos mencionados puede ser constitutiva de delito contra la propiedad intelectual (Art. 270 y siguientes del Código Penal).
Diríjase a CEDRO (Centro Español de Derechos Reprográficos) si necesita fotocopiar o escanear algún fragmento de esta obra. Puede contactar con CEDRO a través de la web www.conlicencia.com o por teléfono en el 91 702 19 70 / 93 272 04 47.

Capítulo 1
Las llamas del dragón

He oído que hay secretos que tienen el poder de hacer enfermar a quien los guarda y que escribirlos es una forma de liberarse de ellos. Si consigo encontrar las palabras adecuadas, quizá esta vez me curaré... De nuevo transito por mis recuerdos y ahí estoy, como aquel día, en las entrañas de aquella mole de veinte plantas, el Evanescence Zurich Hotel...

Había acompañado a mi padre en su viaje a Suiza con motivo de la conferencia. Podría haberme quedado en casa de una amiga... en el caso de que la hubiera tenido. También podría haber estado con mi madre. Pero la perspectiva de pasarme horas interminables, como un mueble, en las oficinas de la publicación online en la que trabaja, no me apetecía ni gota. Últimamente, ella ejercía más de periodista que de madre. Los tres vivíamos bajo el mismo techo pero no estábamos demasiado tiempo juntos, la verdad. Acompañar a mis padres en sus viajes de trabajo era una forma de seguir sintiéndonos una familia.

Era, y sigo siendo, hija única. Pero por aquel entonces tenía la sensación de que la ONG Drumleaks era una especie de hermano pequeño. A ese «crío» le dedicaba mi padre, y eventualmente mi madre, la mayor parte de sus esfuerzos, preocupaciones y atenciones. Mi padre creía con firmeza que hay ideas que están por encima de las personas. Y esa creencia tenía consecuencias palpables. En los presupuestos familiares la manutención de Drumleaks ocupaba un lugar destacado. A menudo, la economía doméstica pasaba estrecheces para poder alimentar a ese pequeñajo, que necesitaba cada vez más y más recursos.

Muchos de los amigos de mi padre se habían forrado, sobre todo los que conoció en su juventud. Corrían los años ochenta y los hackers eran unos soñadores dispuestos a aportar sus habilidades técnicas para superar los límites conocidos. Entre todos montaron una comuna llamada Internet. En vez de fumarse un porro, los hackers flipaban creando software de código abierto. Desgraciadamente, algunos pusieron precio a sus conocimientos. Y recibieron cantidades suculentas por ellos. Muchos sucumbieron a la tentación, pero mi padre no.

Él es la persona más idealista que he conocido. Cuando era pequeña y me preguntaban a qué se dedicaba, respondía:

—Mi padre es un luchador. —Esa palabra tenía para mí resonancias mágicas, como si se tratara de un caballero andante.

La palabra «lucha» era la que más solía repetir mi padre: lucha por la libertad de expresión, lucha por los derechos humanos, lucha contra el control de Internet...Y esa palabra talismán aparecía también en el panfleto que me dieron aquel día al entrar en la sala de conferencias: «Magnus Sturluson, un luchador incansable por la libertad de expresión y la independencia de Internet y contra todos aquellos, gobiernos o corporaciones empresariales, que quieren restringirla». En mi humilde opinión, a Magnus le gusta demasiado poner la otra mejilla. Mi padre tiene madera de mártir. No quiero parecerme a él en eso. ¡Quien se meta conmigo va a recibir su merecido, aunque me deje todos los dientes en ello!

Mis cabellos de color azul daban el cante en esa sala donde abundaban las calvicies y los cabellos grises. Habían acudido un montón de antiguos hippies que se sentían rejuvenecer al participar en un acto como aquel, en el que se iba a poner a parir a los poderosos. Mi ropa tampoco me ayudaba a pasar desapercibida. No me gusta vestir como las personas normales y corrientes, sino como los personajes que más admiro: mis héroes de los videojuegos, las películas o los cómics. Por eso no voy nunca a comprar ropa a una tienda de esas a las que acude la mayoría. La consigo en Internet, a través de portales como Cosplay Shopper. Ese día llevaba un abrigo gris con capucha que recordaba vagamente a un hábito monacal, pantalones de camuflaje de bolsillos amplios, un jersey de cuello alto rojo granate con una franja inferior gris, botas tipo militar, guantes negros, gafas de cristal azulado... En definitiva, iba vestida igual que ella.

Me acomodé en mi butaca y crucé una pierna sobre la otra para facilitar un soporte a mi portátil Acer Aspire S7. Abrí la sesión del videojuego Fahrenheit. Era el primero de la lista de mi *top ten* de juegos favoritos, a pesar de que fue lanzado hace años. Me había hartado de enviar mensajes a quienes lo desarrollaron y a la empresa que lo publicó pidiendo una nueva aventura. Pero, por lo visto, eso no entraba en sus planes. Debía de ser porque su protagonista, Carla Valenti, no era una tetuda descerebrada como ocurría en buena parte de los videojuegos. Ya sé que mayoritariamente son tíos los que juegan. Pero las chicas no dejarán de ser nunca una triste minoría si no abundan más juegos como este, palabra. Carla es atractiva pero también tiene personalidad. Es una teniente de policía de Nueva York a la que motivan los casos irresolubles. Rigurosa y analítica, es capaz de investigar a fondo hasta descubrir una pista imperceptible. Me encanta ser ella.

Entonces todavía no lo sabía, pero en el futuro íbamos a tener más cosas en común.

De pronto, sentí esa mirada, la típica mirada de reproche de uno de esos puretas que nunca han echado ninguna partida en un videojuego. ¡Y se vanaglorian de ello, los muy estúpidos! La gente así considera que jugar es una pérdida de tiempo. ¡Al contrario, no hay tiempo mejor empleado! Jugar me ha enseñado a tener más coraje, más ambición y a comprometerme hasta el final en todo aquello que me propongo. Ojalá la vida se pareciera a los videojuegos. Pero lo cierto es que existen diferencias. La principal es que en los videojuegos conoces las reglas y, en cambio, en el mundo real no están nada claras.

Las luces se amortiguaron. Cerré la sesión de Fahrenheit. Debía estar lista para cuando llegase el momento de actuar. Sobre el escenario apareció un tipo que vestía una sudadera roja con la capucha ocultándole el rostro. Su aspecto y su forma enérgica de moverse me recordó a un duende enloquecido. El público adivinó enseguida de quién se trataba y prorrumpió en aplausos. A modo de respuesta, el individuo mostró el lema que lucía la sudadera: *Be part of the change you would like to see in the world* («Forma parte del cambio que quieres ver en el mundo»). Acto seguido descubrió su rostro. Se trataba de Kristinn Munk. La sala entera se puso en pie y empezó a vitorearlo mientras aplaudía rabiosamente.

Drumleaks es una página web que permite revelar secretos. Esa clase de cosas que los gobiernos y las grandes empresas prefieren que no se sepan. Sus trapos sucios, vaya. Si Kristinn se hubiera ajustado a las normas nadie conocería su nombre, porque Drumleaks garantizaba el anonimato al cien por cien. Pero debía de gustarle la fama, porque le faltó tiempo para contactar con un periodista de la revista *Rolling Stone* y contarle que él había sido el autor de una de las filtraciones que más habían cabreado al gobierno de Estados Unidos. Se puso premeditadamente en el ojo del huracán. Y las consecuencias no tardaron en llegar. El gobierno estadounidense actuó de la forma habitual: una orden internacional de búsqueda y captura contra Munk. Diversos agentes federales habían sido identificados entre el público y no era muy aventurado deducir qué es lo que se llevaban entre manos.

—Hola, quiero saludar especialmente a mis amigos y fans de la policía nacional e internacional —exclamó, irónico, Kristinn—. Estoy aquí porque creo en un mundo mejor. Pero la prueba de que todavía falta mucho para que ese mundo ideal sea realidad es que hoy ustedes también nos acompañan. Voy a ser muy claro respecto a esto: no he hecho nada para merecer un arresto. Lo único que quiero es poder conocer la verdad y expresarla en voz alta. Eso es todo.

Los aplausos y los gritos de ánimo volvieron a sonar atronadores en la sala. En ese momento, Magnus salió también al escenario. Mientras mi padre abrazaba a Kristinn, coreaba algunos de los eslóganes que surgían de forma improvisada entre los asistentes. Era la forma de expresar claramente que la organización Drumleaks había convertido a Munk en una de sus causas e iba a darle todo su apoyo hasta el final.

Teniéndolos a los dos en el escenario, me percaté de cuán diferentes eran. A mi padre los aplausos parecían contrariarlo. No le gustaba la notoriedad. Si la asumía, era con la condición de que fuera de forma momentánea, esperando ceder el testimonio lo más rápido posible. En cambio, estaba claro que a Kristinn le agradaba sentirse bajo la luz de los focos acaparando la atención de aquellos a quienes podía llegar a considerar sus fans.

De repente, decenas de asistentes empezaron a vestirse con sudaderas rojas idénticas a la que lucía Munk. Uno tras otro, se encaminaron hacia el escenario con la capucha puesta. Por su parte, Kristinn también ocultó su rostro de nuevo. En un abrir y cerrar de ojos, una marea roja lo había convertido en invisible. La estratagema había descolocado a los agentes que se encontraban de incógnito en la sala. Algunos de ellos decidieron precipitar la detención, así que se levantaron de los asientos en los que intentaban pasar desapercibidos y se encaminaron hacia el escenario.

En ese momento, el Grupo de Autodefensa de Drumleaks se preparó para lanzar su ataque. Estaba creado y formado únicamente por dos personas: mi yo en el mundo real y mi yo en el ciberespacio. En el mundo real soy Aya Sturluson, una adolescente a la que todavía le faltan unos años para alcanzar de forma legal la mayoría de edad. En el ciberespacio, mi *nick* es Firefly y se me considera tan adulta como cualquiera. Incluso me tuteo con hackers que son toda una leyenda. Yo misma paso por ser una hacker de las de primera división.

Presioné diversas teclas de mi ordenador portátil y activé el programa Handsetfinder. Es un programa pirata que había conseguido en el fórum de Internet Shadowsite, donde miles de hackers de todo el mundo intercambiamos ideas y productos de nuestra propia invención. El software permitía localizar cualquier dispositivo inalámbrico en un radio de doscientos metros. Pronto aparecieron en mi pantalla una serie de dispositivos auriculares seriados. Sabía que se trataba de los microauriculares que utilizaban los agentes desperdigados en la sala para recibir órdenes y estar coordinados en todo momento. Estos dispositivos están diseñados para pasar desapercibidos debido a su pequeño tamaño y su color carne. Pero no iban a ser inmunes a lo que se les avecinaba.

Una vez sintonizada la frecuencia en la que operaban los auriculares, activé el archivo sonoro del solo de guitarra interpretado por Jerry Cantrell en la canción *Man in the box*. Había descubierto esa canción gracias a mi padre y el solo era de los buenos. La grabación estalló a más de ciento cuarenta decibelios en los tímpanos de los agentes que llevaban los auriculares conectados. Uno tras otro, al igual que fichas de dominó cayendo, se llevaron las manos al oído mientras contraían el ceño de dolor. Llegué a contar hasta doce agentes en la sala, entre los que estaban de pie y los que habían permanecido sentados. Desde luego, era una forma eficaz de llevar a cabo un censo. Antes de que consiguieran arrancarse el pinganillo de la oreja y se recuperaran del puñetazo sonoro que acababan de recibir, Kristinn habría tenido tiempo suficiente para escabullirse detrás del escenario.

Horas más tarde, Magnus y yo nos encontrábamos cenando en el restaurante panorámico situado en la planta dieciocho del Evanescence Zurich Hotel. Era un lugar muy frecuentado tanto por turistas como por los habitantes de la ciudad. Ofrecía unas vistas privilegiadas sobre el casco antiguo y las catedrales Fraumünster y Grossmünster, separadas por el río Limmat. Un mago amenizaba la cena en lo alto de un pequeño escenario con un espectáculo apacible, sin sobresaltos, muy adecuado para no alterar la digestión de los clientes.

Era la primera vez, desde que llegamos a Zurich, que no tenía que compartir a mi padre con otras trescientas personas.

—No debiste haber usado ese truco; teníamos la situación controlada —exclamó Magnus.

—Solo era música, papá. No es ningún delito. Además, nadie ha resultado herido.

—¿De dónde sacaste el programa? Esos foros... ya sabes que no me gusta que los visites.

—Tú también fuiste hacker, papá... ¿O no te acuerdas?

—En mi época no competíamos para escalar posiciones en una lista de desafíos. Eso puede llevarte a hacer muchas estupideces. Y ya sabes que no podemos cometer errores. Nos atacarían sin misericordia, si lo hiciéramos.

Me preguntaba si Magnus se preocupaba realmente por mí o más bien por las consecuencias que mis acciones podían tener para su cachorro Drumleaks. Mi padre estaba perdiendo el sentido del humor. Años atrás estábamos muy unidos. Compartíamos partidas de Farmville, Sims, Angry birds... Nos reíamos muchísimo juntos. Me encantaba escucharlo, en especial cuando explicaba anécdotas de cómo él y sus amigos le daban su merecido a cualquiera que usara Internet con malas intenciones. No tenían que dar explicaciones. Hacían lo que consideraban oportuno y basta. En esa época, los ciberactivistas eran solo un puñado. Ahora, en cambio, Drumleaks contaba con centenares de colaboradores y miles de simpatizantes en todo el mundo. Ya no podían permitirse el lujo de equivocarse. Tenían que ganar la maldita batalla de la opinión pública. Magnus medía demasiado las consecuencias de cualquiera de sus actos. Cada vez era menos espontáneo. ¿Quizá esa era la causa de que Tomoe, mi madre, pasase cada vez más tiempo fuera de casa? La versión oficial era que su trabajo de periodista la obligaba a viajar a menudo a Amsterdam y a cualquier lugar del mundo en busca de un reportaje, pero y si...

Entonces ocurrió algo que me arrancó de mis pensamientos. De pronto, las luces se apagaron. Una especie de fuegos artificiales se desencadenaron al fondo de la sala. Nadie parecía estar seguro de si se trataba de una función preparada a propósito o realmente nos hallábamos ante un siniestro. Era el primer aviso de que algo raro estaba ocurriendo...

Nunca más volverá a cogerme desprevenida. Desde ese día he estudiado, hasta memorizarlas, todas las señales de alarma que pueden precederlo: el ladrido nervioso de un perro, un olor tenue y casi imperceptible, los gases que producen un sopor mortal...

El humo empezó a inundar el comedor. Las personas allí congregadas no sabían cómo reaccionar. Todavía había quien se tomaba su tiempo para acabarse el postre. Nadie quería ser el primero en levantarse y echar a correr. El miedo al ridículo podía más, de momento, que el espíritu de supervivencia. Ahora, cuando pienso en ellos, tengo ganas de gritarles que se levanten y que huyan. Pero eso no es posible: esas personas solo son un recuerdo. Incluso yo misma lo soy, ya que jamás volveré a ser quien fui.

La mayoría de las mesas estaban ocupadas por cuatro o más personas. Lo ignoraban, pero ese hecho iba a ser decisivo para que muchos de ellos no sobrevivieran: bastaba con que una sola persona del grupo se mostrase escéptica o no se tomase en serio lo que sucedía para que el resto se mantuviera en una letargia que resultaría mortal. Los primeros segundos son determinantes para poder escapar de un siniestro. Una vez transcurridos, las posibilidades de salir con vida se reducen a la mitad.

Cuando las cosas parecieron ponerse feas, se empezó a

perder la compostura. Los centenares de personas que cenaban en el restaurante se agolparon en la salida de emergencia más cercana y más visible, provocando un atasco que iba a impedir que la evacuación fuera fluida. Era gente de distintas procedencias y culturas que no tenían nada en común, excepto que habían escogido el mismo lugar y la misma hora para cenar. Los gritos y los golpes comenzaron a formar parte de la nueva normalidad. Era increíble la distancia que separaba esa imagen de la de muy pocos minutos atrás, en donde la principal preocupación podía ser una chorrada, como saber qué tipo de cuchillo y tenedor le correspondía al pescado.

Nadie se había percatado de que detrás de una cortina había otra salida de emergencia.

Magnus intentó poner orden en aquel tumulto.

—¡Dejen salir primero a los niños y a la gente mayor!

No atendían a razones. El pánico había provocado una estampida que amenazaba con arrasar cualquier cosa que se interpusiera entre ella y la salida. Mesas y sillas esparcidas por un suelo lleno de cristales rotos eran la prueba palpable de que la multitud no bromeaba. Pasamos ante un carro de bebidas. Mi padre cogió un par de botellas de agua Perrier.

—Guárdalas, el agua nos servirá para protegernos del humo.

Las puse en mi mochila de estampado escocés réplica de la del personaje anime Amu Hinamori.

—¡Pégate a mí y no te separes por nada! —me gritó mi padre.

Me abracé fuertemente a él por detrás. Magnus se abría

paso y yo era el contrapeso que evitaba que él perdiera el equilibrio. Caer al suelo en aquella situación equivalía a ser arrollado por decenas de pies. Cuando finalmente conseguimos salir del comedor y llegamos al vestíbulo, espesas columnas de humo que ascendían por la escalera nos obligaron a detenernos. Reinaba el desconcierto absoluto. No había nadie de seguridad ni ningún sistema antiincendio activado. Incluso el personal del restaurante se había esfumado. Alguien apretó el botón de llamada del ascensor y, cuando se abrieron las puertas, una riada humana entró en él. Los golpes y los empujones volvieron a repetirse. Los que estaban dentro de la cabina intentaban impedir que subiera nadie más.

—¡Está al máximo de su capacidad! Inténtelo más tarde —le espetó alguien desde dentro a un anciano mientras acompañaba sus palabras de un puntapié.

Durante mi infancia había invertido un montón de horas en jugar al Elevator Action Returns, y me había quedado claro que lo último que se debe hacer, en caso de incendio, es montar en un ascensor.

—¡Es una locura, salgan de ahí! —les grité.

Hicieron caso omiso de mi advertencia. El ascensor cerró sus puertas e inició el descenso.

Jamás conseguiré borrar de mi mente aquellos rostros que quedaron al otro lado de las puertas automáticas. Algunos de ellos expresaban una satisfacción obscena por una salvación que creían segura. Y otros, más inquietantes todavía, daban claras muestras de fatalismo. Parecían intuir que iban directos al desastre, pero una especie de resignación mortal los mantenía allí dentro. Sabían que ese ascensor nunca llegaría a la planta baja. ¡¿Qué les impedía bajarse de él?!

Un hombre de mediana edad, de pronto, se había convertido en el cabecilla improvisado de un grupo de diez personas que se había aglutinado a su alrededor. No hay momento más oportuno que un siniestro para que surjan iluminados que creen tener la solución a todos los problemas. Las personas tienden a comportarse igual que un rebaño de ovejas asustadizas que necesitan la seguridad por encima de todo.

—Es muy simple: el humo tiende a subir. Por lo tanto, debemos bajar.

Si el foco del incendio estaba en la planta inmediatamente inferior y conseguían atravesarlo, estarían salvados. Pero si no... Bajar desde la planta dieciocho hasta la calle le requeriría un mínimo de diez minutos a una persona de constitución normal. Para las personas con sobrepeso o con problemas de movilidad el tiempo necesario podía llegar a ser el doble. Incluso en el mejor de los casos, era imposible sobrevivir aspirando tanto tiempo aquel humo. El grupo encabezado por el hombre de mediana edad decidió arriesgarse: intentarían ganar la calle bajando por la escalera. Pronto, sus siluetas se convirtieron en fantasmagóricas y desaparecieron entre la humareda.

Mi padre y yo no estábamos dispuestos a dejarnos engullir por esa boca oscura y hambrienta que se abría ante nosotros. Decidimos buscar un refugio. Magnus mojó su chaqueta con el agua de una de las botellas que yo había guardado. Me indicó que hiciera lo mismo. Nos cubrimos la nariz y la boca y empezamos a avanzar por el pasillo. La luz eléctrica fallaba de forma intermitente. Por suerte, el hotel había incluido tiras de leds fosforescentes en el suelo entre sus medidas de seguridad. Cuando la oscuridad era total, las líneas verdes del suelo marcaban el camino hacia la salida de emergencia más próxima. El humo nos irritaba los ojos y nos provocaba una tos paralizante, obligándonos a perder un tiempo precioso.

Finalmente conseguimos llegar hasta una zona de habitaciones. Todas las puertas tenían un sistema de apertura eléctrico. Magnus fue directo hacia uno de los armarios en los que se guardan los objetos de la limpieza. Lo reventó haciendo palanca con las patas metálicas de una de las mesillas del vestíbulo. En su interior había cubos, detergentes, escobas, fregonas, toallas... pero ni rastro de ninguna llave maestra que diera acceso a las habitaciones al personal de la limpieza. Magnus manipuló los pomos de varias puertas e intentó desesperadamente abrir una de ellas a empujones. Pero lo único que consiguió fue lastimarse el hombro.

—Maldita sea... Si no conseguimos... meternos ahí dentro... estaremos perdidos...

El humo se hizo más y más espeso. Los dos nos pusimos de cuclillas a ras del suelo para evitar respirar aquel aire emponzoñado. ¿Cómo podíamos abrir la puerta de esa habitación? De repente pensé en Cody. Era un habitual del fórum Shadowsite y aseguraba haber encontrado la llave maestra para abrir millones de cerraduras electrónicas de hoteles de todo el mundo. Había desarrollado un software que actuaba del mismo modo que una ganzúa que se introducía en el mecanismo interno de la cerradura y leía el código magnético.

La mochila no solo me servía para guardar mis cosas. La había tuneado y estaba dotada de una batería que también me permitía recargar el portátil, la tablet o cualquier artilugio electrónico. Abrí la mochila y despegué el velcro del compartimento en el que estaba alojada una placa Arduino con microprocesador, que era la que posibilitaba la conexión de los equipos con la batería. Con el hardware y el software Arduino se puede crear fácilmente una enorme variedad de instrumentos eléctricos y pequeños robots. Además son de código abierto, por lo tanto no tienen una motivación comercial sino que buscan el beneficio colectivo.

Luego saqué el portátil. Conecté la placa al puerto USB de mi ordenador.

—¿Qué estás haciendo?

—Conectándome a uno de... esos foros... que no quieres que visite... Puede que en vez de meternos en un lío nos saque de él...

Mi portátil tenía acceso a la banda ancha 4G y enseguida conseguí cargar el programa de Cody en la placa Arduino. Desconecté la placa del ordenador y la conecté al puerto DC que había en la parte inferior de la cerradura mediante una clavija. No transcurrieron demasiados segundos hasta que conseguí la combinación que desbloqueó la puerta de la habitación.

Entramos en ella y cerramos la puerta de golpe. En el interior no había nadie. Las camas estaban recién hechas y la habitación lista para ser ocupada. Nos apresuramos a empapar las toallas del lavabo y las utilizamos para sellar la puerta de entrada. De ese modo el humo del pasillo no penetraría en la estancia.

Ahora que la adrenalina volvía a sus cauces normales, parecía increíble que realmente hubiera ocurrido aquello. ¿Era la vida real o una pesadilla de videojuego? Me dejé caer en una de las camas.

Magnus descorrió las cortinas y abrió la puerta que daba a la terraza. Abajo se oían las sirenas de los bomberos y también las de las ambulancias.

—Sólo nos queda esperar. Nos sacarán de aquí, ya verás —intentó tranquilizarme.

Yo sabía que estábamos salvados, pero no podía evitar pensar que había conocido la auténtica naturaleza humana. ¿De modo que las personas son así y lo demás es pura apariencia?

De pronto, unos nudillos llamaron a la puerta.

—¿Magnus, estás ahí? Abre.

Nos miramos sorprendidos. ¿Quién podía ser y cómo sabía que estábamos allí?

Un extraño presentimiento cruzó fugazmente por mi mente...

No tengo valor para continuar... Debo interrumpir la escritura... Cuando empecé creía que podría, pero ahora me doy cuenta de que, por mucho que lo intente, no seré capaz de encontrar las palabras que describan lo que pasó a continuación. No me queda más remedio que dar un salto adelante en el tiempo.

El comandante del cuerpo de bomberos atendía a la prensa en plena calle una vez el incendio estuvo controlado.

—El fuego se ha originado en el aparcamiento subterráneo del hotel. Por causas que todavía no conocemos el sistema antiincendios de la planta dieciocho no ha funcionado correctamente. La mayoría de las víctimas eran clientes que estaban cenando en el restaurante que hay en ese nivel.

Mi padre y yo estábamos sentados en uno de los bancos de la plaza dura que rodeaba al Evanescence. El Servicio de Protección Civil nos había dado una manta térmica a cada uno. Nos cubrimos con ella. No sentía frío pero sí la necesidad de que algo me abrazara. Los dos estábamos en silencio. De vez en cuando contemplaba a Magnus buscando alguna reacción por su parte. Pero él seguía con la mirada perdida. De pronto, rompió su mutismo.

—Nunca, jamás, le contaremos a nadie lo que ha sucedido en esa habitación, ¿entiendes? ¡Prométemelo!

—Te lo prometo.

Jamás hablaría de ello, pero mi mente nunca dejaría de gritarlo.

Capítulo 2
La princesa encerrada en la torre de cristal

Estaba claro que los fuegos artificiales les chiflaban. Todavía no era medianoche y ya se había desatado la locura en el cielo de Reykjavik: palmeras y cascadas de luces de colores, cohetes que simulaban el brillo de las auroras boreales, corazones, caras sonrientes... Los efectos pirotécnicos estallaban uno encima de otro, sin orden ni concierto. Todo el mundo se había empeñado en demostrar una alegría desbordante. ¿Era ese el motivo o en realidad lo que pretendían era dejarme en evidencia? Parecía ser la única persona en toda la maldita ciudad que estaba sola, por fin de año y sin nada especial que celebrar.

Apenas había podido familiarizarme con mi nuevo país de adopción. Nos habíamos mudado hacía poco a Islandia y ya me preguntaba cuánto tiempo tardaríamos en volver a hacer las maletas. ¿Cuántos países iban ya... catorce, quince, dieciséis? Había perdido la cuenta: Dinamarca, Japón, Australia, Canadá, Suiza, Alemania, Kenia, Tanzania, Estados Unidos, Reino Unido, Bélgica, Noruega, Suecia... No, mis padres no eran miembros de ningún circo ambulante. Lo que ocurría es que se dedicaban a denunciar los intentos de apropiación y manipulación de Internet por parte de gobiernos y empresas. Se habían buscado los peores enemigos que uno puede tener: los que manejan el cotarro, ni más ni menos. Y ellos se la tenían jurada. Eran muy poderosos y no dudaban en mover sus hilos. A menudo, al cabo de pocos meses, los países que nos acogían acababan «invitándonos» a que nos buscásemos un nuevo hogar.

Islandia era el paraíso para cualquiera que se enfrentara al poder establecido. El país era un habitual centro de acogida de refugiados políticos procedentes de todos los rincones del planeta. Últimamente había actualizado esta tradición y se había convertido en una especie de sociedad protectora de ciberactivistas desvalidos. Estaba cantado que tarde o temprano ofrecería asilo a Drumleaks, la *starlette* del ciberactivismo. Mi padre había fundado y dirigido la organización. Fueron los años más duros y también los más combativos. Pero después del incendio en el hotel de Zurich mi padre no había vuelto a ser el mismo, y hubo quien aprovechó ese vacío. Kristinn Munk era islandés y ya era el miembro más conocido de Drumleaks. Los medios de comunicación utilizaban su fotografía para ilustrar cualquier noticia que se refiriera a la organización.

Habíamos alquilado una casa en el distrito de Breidholt —el barrio hippy de Reykjavik—, donde se asientan la mayoría de los extranjeros. Una casa unifamiliar con jardín y garaje.

Desde mi ventana podía contemplar las hogueras alrededor de las cuales las familias se reunían para celebrar el fin de año. A pesar del frío, la fiesta transcurría en la calle. Lo curioso es que en el interior de las casas se dejaba la mesa puesta para cuando llegaran los Huldufólk. Los islandeses creen en una sociedad paralela de gnomos o «seres ocultos». Según ellos, esa noche los duendes se mudan de sus casas en busca de un nuevo hogar. Creen que tenerlos como vecinos trae buena suerte. Por eso los tientan con una apetitosa comida. E incluso iluminan el camino hacia sus casas con velas para orientarlos. Puede que vivir en un país azotado por la fuerza de los volcanes, el viento y el hielo acabe afectando al cerebro.

Empezaba a preguntarme si yo entraría también en la categoría de «ser oculto».

Mis padres habían intentado arrancarme de mi habitación e insistido en que me uniera a ellos y a sus amigos en la fiesta que celebraban en nuestra nueva casa. No es que no quisiera. Simplemente, no podía.

Poco después del incendio del hotel empecé a sentirme mal. La primera vez estaba en el instituto, en plena clase. Noté un hormigueo que me subía por las piernas. Tenía el convencimiento de que cuando llegara a la altura del corazón algo terrible iba a pasarme. Las palpitaciones y el sudor frío eran síntomas que corroboraban mis negros presagios. Me estaba muriendo, no había duda. Salí corriendo de la clase mientras balbucía de forma ininteligible. El profe de literatura y mis compañeros de clase me miraron pasmados. El conserje me encontró en el pasillo. Sacó una pastilla de paracetamol del botiquín de primeros auxilios y me la dio. ¡Como si se tratara de un vulgar resfriado!

No tenía ni idea de lo que me estaba sucediendo.

Al día siguiente volví al instituto. Ocurrió de nuevo. Una vez, y otra, y otra más... Me hicieron un montón de pruebas: electroencefalogramas, electrocardiogramas, tacs... Pero ninguna detectó lo que en realidad me sucedía: el miedo se estaba convirtiendo en un compañero demasiado fiel. Lo pasaba fatal pensando en lo mal que me sentía y eso hacía que cada vez me sintiera peor.

Finalmente, un psiquiatra pronunció las palabras mágicas:

—Tienes un trastorno llamado agorafobia, que va asociado con ataques de pánico.

El reloj de mi vida se descompasó. Abandoné las clases. De hecho, me convertí en alguien bastante inútil, incapaz de ir sola a ningún sitio. Me encerré en casa. Ni siquiera bastó con eso. Cada día mi espacio vital se iba reduciendo más y más. Incluso salir de mi habitación se convirtió en una auténtica heroicidad.

Durante el viaje que me trajo hasta Islandia, iba tan grogui por el efecto de los ansiolíticos que sólo recuerdo vagamente las luces navideñas que iluminaban las calles y... ¡los cementerios! Más tarde, me enteré de que no había sido ninguna alucinación, y que es una costumbre muy extendida convertir las cruces de las tumbas en unos improvisados y destellantes arbolitos de navidad.

Veía el mundo a través de dos ventanas: la de mi habitación y la pantalla de mi ordenador. Una solo me dejaba ser espectadora. La otra me permitía actuar. Empecé a responder más por el nombre de Firefly que por el de Aya. El miedo que me provocaba salir a la calle desaparecía cuando se trataba de sumergirse en el *Deep Web* o Internet profundo. Allí me sentía libre. Podía moverme a mis anchas sin tener que preocuparme de que nadie pudiera seguir mi rastro. Bastaba con utilizar una herramienta especial como Tor Browser para que mi identidad quedara oculta ante cualquier mirada indiscreta.

Mi padre me enseñó a odiar a los fisgones de Internet. Ya no existía la vida privada. Éramos observados a todas horas por un gran ojo cuya mirada nos desnudaba sin contemplaciones. Esos cabrones que habían convertido la red en un formidable negocio de recopilación de datos personales lo tenían difícil para saber nada de mí.

Tener garantizado el anonimato abre la puerta a la posibilidad de ser realmente tú. Ser invisible te da un poder increíble. Hay quien lo utiliza para hacer cosas rematadamente buenas, como luchar contra regímenes opresivos sin miedo a las represalias. Y hay quien lo aprovecha para liberar al monstruo que lleva en su interior, como los pederastas. El submundo de Internet es un lugar poblado de ciberdelincuentes, traficantes de armas y asesinos a sueldo, pero también de activistas antisistema y personas que no quieren convertirse en una mercancía. Todos ellos tienen algo en común: vivir al margen del resto de la sociedad.

En el *Deep Web* no existe ni la hipocresía ni la ley.

Conocí a Packe en una de mis ciberexcursiones. Enseguida congeniamos. No era uno de esos que se las daban de hacker ni presumía de haberse infiltrado en tal o cual sistema informático. Hay un malentendido con eso. El *hacking* es la mejor forma de aprender. Mi padre estaba convencido de ello y me educó como una hacker. Si quieres tomar el control sobre algo, primero tienes que saber cómo funciona al más mínimo detalle. Solo lo serás si otros hackers te consideran un igual. La única forma de conseguirlo es superar obstáculos que parecen insalvables y marcarse retos imposibles. Los que se autodenominan piratas informáticos suelen ser unos pringados.

Nos reíamos un montón. Packe era el rey del humor bizarro, que puede resultar incomprensible para alguien no habituado a él. Incluso puede ser irritante o insultante. Pero cuando le cogías el truco... ¡ja! Sobre todo, le encantaba burlarse de los que querían hacerse los enrollados con los «chicos de Internet». La mayoría de las veces eran empresas que pretendían vender alguna moto. Packe no tenía compasión con ellos. Lo mínimo que solía hacerles era enlazar la web corporativa con un vídeo porno. ¡Se lo tenían merecido, los muy hipócritas!

Un buen día, Packe me sorprendió con una propuesta.

—Déjate caer por Avatar World, quiero presentarte a alguien.

Avatar World era uno de esos mundos virtuales en 3D que se pusieron de moda antes de la aparición de Facebook o Twitter. Ahora se había convertido en un lugar abandonado. Los buscadores como Google ya ni siquiera lo indexaban. Era el refugio ideal para que las criaturas del lado oscuro de la red hicieran su nido en él.

Después de introducir el password que me proporcionó Packe, aterricé en la zona de ayuda de ese mundo virtual. Creé mi avatar en cuestión de segundos. No me compliqué la vida porque Avatar World no era el tipo de lugar al que pensara volver muy a menudo. Empecé a volar. Esa era la forma más habitual de desplazarse. Me faltaba práctica y no pude evitar darme unos cuantos porrazos contra los edificios. Cuando les cogí el truco a los mandos, pude percatarme de la desolación que me rodeaba. Los carteles luminosos de los negocios online que habían sido un reclamo para los visitantes ya hacía mucho que habían dejado de parpadear. En su día, incluso algún banco se había aventurado a abrir sus puertas allí. Cuando los ciberdelincuentes empezaron a cebarse en ellos, se largaron con la misma facilidad con la que habían llegado.

Las pocas señales de vida se percibían a través de algunas ventanas. Y eran de lo más desconcertante. Algunos sadomasoquistas pixelados se ponían cachondos a su manera: con avatares convertidos en mascotas a disposición de los antojos de sus amos, sistemas de tortura de lo más variado, muebles humanos... Eso no iba conmigo. No es que no me interesara el sexo. Al contrario. Si alguien hubiera echado un vistazo a las páginas web que visitaba, incluso podría pensar que era una salida. Sentía una enorme curiosidad. Quizá era una forma de compensar mi otra vida sexual, la real. No había mucho que contar acerca de ella. La gente acostumbraba a creer que habiendo vivido en tantos países se me habían presentado infinidad de ocasiones para hacerlo. Y era justamente lo contrario. Me embargaba la sensación de estar siempre de paso. Cuando empezaba a sentirme interesada por alguien, o a notar que alguien se interesaba por mí, llegaba la hora de marcharse. Mis amigos reales eran incluso más virtuales que mis amigos cibernéticos. Poseía tan poca experiencia respecto a los tíos que, si alguna vez me enrollaba con uno, estaba convencida de que tendría que acudir a un tutorial de YouTube para saber cómo actuar. ¡Patético!

Finalmente, llegué hasta el lugar que me indicó Packe: un bar de estilo polinesio llamado Los siete enanitos. Una línea de prohibición amarilla me impedía entrar en él. Tenía que esperar fuera. Al cabo de poco rato, un avatar se acercó a mí. ¿Sería Packe? Hasta ese momento solo nos habíamos comunicado mediante foros. Él siempre utilizaba la imagen de un tiburón con la boca abierta y los colmillos relucientes para identificarse. Su manera de aproximarse, sin ni siquiera intercambiar un saludo, tendría que haberme hecho sospechar.

¡Mierda! Acababan de hackear mi avatar. Lo más parecido a un atraco en la vida real.

—Si quieres recuperar el control sobre tu avatar tienes que pagar una pequeña contribución: 20 bitcoins. Si dispones de otras monedas virtuales, te diré a cuánto equivale el cambio.

Las monedas virtuales que se usan en la mayoría de los juegos o las transacciones online pueden cambiarse por monedas de curso legal sin problemas. No importa si se trata de bitcoins, libden dolars, monedas de oro de World of Warcraft...

De pronto, la voz de Packe se dejó oír.

—¡Te tengo dicho que no quiero verte por aquí!

—Lo siento, Packe... no sabía que era amiga tuya. No me lo tengas en cuenta... ¿vale? Ya está. Aquí no ha ocurrido nada... —El ciberatracador desapareció sin dejar rastro.

Packe iba vestido con una camisa hawaiana bastante cantona, aunque no tanto como sus pantalones anaranjados.

—Debí advertírtelo. Los avatares que corren por aquí no son demasiado amistosos —me dijo, excusándose.

Ante su presencia, la línea amarilla de prohibido el paso desapareció.

—Ven. Te voy a presentar a los chicos.

El ambiente interior, típico de cocktelería polinesia, estaba muy currado. Había flores ave del paraíso en la entrada, tikis esculpidos en madera a ambos lados de la barra, paredes de caña de bambú y fotos de bellas *vahiné* ligeras de ropa colgadas de ellas, cortinas con motivos de los mares del sur en las ventanas...

—¡Aibó! —exclamó Packe a modo de saludo.

Seis voces respondieron con otros respectivos «aibó». El nombre del local no era ninguna casualidad. Eran siete igual que los siete enanitos. Cada uno tenía un alias inspirado en los personajes del cuento. Los chicos también vestían camisas hawaianas, a cuál más extremada. Se unieron a nosotros. Tenían unas caras bastante peculiares. Enseguida descubrí que se habían inspirado en los protagonistas de sus videojuegos favoritos para crearlas: Nico Bellic, Sir Arthur, Manny Calavera, Yoshi, Super Mario Bros, Sonic y Donkey Kong.

También aprendí pronto que ese espacio era una especie de sala de entrenamiento para, entre otras cosas, desarrollar sus habilidades sociales. Por lo visto, estas no eran su fuerte. Las interacciones amistosas entre dos avatares, como por ejemplo saludarse, elogiar algún aspecto del otro, pedir perdón..., tenían premio. En cambio, las reacciones negativas como insultar, presumir o empujar a alguien estaban penalizadas. No costaba mucho adivinar quiénes acumulaban puntos positivos y quiénes no. Packe era pura amabilidad. No paraba de agitar la coctelera y servir bebidas a los demás.

—Nos hacía falta alguna chica... Aunque puede que, en realidad, seas uno de esos frikis obesos que se pasan todo el día devorando pizza ante el ordenador.

El que hablaba era Grumpy, el gruñón. Siempre estaba buscando los tres pies al gato. En según qué situaciones, eso podía ser una ventaja. En otras, la mayoría, solo era un coñazo. Veía su saldo de puntos continuamente disminuido. No salía ningún comentario amable de su boca y solía ir a su bola.

—Y puede que tú, en realidad, seas un perro de aguas. Soy una chica, ¿queda claro? —No estaba dispuesta a dejarme amedrentar.

—Todavía no le has explicado cuáles son las normas, ¿eh, Packe? —dijo Blick.

Blick era el sabio, el que ejercía el liderazgo. Durante las discusiones, era quien acababa decantando la balanza a un lado u otro.

—No hablamos nunca de nuestra vida real, Firefly. Es una pista que alguien podría utilizar contra nosotros —me dijo en un aparte Packe.

—Packe nos ha contado que no estás en el negocio de la «minería». Pero cree que podría interesarte.

Sneezy tenía buen olfato para las personas. Era alérgico a las mentiras.

Se referían a la «mina» para hablar de sus trapicheos online. Todavía no sabía cuáles eran ni cómo encajaba yo en ellos. La verdad es que, por entonces, lo único que me llevaba a seguirles la corriente era la curiosidad. Y quizá también ese sentimiento de hermandad que demostraban.

—Debemos procurar que no entre ninguna rata en nuestro club. —Grumpy volvía a la carga.

En el argot de Internet, «rata» se utiliza para referirse a los miembros de la Brigada de Investigación Tecnológica de la Policía.

—¿Cuál es tu problema, amigo? ¿De qué estás hablando? —Intenté evitar que continuara sembrando dudas sobre mí.

—Tranquila, solo es que le cuesta confiar en los demás —le quitó importancia Packe.

—Aquí trabajamos mucho. Puede parecer que todo el día estamos de juerga, pero no es así. Cualquiera que desee unirse al club deberá arrimar el hombro.

Quarx era el más práctico. Según él, los hechos son los que tienen la última palabra.

—El siete es un buen número. Deberás convencernos de que el ocho es mejor.

A Rumpelbold no le gustaban los rodeos. Hablaba poco, pero cuando lo hacía acostumbraba a dar en el clavo.

—Tendrás que superar la prueba —concluyó Blick.

Me preguntaba si yo era la Blancanieves que andaban buscando. Y seguro que ellos también.

Al cabo de pocos días, fue el mismo Packe quien me comunicó en qué consistía «la prueba». Me desafiaban a tomar el control remoto de un coche real. Si lo conseguía, sería uno de ellos. Formar parte de su club no me quitaba el sueño, sinceramente, pero los retos suponen toda una tentación para los hackers.

Habían instalado una webcam en un utilitario a través de la cual podía ver el interior del vehículo, un Balancer modelo Buffalo 3C. Smiley estaba al volante. Llevaba una gorra y gafas oscuras para que resultara difícil identificarlo. Utilizaba un distorsionador de voz para hablar. Smiley era el optimista del grupo. Era un soñador. La aventura le proporcionaba la adrenalina que necesitaba para seguir siendo él mismo.

—A ver cuánto tardas en ponerte tú al volante —me desafió Smiley mientras arrancaba y circulaba por una carretera secundaria.

Hay una norma universal: cualquier cosa con un chip incorporado es vulnerable. Un coche moderno contiene un mínimo de veinte ordenadores que sirven para controlarlo todo, desde los frenos hasta el acelerador, pasando por las ventanillas, el velocímetro e incluso la presión de los neumáticos. Cuanta más tecnología, más oportunidades existen de convertir un coche en un zombi.

Me tomé mi tiempo para localizar la mejor puerta de entrada en el sistema informático del vehículo. Al cabo de un rato empezaron a ocurrir cosas: el claxon empezó a sonar de forma ininterrumpida, como si hubiera un contacto.

—¡Ja, ja! ¿Y eso es lo único que sabes hacer?

—Solo era el precalentamiento —respondí.

Smiley se había propuesto picar mi amor propio y se estaba saliendo con la suya. ¡Iba a tomar las riendas de ese ordenador con neumáticos aunque me llevara el resto de mi vida conseguirlo!

Al cabo de un rato logré alterar la sonrisa de Smiley.

—¡Eh! ¡No hace falta apretar tanto!

Conseguí que su cinturón de seguridad se tensara más de lo debido. Después, el coche empezó a temblar como si estuviera poseído por un *poltergeist*. Y finalmente me hice con la joya de la corona: controlar la dirección.

Smiley estaba entusiasmado. Apartó las manos del volante y dejó que yo lo condujera.

—¿No os lo dije? ¡¿Os dije que era posible o no?! —exclamó exultante mirando a la webcam.

Smiley se dirigía a los otros enanitos, que estaban siguiendo en directo la retransmisión.

—¿Nunca antes lo habíais probado? —exclamé, sorprendida.

—Sí, conectando con un cable el portátil al puerto del cuadro de mandos. Pero a distancia, jamás. ¡Eres rematadamente buena, Firefly!

—¿Eso significa que quedo admitida en vuestro club?

—¡Aibóoo!

A partir de ese día me convertí en una «enanita» de 1'73 de altura.

Los rumores de la fiesta de fin de año que tenía lugar abajo llegaban hasta mi habitación. Mi madre se lo estaba pasando en grande. Sus risas y su voz se hacían perceptibles a menudo. De un tiempo a esta parte, ella actuaba como si quisiera recuperar el tiempo perdido. Y eso me sacaba de quicio. ¿Qué era yo, un estorbo?

Debían de ser unas sesenta personas. Entre ellos, algunos viejos conocidos que formaban parte de mi paisaje vital: Wau, Andy, Karl, Jean-Bernard... Y nuevas incorporaciones como Kristinn. También había un nutrido grupo de simpatizantes del partido pirata islandés, el Píratar. Estaba claro que Drumleaks y ellos iban a colaborar. Acudió algún que otro artista local *underground*. Como aquel tipo que se presentó montado a caballo, vestido con una gabardina, pantalones de tablero de ajedrez y un manojo de globos de colores en la mano. ¡Vaya genio! El caballo, de raza islandesa, pequeño y robusto, debía de estar habituado a aquellas *performances* porque se pasó el rato «aparcado» entre los coches, sin ni siquiera alterarse por los fuegos artificiales.

Tomoe, mi madre, estaba en su salsa. Enseguida le había entusiasmado la idea de venir a Islandia. A pesar de encontrarse en un rincón apartado del mundo, o precisamente por eso, los islandeses se habían esforzado siempre por estar a la última. Ese cosmopolitismo le gustaba.

A mi padre la idea no lo apasionó tanto. Islandia había sido durante mucho tiempo una colonia danesa y todavía había cierto resentimiento entre los habitantes de los dos países. Los daneses consideran que los islandeses están demasiado americanizados y han dado la espalda a la identidad escandinava. Y los islandeses, por su parte, piensan que los daneses son un simple sucedáneo de la cultura alemana.

Era gracioso que mi madre estuviera tan satisfecha con

nuestra nueva ubicación. Precisamente ella era la que menos tiempo pasaría en el país. Cada semana viajaba a Holanda y se quedaba allí un par de días. La vida de mi madre parecía ir viento en popa. Lamentablemente, yo no había heredado esa habilidad de ella.

A veces tenía la sensación de estar encerrada en una jaula de cristal. Y la condena consistía en ver cómo mi vida real se echaba a perder sin que yo pudiera hacer nada para remediarlo. Me torturaba pensar que fuera había millones de personas haciendo cosas que yo jamás compartiría. De pronto, esa idea se me hizo insoportable.

El mundo se había conjurado para celebrar por todo lo alto la llegada de un nuevo año. Por suerte, Los siete enanitos actuaban como si aquello no fuera con ellos. Ahí estaban, fieles a su cita diaria. Habían construido un mundo aparte que se regía por su propio calendario. Y yo formaba parte de él.

—Te estábamos esperando, Firefly. Toma algo. ¿Qué quieres? —me invitó Sneezy.

Me serví un Painkiller. Me pareció lo más apropiado para la ocasión. Me hubiera gustado preguntarles cuáles eran sus planes, que me contaran su historia. Pero sabía de sobra que eso contravenía las reglas.

—¡Feliz año!

Me arrepentí de haber pronunciado esa frase incluso antes de haberla dicho. No existía ningún sitio en el mundo donde aquello sonara más fuera de lugar.

—¿Te refieres a esa cursilada de fiesta en la que todo el mundo está pendiente de las manecillas de un estúpido reloj?

—Dime, Grumpy... ¿te sale de forma natural o te esfuerzas para ser tan hijo de puta? —le espeté.

—¡Hey, echa el freno, Firefly! Al fin y al cabo hoy es Año Nuevo. ¡Ja!

Tenía tal bajón que incluso los sarcasmos de Grumpy me aliviaban.

—¿Vamos a desearle un feliz Año Nuevo al señor Waldorf?

Ahí estaba Blick, tan oportuno como siempre, evitando que una disputa que no aportaba nada al grupo fuera a más.

Acababan de condenar a un tal Egomax a diez años de cárcel por hackear la base de datos de Waldorf Enterprises, una empresa que colaboraba asiduamente con el ejército de Estados Unidos. Eso es lo que me gustaba de Los siete enanitos. No tenían ningún reparo en sacar provecho personal de sus habilidades informáticas. Pero al mismo tiempo no toleraban las injusticias.

«Cualquiera que se meta con uno de los nuestros recibirá su merecido» era una frase que repetíamos a menudo.

Y no solo eran palabras. Nuestra manera de incordiar al propietario de Waldorf Enterprises podía llegar a ser muy variada. Por ejemplo, enviándole a su domicilio centenares de pizzas que habíamos encargado vía online. O, incluso, un camión lleno de estiércol. También podíamos utilizar formas menos civilizadas de demostrarle que nos había cabreado. Si nos lo proponíamos, podíamos lograr que las cotizaciones en bolsa de su empresa perdieran todo su valor. Bastaba con airear en público algún trapo sucio de la vida privada de su presidente. O divulgar informes «sensibles» que la empresa hubiera clasificado con el membrete Top Secret. Los había en todas las empresas. Solo se trataba de encontrarlos. Y si queríamos, tarde o temprano lo conseguíamos.

Seguro que Drumleaks, que se autodefinía «el guardián de la transparencia y la libertad en la red», se limitaría a hacer un comunicado de prensa sobre el asunto y a cruzarse de brazos. Ese no iba a ser nuestro caso.

Estaba enfrascada en plena operación de castigo cuando sentí la necesidad de ir al baño. ¡Eso es lo que era últimamente Aya para mí: un fastidio! Mi habitación se había convertido en una trinchera que me permitía sentirme segura. Salir de ella era exponerse a la posibilidad de experimentar un ataque de pánico. Y más aquel día, teniendo la casa llena de «okupas».

Me planté ante la puerta. Respiré hondo. Había desarrollado una estrategia para afrontar esos momentos: imaginar que yo y lo que me rodeaba formábamos parte de un videojuego. Al fin y al cabo, Carla Valenti, la heroína que más admiraba, también tenía sus ataques de claustrofobia.

Tenía que abrirme paso por el pasillo. Bajar sigilosamente por la escalera. A pesar de pasar cerca del comedor, mi objetivo era evitar ser vista por cualquiera de los invitados de la fiesta. Unos cuantos clics más y llegaría al lavabo. Una vez allí, debía comprobar que estaba libre y entrar en su interior. Ese lugar era una ratonera en la que el pánico podía atacarme con suma facilidad. Debía darme prisa si no quería problemas. Una serie de clics acelerados y ya habría acabado. Podría deslizarme de nuevo hasta terreno seguro.

Todo estaba saliendo a pedir de boca cuando, de pronto, alguien llamó con los nudillos a la puerta.

—¿Está ocupado?

Aquella situación era un *déjà vu*. De pronto, el juego se acabó. Y yo había perdido. El maldito pánico empezó a apoderarse de mí.

—¿Hay alguien ahí dentro?

Gruñí algo tan ininteligible que ni siquiera yo fui capaz de entenderlo.

—¿Qué te ocurre?

Pude verme reflejada en el espejo. ¿Esa tía sudorosa y con cara de animal atrapado era yo? Me sentía como uno de esos ratones que usan para alimentar a las serpientes del zoo. A unos les da por correr de un lado a otro, intentando escapar inútilmente. A otros, en cambio, el miedo los paraliza y les llega la muerte meándose encima. Yo me parecía más a los primeros.

Siempre llevaba encima un papel que me había dado el psiquiatra. Describía en qué consistía una crisis de ansiedad. Lo sabía de sobra. Pero leerlo me servía para controlar la situación y recordarme que no iba a morir. Lo saqué del bolsillo y lo desdoblé con dificultad porque los dedos me temblaban. Empecé a murmurar lo que había escrito en él. Oír mi propia voz debía tener un efecto tranquilizador.

—No estás teniendo un infarto. Lo que ocurre, en realidad, es que tu corazón está enviando más oxígeno a tus músculos porque tu cuerpo se está preparando para luchar o correr...

—¿Te encuentras bien? —insistía quienquiera que hubiera al otro lado de la puerta.

¡Cómo iba a estar bien! ¡Si lo hubiera estado, me habría largado ya de aquel puto lavabo y le hubiese dado con la puerta en los morros!

—Voy a entrar, ¿de acuerdo?

«¡Ni se te ocurra! ¡Si lo haces, no respondo de mí!»

Me abalancé hacia la ventana. La abrí de forma apresurada y escapé a través de ella. Puse los pies en el alféizar y me impulsé hacia la cornisa de la fachada. Me encaramé por allí. Quería llegar hasta la ventana de mi habitación como fuera.

Hacía un frío de mil demonios. Solamente llevaba una camiseta con la inscripción *I see dead pixels* y unos tejanos. Ni siquiera llevaba puestos los zapatos. Me los había quitado para no hacer ruido mientras bajaba la escalera.

El invitado de mis padres que había entrado en el lavabo echó una ojeada a través de la ventana. Seguro que cuando me vio encaramada a la cornisa pensó que estaba chiflada. O peor aún, que era una ladrona. Sus gritos alertaron al resto de la casa. «¡Joder, joder!» En el exterior, entre los vecinos que celebraban el fin de año, mi numerito tampoco había pasado desapercibido. Algunos llevaban una buena turca y empezaron a gritar animándome a seguir subiendo hasta el tejado.

Finalmente conseguí alcanzar mi ventana. Mi padre se asomó a través de ella y me dio la mano. ¡Dios, cómo iba a echar de menos en el futuro esa mano tendida hacia mí!

—¡Agárrate fuerte y no te sueltes!

Era una impresentable. Había conseguido echarles a perder la fiesta.

Capítulo 3
El Espejo Mágico

Era mi primer día. Me producía una sensación extraña poder acudir a clase llevando puestas las zapatillas de estar por casa. Solo tenía que adecentar un poco la habitación y a mí misma y plantarme ante la webcam.

Magnus, mi padre, se encargaba de la intendencia familiar. Y cuando se trató de escoger instituto para mí, fue también él quien decidió matricularme en el Menntaskólinn Gullinbrú, un instituto público que aplicaba un programa de bachillerato internacional con la mayoría de las materias impartidas en inglés. La dirección aceptó que siguiera de momento las clases vía Skype, con la condición de que mensualmente un equipo evaluaría tanto mi rendimiento escolar como la evolución de mi enfermedad.

Fue también Magnus quien se puso en contacto con un amigo de juventud que ahora era uno de los máximos responsables de una empresa de robótica especializada en telepresencia. Consiguió que nos cediera, para instalarlo en el instituto, uno de esos robots mecánicos que utilizan los médicos para supervisar a los pacientes a distancia. Solo necesitaba estar conectada a Internet y utilizar un programa especial en mi PC para activar por control remoto el VGo y convertirlo en mi avatar en el mundo real. El robot VGo no tenía aspecto de androide. Más bien era una plataforma con ruedas unida a un dispositivo de aproximadamente ciento veinte centímetros de altura, con una «cabeza» donde una pantalla integraba cámara, micrófonos y visor de vídeo. Su altura me permitía interactuar tanto con personas sentadas como con las que estaban de pie. Si era necesario, tenía la posibilidad de crecer treinta centímetros más gracias a un dispositivo. Yo podía manipularlo a distancia para conseguir el ángulo de enfoque que necesitara y moverme de un aula a otra sin demasiados problemas. También tenía limitaciones: la batería poseía una autonomía de doce horas y solo podía utilizarse en espacios interiores o próximos a un edificio porque necesitaba una red de conexión Wi-Fi. ¡Ni siquiera mi álter ego mecánico tenía libertad de movimientos!

El engendro me prestó su aspecto ortopédico para que pudiera acudir a las clases. Me sentía igual que si le hubieran implantado mi cabeza a un enorme aparato de ortodoncia. Fuera como fuese, no tenía alternativa.

—Tenéis una nueva compañera. Se llama Aya Sturluson. De momento seguirá las clases de forma no presencial. Stulka, tú harás de puente entre ella y el resto de la clase.

La tal Stulka tenía pinta de ser una estudiante modélica y de no haber roto un plato en su vida. Era rubia y llevaba gafas. De hecho, era la única de la clase que las llevaba. Su aspecto era extremadamente normal salvo por una excepción: un discreto *piercing* en el labio. Era una señal que venía a decir «No soy ninguna mosquita muerta».

—Adelante, chicos, demos la bienvenida a Aya.

Todos empezaron a dar palmadas en la mesa. ¡Curiosa forma de recibir a alguien! Era el típico saludo que se daba a los recién llegados en el Menntaskólinn Gullinbrú desde que se fundó, en 1848. En ese instituto había más tradiciones que testosterona por metro cuadrado.

—Hechas las presentaciones, vamos a empezar la clase de latín.... *Labor omnia vincit improbus...*

¡¿Latín?! Se pasaban un poco con lo de mantenerse fieles al pasado. Aunque, de hecho, en sus inicios, a ese lugar se le denominaba Latínuskólinn, la escuela latina. El latín formaba parte de sus cimientos. Al igual que las piedras...

Los islandeses están convencidos de que entre los pedregales viven todo tipo de criaturas mágicas: elfos, trolls, gnomos...Los designan con el nombre genérico de *huldufólk*. Me resulta increíble que todo un país crea que las rocas esconden ese tipo de cosas. Pero lo cierto es que los caminos las esquivan y los edificios las sortean. Una de las pocas ocasiones en que no se siguió esa norma fue cuando se construyó el edificio del Menntaskólinn Gullinbrú. Se erigió precisamente sepultando una de esas supuestas comunidades de vecinos formadas por duendecillos. Según se cuenta, eso los sacó de sus casillas y montaron en cólera. El Menntaskólinn sufrió todo tipo de desgracias: dos incendios que lo destruyeron por completo, el suicidio del *inspector scholae* o director del instituto, graves desperfectos causados por un terremoto...

Los infortunios se acabaron en 1917 con la llegada de una nueva alumna: Astrid Karlsdottir. Las mujeres de su familia tenían fama de ser médiums capaces de comunicarse con los seres ocultos. Ella misma tenía aquel don. Eso le permitió convertirse en mediadora entre el mundo fantástico y las personas. Fue quien reveló que la escuela se había erigido encima de unos pedruscos que, en realidad, eran una antigua biblioteca élfica. Gracias a su intermediación, la escuela sacó nuevamente a la superficie alguna de las rocas que habían quedado enterradas, habilitó una zona específica para los seres ocultos y los colmó de atenciones. Casualidad o no, los problemas terminaron y ella acabó convirtiéndose en la autora más universal de la literatura infantil nórdica. Algunos dicen que fueron precisamente los *huldufólk* quienes le otorgaron el don de contar historias en señal de agradecimiento.

En el Menntaskólinn Gullinbrú, han estudiado numerosas celebridades: políticos, cantantes, científicos, periodistas... e incluso un par de premios Nobel. Pero es a Astrid Karlsdottir a quien se le rinden los máximos honores.

La pregunta que más temía apenas tardó una hora en llegar.

Al finalizar la clase, Stulka se me acercó. No sabía hacia dónde dirigir la vista. Tanto miraba mis pies... perdón, mis ruedas, como mi boca... quiero decir, mis transmisores.

—¿Qué te ocurre? ¿Por qué no vienes a clase? Físicamente, me refiero

Stulka no se andaba por las ramas. Era curioso. Ahora sí había fijado la vista y tuve la sensación de que sus ojos me escrutaban atentamente.

—He tenido un accidente y todavía me estoy recuperando.

Nunca me han gustado las presentaciones. No tengo nada en contra de conocer gente nueva, pero me fastidia tener que explicar quién soy o lo que ha sido mi vida. Una presentación es algo parecido a un anuncio de uno mismo, y yo detesto la publicidad.

—¿Un accidente? ¿No vas a darme ningún detalle más?

—Si no te importa, prefiero no hablar de ello.

Stulka pareció aceptar mis reticencias. Después de un breve silencio, volvió a la carga.

—¿Tu padre es Magnus Sturluson?

—Sí, ¿por qué?

—Leí algo sobre él y su grupo no hace mucho.

Con el tiempo, iba a odiar que la gente leyera cosas sobre mi padre.

—Estoy en la revista del instituto, ¿sabes? Quizá podría entrevistarlo y escribir un artículo.

Ya me imaginaba el título del artículo: «Magnus Sturluson, el padre de la chica robot». La perspectiva no me entusiasmaba, precisamente.

—Se lo comentaré —respondí a secas.

Me pareció que estábamos invirtiendo los papeles. Se suponía que era yo quien tenía que hacerle preguntas y ella ponerme al día. Tomé la iniciativa.

—¿Me enseñas el instituto?

—Sí, claro. Cuando acaben todas las clases damos una vuelta.

—¿Y por qué no ahora? Tenemos tiempo.

—No es una buena idea. Mejor después.

Vaya, no quería que la vieran conmigo. No la culpo, yo misma me sentía como una friki de *La parada de los monstruos*. Decidí ir a explorar por mi cuenta, sin comprometer a nadie.

Por suerte, ese era un instituto especialmente adaptado para los alumnos con discapacidades. Las puertas eran ligeras, sin pomo. Se abrían solo empujándolas. Eso sí, mi robot necesitaba tomar carrerilla para conseguirlo.

Ser nuevo es muy parecido a llegar en mitad de una guerra y no saber a qué bando perteneces. La clase suele ser un territorio seguro. El lugar del instituto donde realmente ocurren cosas es el pasillo. De pronto, me encontré en él.

Es un clásico. Los pasillos de todos los institutos del mundo se parecen. Cada rincón acaba siendo adjudicado. Los mejores postores —los gallitos y las reinas de la popularidad— se quedan con la zona de las taquillas y la que está cerca del bar. Los pringados tienen que conformarse con los rincones de detrás de las columnas y los que están junto al lavabo. Nunca falla.

En Islandia apenas hay centros de enseñanza privados. Los ricos mezclan a sus hijos con los de los pobres. A simple vista parece una muy buena idea, pero en realidad puede ser muy perverso. Los descendientes de las élites empiezan a tomarles muy pronto la medida a los que están llamados a ser sus subordinados en el futuro. Aprenden a manipularlos y a explotar sus debilidades.

En ese Menntaskólinn convivían los pijos del distrito Grafarvogur —una especie de Malibú nórdico con sus mansiones de famosos a pie de playa y sus espaciosas y arboladas avenidas— con los provenientes de los barrios marginales del extrarradio de la capital. La ostentación y el esnobismo de los cachorros de las élites eran una bofetada a las aspiraciones de progreso de los demás.

Y ahí estaba yo, intentando moverme por esa especie de campo de minas. El terreno estaba lleno de señales invisibles que, si quería salir ilesa, debía aprender a descifrar lo más rápidamente posible.

La presencia de mi VGo era un imán que atraía todas las miradas. Parecía uno de esos vehículos robóticos que se envían para explorar la superficie de Marte. Las señales de vida que podía percibir lo eran todo menos amistosas.

—Sigmundur, ¿te importa tirar esto por mí?

Esa fue la primera vez que Hjalti Gudrun me demostró que sería muy difícil no tomar partido y mantenerme neutral.

Hjalti era insultantemente guapo: sonrisa perfecta, corte de pelo impecable, mentón prominente, ojos de color miel... También tenía el cabello castaño, que en Islandia se cotiza más que el rubio.

Sostenía, con una expresión impertinente, una lata de refresco en la mano. Estaba rodeado de su rebaño de incondicionales. Todos parecían sacados de una revista de moda. Ninguno aparentaba haber recibido demasiados noes en su vida. Hjalti iba vestido del modo en que lo hacen los niños ricos que no quieren parecerlo: desarreglado pero de marca. Cada una de las rasgaduras de sus pantalones rotos valía más que todo mi vestuario.

Sigmundur era un tipo fornido que iba con el pelo rapado. Tenía un cuerpo musculoso esculpido a base de horas de gimnasio. Su mirada no invitaba a bromear con él y menos a desafiarlo. Cualquiera de sus manos podía estrujar, sin ningún problema, aquella lata y a quien la sostenía. Por un momento pensé que lo iba a hacer. Se puso rojo de rabia.

Pero en vez de soltarle un puñetazo, se tragó su orgullo. Fue hacia Hjalti y cogió la lata como un perrito obediente.

—¡Eres muy amable! —exclamó Hajlti, entre satisfecho y sarcástico.

Hjalti podía comportarse como un auténtico cabrón sin ni siquiera despeinarse y ofreciendo siempre su perfil más fotogénico.

Sigmundur se limitó a tirar la lata en una papelera cercana y a alejarse, humillado.

Hjalti tenía alguna clase de poder sobre Sigmundur y lo explotaba sin compasión. Me preguntaba cuál sería el límite de la crueldad de uno y hasta dónde aguantaría el otro. Los colegas de Hjalti habían inmortalizado el momento con sus teléfonos móviles. En Gullinbrú el teléfono móvil se usaba del mismo modo que si fuera un arma. Todo el mundo los blandía como si estuviera de caza. Cualquier desliz de alguien a quien no apreciaras demasiado se convertía en una imagen viral que pasaba de mano en mano.

Confiaba en que la distracción que les acababa de proporcionar Sigmundur fuera el salvoconducto que necesitaba para pasar cerca del grupo de Hjalti sin tener que pagar ningún peaje. Pero me equivoqué.

De pronto, Hajlti se interpuso en mi camino. Miraba la

pantalla del ordenador como si quisiera vislumbrar algo.

—Parece que un virus ha afectado al color de tu pelo. Lo tienes de color azul —dijo irónicamente mientras se señalaba su propio cabello.

Decidí ignorarlo y seguir adelante. Pero volvió a interponerse.

—¿Cómo te las vas a apañar para participar en las clases de gimnasia? Darle al ratón no es lo mismo que saltar el plinto.

—Ni decir chorradas tampoco —le solté yo.

—Tienes muchas agallas para estar metida en esta... aspiradora —exclamó amenazante.

Antes de que me diera cuenta, uno de sus amigos había pegado un papel en el objetivo de la cámara del VGo dejándome a ciegas. Mi robot iba a tientas por el pasillo.

Me hubiera gustado tener a mano el martillo del alba del videojuego Gears of War para darles su merecido. Incluso me habría conformado con la barra de hierro de Half-Life 2.

Acabé por darme de bruces contra algo o alguien y cayendo al suelo.

Una mano retiró el papel que cubría el objetivo de la cámara. El rostro preocupado de un chico apareció ante mí.

—¿Estás bien? Quiero decir, ¿funciona todo correctamente?

Llevaba una gorra de lana calada hasta las cejas de la que sobresalían algunos mechones rubios y un jersey típicamente islandés, negro y con grecas en forma de brezo alrededor del cuello. Era de complexión robusta y de mediana estatura. Tenía las facciones cuadradas y en su cara destacaban unos ojos que, a pesar de ser pequeños, dejaban entrever una mezcla de picardía y también una inteligencia que asomaba de forma innata, sin pretensiones. Su piel estaba morena por el sol. Sonreía con facilidad, y cuando lo hacía se le marcaba un hoyuelo en la mejilla que le daba un aspecto de niño travieso.

Era gracioso, se comportaba como si quisiera reanimarme. Me ayudó a incorporarme. Ese era uno de los problemas del VGo, era relativamente alto y estilizado y eso podía hacerle perder el equilibrio con facilidad.

—Vamos a la misma clase. Me llamo Agnar.

No era necesario que me lo dijera; en la clase de latín ya me había fijado en él. Me resultaba tremendamente familiar a pesar de que nunca nos habíamos visto. Hablaba de forma pausada y tranquila.

—¿Por qué siempre ocurre lo mismo? ¿Por qué hay tipos que creen que el instituto es de su propiedad? —exclamé indignada—. Sólo estaba intentando familiarizarme con el edificio.

—Así que ya has conocido a Hajlti y los suyos... Si quieres, puedes venir conmigo. Te ahorrarás problemas.

—Puedo valerme por mí misma.

No soporto la compasión. Y menos todavía ser objeto de ella.

—Un día yo también fui nuevo en Gullinbrú.

—Creo que yo lo seré siempre...

Agnar empezó a recoger los paquetes de pasta y arroz que se le habían caído al suelo cuando chocamos.

—Sé que suena raro para alguien que viene de fuera... —dijo justificando los paquetes de comida—. Son para los seres ocultos... Soy el responsable de sus provisiones. Verás, es...

—No me lo digas... ¿la tradición? —aventuré.

Agnar parecía llevar con naturalidad hablar con un artefacto, sin importarle demasiado las miradas de sorpresa —cuando no de burla— que nos dirigían los demás.

—¿Por qué quieres acompañarme? —le pregunté.

—¿Y por qué no?

Me fue enseñando las instalaciones. La huella de la escritora Astrid Karlsdottir estaba presente en todos los rincones del «insti». Su personaje más popular era el troll Njáll. Ese duende travieso se divertía alterando el curso de los cuentos clásicos. En su honor, las diferentes salas del Menntaskólinn tenían nombres relacionados con sus aventuras. *Þyrnirós* o Bella Durmiente era el nombre con que se denominaba a la biblioteca. *Litli ljóti andarunginn* o Patito Feo era la sala de profesores. *Galdur baunir* o Habichuelas Mágicas era el nombre que recibía el gimnasio... Aquel instituto parecía tener de todo: piscina cubierta, sala de ordenadores, auditorio, laboratorio de química...

De vez en cuando, Agnar se detenía y abría una trampilla que hasta ese momento había quedado perfectamente camuflada en el suelo. O una escotilla que pasaba de igual modo desapercibida en el techo. Dejaba un paquete de comida en su interior y la volvía a cerrar. No eran compuertas que condujeran a ningún depósito ni altillo. Eran las puertas de entrada que en apariencia utilizaban los *huldufólk*.

El pacto que Astrid Karlsdottir consiguió con los seres ocultos incluía dejarles comestibles en lugares estratégicos del instituto. El ritual se cumplía diariamente. Al día siguiente no quedaba ni rastro de la comida del día anterior.

—¿De verdad crees en duendes? —no pude evitar preguntarle.

—¿Qué tiene de extraordinario? Mucha gente no cree en robots parlantes, y sin embargo aquí estás, ¿no?

Agnar me parecía totalmente sincero. Y no tenía aspecto de que le faltara ningún tornillo. Tenía su particular forma de percibir la realidad. Su mirada era profunda, como si sus ojos estuvieran acostumbrados a ver cosas que los demás ni siquiera podíamos imaginar.

—A la mayoría les cuesta admitirlo, especialmente aquí en la ciudad. Yo me crie en una granja cerca del mar. Solía jugar en los acantilados. Los veía a menudo.

Habíamos completado todo el periplo. Estábamos de nuevo en el lugar en el que habíamos chocado.

—Hacéis una buena pareja. Los raros se atraen entre sí.

Hjalti estaba esperándonos, rodeado de sus incondicionales, dispuesto a demostrar a nuestra costa lo ingenioso que podía llegar a ser. Me preguntaba cómo sería ese tipo a solas.

—¿Y se supone que tú eres el «normal»? —le solté.

—Yo, al menos, no tengo que enchufarme a la corriente eléctrica para seguir andando —exclamó el «ingenioso» de Hajlti

Agnar se encaró con él sin alterar su tono calmado. No eran reproches, sonaban más bien como consejos. Su cara había pasado, con sorprendente facilidad, de tener un aire infantil a mostrar una madurez extraordinaria.

—Tu problema, Hjalti, es que te importa demasiado lo que los demás piensen de ti.

—¡Oh, eso ha sido muy profundo! —dramatizó Hajlti para ridiculizar las palabras de Agnar.

—Tendrías que verte como yo te veo —continuó Agnar.

— ¿Y qué ves, tipo listo?

—A alguien muy asustado. Tu miedo apesta.

—¿Miedo de quién? ¿De ti, tal vez? —Hjalti se disponía a enzarzarse en una pelea.

—No, de no poder ser quien esperan que seas.

A Hjalti se le acabaron las ganas de seguir bromeando.

—¿Por qué no te callas ya? Tus gilipolleces no le interesan a nadie.

Hjalti levantó un dedo en actitud amenazante.

—Ve con cuidado, Agnar. Quizá un día de estos te veas reflejado en El Espejo Mágico.

El Espejo Mágico era el nombre del informer, la página web de cotilleos anónimos sobre Menntaskólinn Gullinbrú. En ella, los alumnos decían cosas sobre compañeros y profesores que jamás se atreverían a repetir cara a cara. Gracias a que los comentarios no iban firmados, El Espejo Mágico permitía lanzar basura sobre los demás sin miedo a las consecuencias. Según Hjalti, el promotor de la página, eso facilitaba que la gente fuera sincera y dijera lo que realmente pensaba. Hjalti era también quien la gestionaba, cosa que le confería un enorme poder. No solo podía decidir qué rumores se publicaban, sino que, además, sabía quién los divulgaba. La mayor parte de los estudiantes del instituto eran seguidores de la web. Quizá era una actitud defensiva, porque de esa forma estaban al día de lo que se decía sobre ellos.

La cabecera de la página era un gran ojo que todo lo veía. Lo acompañaba la leyenda «El Espejo Mágico nunca miente». En ella se destripaban las vidas ajenas y se convertían en pasto de chismorreos. Era una telaraña que había tejido Hjalti para tener bien pillados tanto a los que ponían a parir a alguien como a las víctimas de las habladurías.

Todas las entradas que había en esa web respondían a una sola idea: nadie es quien dice ser sino alguien mucho peor.

«Tú, el *heavy* de 3.º, tendrías que ser más cuidadoso con el teléfono móvil. Podría ser que tu novia le echara un vistazo y descubriera qué mensajes les envías a sus amigas.»

«Al padre de un alumno de la escuela le gusta pasearse los domingos por el Jardín Botánico. Suele llevar unos prismáticos. ¿Se dedica a contemplar los pájaros o, en realidad, es un *voyeur* de mucho cuidado?»

«Nuestro campeón de la Competición de Debate cogió un buen pedo el otro día. En este audio podéis escuchar su ininteligible discurso después de unas cuantas birras de más.»

Me sorprendía que la dirección del instituto no tomara medidas contra la web de Hjalti. ¿Cómo era posible esa impunidad total? Empecé a investigar y descubrí que su padre era Eirikur Gudrun, un abogado que acostumbraba a representar a empresas que se dedicaban a negocios turbios. Su especialidad era ayudarlas a burlar las leyes.

Como cuando consiguió que diversos prostíbulos pudieran operar en el país, a pesar de que las normativas lo prohibían, con la excusa de que se trataba de clubs de champán. ¡Menuda tapadera! Sorprendentemente, la argucia funcionó. El hijo parecía ser un digno heredero de su padre.

Estaba convencida de que, tarde o temprano, Gudrun junior me echaría encima su ojo que todo lo ve. Apunté en mi agenda de tareas conseguir los códigos de acceso que Hjalti utilizaba para administrar la página. No me resultaría difícil. Los siete enanitos me habían enseñado diferentes formas de hacerlo. Una de ellas, mi preferida, consistía en utilizar un *spyware* que detectaba los movimientos en el teclado del smartphone. Posteriormente, un algoritmo matemático los traducía en forma de signos. Una vez hecho, las claves de acceso estarían en mi poder.

Cuando fuera necesario, rompería ese espejo en mil pedazos.

En casa, durante la cena, llegó inevitablemente la hora de hacer balance de la jornada.

—¿Cómo ha ido tu primer día en el instituto? ¿Has hecho algún amigo?

Ahí estaban mi padre y mi madre intentando aparentar normalidad. ¡Me ponían furiosa! Debían de pensar que era muy fácil hacer amigos con esa pinta. ¿Eran tan viejos que ya no recordaban cómo trataban en el instituto a un bicho raro como yo?

No les hablé de Hjalti. No quería que me dieran la lata. Además, ya les había ocasionado suficientes quebraderos de cabeza. Ni tampoco les dije nada sobre Agnar. Y eso que estaba segura de que a mi padre le habría gustado ese chico.

De nuevo a solas en mi habitación, sentí curiosidad por saber más sobre Agnar. Pero, al mismo tiempo, temía indagar acerca de él. La mayoría de las personas perdían todo su interés después de una simple búsqueda en Internet. ¡Cuánto se parecía todo el mundo a todo el mundo! Las mismas fotos de hechos supuestamente apasionantes, idénticas ocurrencias en el *timeline*, vidas que semejaban calcomanías de otras vidas...

No solía coincidir en casi nada con Grumpy, el enano gruñón, pero en algo sí estábamos de acuerdo: las redes sociales sólo servían para quitarte las ganas de conocer a nadie.

Descubrir información sobre Agnar no fue tarea fácil. No tenía perfil de Facebook, ni de Twitter, ni de Instagram... Por lo visto, no le interesaba lo más mínimo nada de lo que Internet podía ofrecerle.

Finalmente, localicé el blog de Jon y Eva Vilhjálmsson, los padres de Agnar. En él narraban su vuelta al mundo en barco. Habían perdido la mayor parte de cuanto tenían a consecuencia de la crisis de los bancos islandeses de 2008. La familia no se marchó a Noruega o a Estados Unidos al igual que muchos otros. En vez de eso, gastaron sus últimos ahorros y se embarcaron en un velero, el *Höfrungur*, «delfín» en islandés. Lo habían construido años atrás con sus propias manos.

Los padres de Agnar eran unos experimentados navegantes. Además, Jon tenía suficientes conocimientos de ingeniería para reparar la nave cada vez que fue necesario durante la singladura. Los Vilhjálmsson se procuraban su propia comida. Hacían conservas con las frutas, verduras y legumbres que conseguían en cada uno de sus destinos y sazonaban lo que pescaban para disponer de víveres durante el trayecto.

La larga travesía duró varios años. Los llevó, primero, a Groenlandia. Y después a Canadá y la costa Este de Estados Unidos. Bordearon el Caribe hasta llegar al canal de Panamá. Lo cruzaron y se dirigieron por el océano Pacífico hacia las islas Marquesas. Después vendrían las islas Tuamotu, Tahití, Samoa, Vanuatu, Nueva Guinea...

Según ellos, el mundo era una enorme escuela que les enseñó que la realidad era más misteriosa y desconocida de lo que creían. Pudieron contemplar hechos inexplicables, como un enorme agujero negro en pleno océano Pacífico, que absorbía la luz y sólo mostraba un abismo oscuro y desolado al otro lado. O fenómenos más conocidos pero igualmente desconcertantes, como los rayos verdes que aparecían en el cielo despejado cada vez que se ponía el sol en la línea ecuatorial.

Entraron en contacto con pueblos alejados y tribus remotas que les transmitieron sus conocimientos ancestrales. Gracias a ellos, aprendieron a vivir sin dar la espalda a cuanto había de mágico e increíble en todo lo que los rodeaba. Adquirieron habilidades sorprendentes como el Paso del Poder, un sexto sentido que les permitía andar, incluso correr, a oscuras en plena noche sin tropezar con ningún obstáculo, salvando los desniveles del terreno.

Finalmente, al cabo de unos años, habían vuelto para darle a su hijo la oportunidad de elegir qué tipo de existencia deseaba llevar. Desde entonces residían en su embarcación en el puerto.

Me preguntaba qué camino escogería Agnar y si volvería a zarpar. Era libre por completo de elegir su futuro. Sentía envidia. No, no era exactamente envidia. Ojalá pudiera experimentar lo mismo. Por un momento deseé acompañarlo en esa aventura que era su vida. Pero enseguida recordé que mi robot VGo era incapaz siquiera de bajar una escalera. Me sentí muy estúpida.

Capítulo 4
¡Maldita manzana envenenada!

En Reykjavik la nieve aparece con el fin del verano y dura hasta bien entrada la primavera. Ese manto blanco le confiere a todo un aire inocente e inmaculado. Pero es una ilusión efímera. Basta el ir y venir de las personas para convertirlo en un barro sucio y pringoso.

Una mañana aparcó delante de nuestra casa un lujoso supertruck, un híbrido entre un todoterreno y un camión especialmente útil para visitar las tierras altas de la isla. Más que subirse a él, había que escalarlo. Se asemejaba a un monstruo cubierto de nieve. Cuando el motor se paró, exhaló un suspiro en forma de humo.

El rastro que ese vehículo dejó tras de sí en la nieve era más oscuro de lo habitual.

De la puerta del copiloto descendió un hombre de estatura mediana y complexión fuerte, de unos cincuenta y tantos años. Iba vestido con un abrigo negro que le llegaba más abajo de las rodillas y dejaba al descubierto unos pantalones y unos zapatos también negros. Desplegó un bastón blanco de los que suelen usar los ciegos. Lo utilizó para guiarse y caminar por el sendero cubierto de nieve. Se detuvo ante nuestra puerta y llamó.

Yo estaba en la cocina, preparándome el desayuno. Vi a través de la ventana la llegada del vehículo. Magnus, mi padre, estaba en el salón. Seguramente no había oído el timbre porque acostumbraba a llevar puestos los cascos para escuchar música cuando programaba para la web de Drumleaks.

El hombre del abrigo negro volvió a llamar.

Al tratarse de una persona ciega, creí que su presencia no iba a desencadenar en mí ningún ataque de angustia. Decidí abrir la puerta.

Desde el primer segundo me arrepentí de haberlo hecho.

Lo tenía delante. Un lienzo blanco había empañado los cristalinos de sus dos ojos, justo por donde atravesaban las cicatrices que formaban una siniestra X en su cara.

—Deseo ver a Magnus Sturluson. ¿Está ahí?

—¿Y quién es usted? —le pregunté con desconfianza.

—Tú llévame ante él. Será una sorpresa, ya verás... —dijo con una sonrisa que más bien era una mueca cruel.

Jamás había oído una voz más fría y desagradable que aquella. Ni había sentido una presencia más inquietante.

—Será mejor que vuelva otro día —respondí, mientras hacía el gesto de cerrar la puerta ante sus narices.

Antes de que pudiera conseguirlo, el hombre colocó un pie entre la puerta y el marco. Con una agilidad sorprendente, me cogió un brazo y me lo retorció, arrancándome un grito de dolor.

—¡Déjate de cuentos y llévame hasta tu padre o te juro que te arrancaré el brazo!

Por mucho que gritara mi padre no podría oírme. Intenté desasirme, pero lo único que conseguí fue que me retorciera el brazo un poco más.

Creí que iba a desmayarme de dolor.

—¡Venga, vamos!

Como había previsto, mi padre estaba absorto delante de su ordenador con los cascos puestos. Cuando levantó la vista, se quedó petrificado. La taza de café que tenía en las manos cayó y se rompió en pedazos.

—Yo también me alegro de verte, Magnus... —dijo sarcásticamente el desconocido.

—¡¿Tú?! Este país está fuera de tu jurisdicción.

—¿Ah, sí? Y entonces ¿qué hago aquí? —Se rio tétricamente.

El hombre del abrigo negro me ordenó:

—Vete y cierra la puerta. Tu padre y yo tenemos que hablar.

Lo hice cuando mi padre asintió con un gesto. Me quedé junto a la puerta por si Magnus necesitaba mi ayuda.

Estuvieron hablando durante un buen rato. Procuré oír su conversación, pero solo conseguí pillar algunas palabras sueltas: «delito...», «documentación...», «prisión...», «demanda...», «extradición...», «secreto...», «trato...».

Finalmente, la puerta volvió a abrirse. El hombre del abrigo negro atravesó la casa hacia la salida con increíble agilidad, sin ni siquiera tener necesidad del bastón. Había memorizado el camino con suma facilidad. Él mismo abrió la puerta y salió a la calle. Una vez fuera, volvió a desplegar el bastón y con su top-top-top se dirigió hacia el coche. Al verlo salir de la casa, el conductor volvió a poner en marcha el motor y abrió la puerta del copiloto. Se desplegó automáticamente un escalón que permitió al hombre del abrigo encaramarse al interior del vehículo.

El monstruo mecánico rugió de nuevo y se alejó por donde había venido.

Mi padre se había quedado lívido.

—¿Quién era, papá?

—Es la persona que más sabe sobre mí aparte de ti y tu madre. Puede incluso que me conozca más que yo mismo. Trabaja para una organización secreta que colabora con los gobiernos de todo el mundo. Es mejor que no conozcas el nombre de su grupo, de momento. No conviene pronunciarlo.

—¿Y qué ha venido a hacer aquí?

—Ha venido a advertirme o a amenazarme, depende del punto de vista. Quiere algo que yo tengo.

—Ese hombre tiene pinta de no admitir un no por respuesta.

—En esta casa vivimos solamente tú, tu madre y yo. El miedo no va a venir a instalarse aquí...

Tenía ganas de decirle que cuando decidimos guardar silencio sobre lo ocurrido en Zurich el miedo empezó a hablar. Nada había ido bien desde entonces. Aquello se interpuso entre nosotros. Tenía la sensación de que mi padre, de algún modo, me evitaba. Incluso cuando estábamos a solas llevaba puesta una coraza emocional que lo mantenía lejos de mí.

Definitivamente, él había cambiado. Magnus siempre había confiado en las personas y en su naturaleza bondadosa y generosa. El accidente de Zurich hizo trizas esa idea, la espina dorsal de todo lo que él creía y valoraba.

Yo tampoco era la misma. Siempre me había visto como alguien fuerte y autosuficiente, pero desde Zurich la palabra que mejor me definía era «frágil».

Estaba segura de que mi madre debía de sentir que éramos unos extraños. Quizá las cosas habrían sido diferentes si ella hubiera estado al corriente. Pero el pacto entre mi padre y yo la dejaba a ella fuera.

—No te preocupes. Ve a clase. No vayas a llegar tarde —intentó tranquilizarme.

No era la primera vez que nos amenazaban. De hecho, formaba parte de nuestra rutina. Decidí subir a mi habitación para empezar las clases.

Habían transcurrido un par de días y las idas y venidas de mi robot por el instituto ya no despertaban la misma sorpresa que antes. De hecho, mi VGo ya formaba parte del paisaje habitual. Me sentía igual que si fuera invisible. Lo único que me convencía de que realmente no era transparente era que cuando me cruzaba con alguien en el pasillo se desviaba para no chocar conmigo.

La indiferencia era mutua. Las imágenes que me llegaban de mis compañeros de Menntaskólinn a través del visor me parecían planas, sin relieve. Solo servían para llenar el vacío. Y las conversaciones que captaban mis micrófonos solo eran sonido ambiental que invitaba a bajar el volumen del audio.

El plan de estudios en Gullinbrú funcionaba por un sistema de créditos en el que los alumnos podíamos escoger la mayor parte de las asignaturas. Biología era una de las de mi lista y ese día tocaba. Me dirigí hacia el laboratorio. Mi robot no era un prodigio de velocidad y casi siempre era la última en llegar.

—Bien, hoy vamos a observar a través del microscopio a un parásito increíble. Se trata de una *Polycellis felina*. Tiene una extraordinaria capacidad de regenerar partes perdidas de su cuerpo. Incluso es capaz de dar lugar a dos individuos diferentes si la dividimos transversalmente.

Se notaba que la profesora Gudmunndsdottir se lo pasaba en grande con aquello. A pesar de gustarme la biología, no dejaba de sorprenderme que alguien pudiera hablar con tanto entusiasmo de un parásito.

Había un asiento vacío al lado de Agnar. Volvíamos a coincidir en clase. Me dirigí hacia allí.

—¿No hay nadie sentado aquí? —le pregunté.

Agnar alzó la vista del microscopio. Llevaba la gorra de lana calada hasta las cejas, igual que el primer día que lo vi. Sonrió y el hoyuelo en su mejilla me dio la bienvenida.

—Bueno, está Jonas, mi amigo *huldufólk*. Pero no creo que le importe cederte su sitio.

No sabía si hablaba en serio o bromeaba.

Cuando era Agnar quien aparecía ante el objetivo de la cámara, la imagen adquiría resolución, casi era en tres dimensiones. Siempre había nuevos matices que contemplar en su rostro, su expresión o sus movimientos. Y en lo que decía nunca había nada aburrido ni vulgar.

No se trataba de esa estúpida palabra de cuatro letras.

¡¿Cómo podía plantearse siquiera una friki como yo la posibilidad de enamorarse?! ¡Sería grotesco! Primero necesitaba una buena dosis de amor propio antes de ofrecérselo a los demás. No, lo que ocurre es que hay personas con las que te sientes a gusto y otras con las que no. Y con Agnar me sentía como en casa.

Apartó suavemente la silla con el pie, haciendo suficiente sitio para que mi VGo pudiera acercarse a la mesa y observar a través del microscopio. No sé si fue un efecto óptico, pero cuando miré hacia la silla vi una especie de luz blanca resplandeciente. ¿Quizá era Jonas?

—Gracias por lo del otro día —dijo Agnar.

—¿A qué te refieres?

—Seguro que soy una de las pocas personas en el mundo a las que ha atropellado un robot... Eso me convierte en alguien muy especial —bromeó.

—Creo que fue exactamente al revés... Tú me atropellaste a mí —respondí riendo.

En ese momento la profesora Gudmunndsdottir estaba dibujando el sistema nervioso de la *Polycellis felina* en la pizarra.

—Algunos científicos consideran que estos ganglios son un cerebro con todas las de la ley. Presentan oscilaciones electrofisiológicas espontáneas como lo hacen los cerebros humanos... En fin, la mayoría de ellos. Dudo que los cerebros de algunos de los que estáis aquí emitan ningún tipo de señal —dijo sarcástica.

Agnar deslizó el microscopio hacia mí.

—¿Quieres echarle una ojeada?

Incliné el visor de mi cámara hacia el ocular del microscopio. Con esa pinta, no me extrañaba que las *Polycellis felinas* optaran por la reproducción asexual.

—¿Estás en alguna actividad? —se interesó Agnar.

—Estar aquí ya lo es, ¿no? —respondí sin entender la pregunta.

—No, me refiero a si formas parte de alguno de los clubs estudiantiles. En Gullinbrú hay un montón de ellos: el club de ajedrez, el club de arte, el club de remo...

—Stulka, mi contacto en el insti, no me lo ha comentado. Bueno, de hecho no me ha puesto al día de casi nada...

—Puede que Stulka se sienta incómoda contigo.

Las palabras de Agnar certificaban algo que ya había notado: para Stulka yo era un grano en el culo.

—¿Y tú, no te sientes incómodo?

—No, solo eres diferente. Si no existieran diferencias todo sería muy aburrido, ¿no crees?

«Diferente» casi sonaba como un halago dicho por él.

—Soy el responsable del club de joik. Nos reunimos los miércoles por la tarde. ¿Quieres venir?

—Me gustaría... pero no tengo ni idea de lo que es el joik... —dije mostrando mi absoluta ignorancia sobre el tema.

En serio, en esos momentos me hubiera gustado ser toda una experta en joik, fuera lo que fuese.

—Verás, es el canto ritual de los sami, el único pueblo nómada que queda en Europa. No utilizan cámaras de vídeo ni fotográficas para plasmar la belleza de un paisaje, un animal o una persona. Para ellos sería como intentar enlatar las sensaciones. En vez de eso, improvisan una canción.

—Yo no sé cantar.

—No importa. El joik solo necesita que sepas vivir.

Estuve a punto de decirle que eso tampoco se me daba muy bien. Pero la idea de conocer qué era lo que tanto lo emocionaba me pareció irresistible.

—Está bien, iré. Cuenta conmigo.

Cuando faltaban pocos minutos para acabar la clase, me di cuenta de que algo raro pasaba con Sigmundur. Supuse que era porque no había día que Hjalti no se ensañase con él. Y era evidente que eso le provocaba a Sigmundur un bajón considerable. La seguridad que le confería su complexión deportiva se había esfumado. Ahora encogía los hombros que antes lucía con orgullo y se llevaba a menudo las manos a la cabeza, en un gesto que tenía mucho de desesperación. Su chaqueta estilo equipo de fútbol americano empezaba a desentonar con su apariencia.

Lo bueno de tener aspecto robótico era que podía observar descaradamente a alguien sin que este se percatara.

De pronto, aprovechando que la profesora estaba resolviendo las últimas dudas y de que algunos alumnos recogían sus cosas y se levantaban para cambiar de clase, Sigmundur se acercó al armario de los productos químicos y cogió algo disimuladamente de su interior. La señora Gudmunndsdottir era la única que tenía acceso a él. Normalmente estaba cerrado con llave. Solo permanecía abierto durante las prácticas del laboratorio.

El VGo estaba programado para grabar por defecto las clases. Gracias a esa aplicación, pude volver a visionar las imágenes de Sigmundur junto al armario. Las amplié con el zoom. Comprobé que lo que cogía era un frasco de cloro. Me preguntaba para qué lo querría. Aquello me daba muy mal rollo. Cuando salió del laboratorio, decidí ir detrás de él.

Me despedí de Agnar.

—Nos vemos en las próximas clases de biología y latín —me despedí mientras me marchaba

—O en el taller de joik —remató él.

En vez de cruzar el pasillo y dirigirse hacia la siguiente clase, Sigmundur se encaminó hacia el jardín. A esa hora allí no había nadie. Se metió en la caseta de jardinería que también hacía las veces de almacén de material y desapareció de mi visor.

No sabía cómo reaccionaría Sigmundur si descubría que lo había seguido. Pero decidí arriesgarme.

Al abrir la puerta de la caseta vi que estaba vaciando el contenido de un envase de amoníaco en un cubo. Después, como si se tratara de un ritual que hubiera preparado a conciencia, se puso de rodillas y metió la mano en el bolsillo. Lentamente, sacó el frasco de cloro. Lo observó, pensativo, durante unos segundos. Se dispuso a vaciarlo también en el cubo. Adiviné lo que se proponía hacer.

La mezcla del cloro con amoníaco producía un gas de efectos rápidos y mortales. Estaba a punto de suicidarse.

—No vas a ser tan estúpido para suicidarte, ¿verdad?

Aquellas palabras desencadenaron una reacción en cadena en el interior de Sigmundur. Saltó hacia mí igual que lo haría un animal furioso. Estaba fuera de sí.

—¡Vuelve a llamarme estúpido y te convierto en chatarra! —me espetó con una mirada incendiaria mientras me amenazaba con el puño.

Si hubiera estado allí en carne y hueso la reacción de Sigmundur habría sido imprevisible. Tratándose de una máquina, me dejó de lado. Volvió hacia el cubo con el cloro en la mano.

—Quédate, si quieres. Incluso puedes grabarlo. ¡Me importa una mierda! No tengo más opciones, ¿sabes? —dijo rompiendo en sollozos.

—Esa no es una opción. Puedo ayudarte.

—¡¿Ayudarme?! ¿Tú te has visto? También tendrías que considerar la posibilidad de acabar con todo. —En este momento lloraba y reía, todo al mismo tiempo.

Tengo que admitir que esa idea no me era del todo desconocida.

¿Para qué? ¿Para que todos los Hjalti Gudrun del mundo se salgan con la suya? ¡Ni lo sueñes! —Intentaba encontrar el resorte que lo hiciera recapacitar.

—Me repito constantemente: «Tienes que ser fuerte, si no te machacarán...». Pero ya no puedo más... ¡Cuelgo el cartel de «Fin de la película», *The End, Koniec*!

Más que conmigo hablaba para sí mismo en voz alta.

—Escúchame... esta película no ha hecho más que empezar. Y lo mejor está por llegar.

Sigmundur se movía arriba y abajo. Lloraba, reía y maldecía, todo en uno, sin transiciones.

—¿Cuál es el problema? Seguro que hay alguna solución.

—No sé por qué... pero te lo voy a contar.... Quizá porque eres una marginada a la que nadie le hará puto caso o puede que porque ya he decidido acabar con todo.

Parecía que su tono de voz empezaba a sosegarse.

—El padre de Hjalti es abogado. Tiene de cliente a una empresa de seguridad. Una de sus cámaras está situada enfrente del Kjallarinn, un bar gay... Pero soy heterosexual, ¿vale? Aunque las imágenes con las que Hjalti me amenaza constantemente pueden dar a entender lo contrario...

¡Un abogado que compartía información confidencial con su hijo! El padre de Hjalti se estaba empleando a fondo para convertirlo en un auténtico cabronazo. Esa familia tenía como pasatiempo jugar con la vida de las personas.

—No quiero seguir siendo el payaso que baila al son que le marca Hjalti... No puedo aguantar esta situación ni un minuto más...

—Conseguiré que esas imágenes desaparezcan.

—¿Y por qué harías eso por mí?

—¿Y por qué no? —dije emulando la respuesta que Agnar me había dado unos días antes.

Logré que Sigmundur saliera de la caseta conmigo. De momento parecía que le había hecho cambiar de opinión. Pero debía atacar el problema de raíz.

Tenía que hablar a solas con Hjalti.

La oportunidad se me presentó cuando entró en el lavabo de chicos. Sin pensármelo dos veces, fui tras él.

Se había metido en uno de los huecos que había entre mampara y mampara. Empujé la puerta y entré sin ningún tipo de preámbulo. Hjalti estaba de pie ante el inodoro, haciendo sus necesidades.

—¡Déjalo en paz! ¿Me oyes? —le exigí.

Hjalti me miró sorprendido, sin poder separarse del retrete ni darse la vuelta por completo.

—¡¿Eh?! ¿De qué hablas? ¿Qué se te ha perdido aquí?

—Sigmundur ha estado a punto de acabar con su vida por tu culpa.

A esas alturas, Hjalti ya se había subido la bragueta y dado la vuelta.

—¡Vaya mierdecilla! Ni siquiera ha sido capaz de terminar lo que había empezado... —dijo sin remordimiento alguno—. ¡El capitán del equipo de balonmano del insti pidiendo la ayuda de una colgada! ¡Es lo último!

—¿Qué pasa? ¿Te divierte destrozar la vida de los demás? —le espeté.

—El mundo no lo echará de menos. Mira, lo máximo a lo que puede aspirar Sigmundur en la vida es a servirme una Doble Cheeseburger en el McDonald's.

—Pues espero que esa hamburguesa se te atragante y te siente como una patada en los huevos.

Hjalti entornó los ojos, mirándome.

—Tienes razón... Por el momento me olvidaré de Sigmundur... Tú eres una pieza más interesante.

Minutos después, volví a verlo en el pasillo. Me siguió con la mirada. Llevaba una manzana en la mano y le pegó un mordisco sin dejar de observarme. Sonrió cínicamente mientras con su dedo índice hacía el gesto de apuntarme con una pistola.

Todavía no era muy consciente de lo que eso significaba.

Esa noche tenía una cita virtual con Los siete enanitos en Avatar World.

Estaban sentados a la barra de la cocktelería polinesia. Blick era el único que estaba al otro lado de la barra, ejerciendo de director de orquesta. Tomé asiento. Cada uno de nosotros tenía un taburete adjudicado. Siempre ocupábamos el mismo.

—Necesito eliminar unas imágenes de vídeo del servidor de una empresa de seguridad. Y también la copia de esas imágenes en un teléfono móvil —les dije.

—¿Y qué nos va a reportar este asunto? —Como siempre, Quarx iba a lo práctico.

—Es un caso de *bullying*. Alguien las está utilizando para jugar al gato y al ratón y joderle la vida a un pobre desgraciado.

Las leyes del mundo real eran terriblemente lentas e ineficaces en los entornos digitales. No era extraño que, de vez en cuando, decidiéramos hacer justicia por nuestra cuenta.

—¿Conoces a la víctima? —inquirió Blick.

—Sí, pero eso no tiene nada que ver.

—Si estás implicada, puede que no seas racional en este asunto —continuó Blick—. Pásale toda la información a Grumpy; él valorará si debemos intervenir o no.

—¡¿Grumpy?! —exclamé.

Ciertamente, Grumpy era el más idóneo para no implicarse de forma emocional con nadie.

—¿Qué pasa, Firefly? ¿Te tiras a ese tipo?

—Eso no es asunto tuyo.

Te equivocas. Ahora sí lo es.

Tener que rendirle cuentas de mi inexistente vida sexual a Grumpy me apetecía tanto como un puñetazo en el estómago.

—No me lo tiro ni nada parecido. ¿Estás satisfecho?

—Por el momento, sí.

No me quedaba más remedio que esperar a que Grumpy diera luz verde, o no.

No iba a ser una espera plácida.

Pasaron unos días, y como la visita del hombre de negro no surtió el efecto que buscaban, los enemigos de mi padre cambiaron de táctica.

Un día, al bajar al salón, vi a mi padre de pie, abatido. Encima de la mesa había el documento más oficial que uno pueda imaginarse. Estaba lleno de timbres de distintas secciones del Ministerio de Justicia islandés que se superponían a las de la Fiscalía de Estados Unidos. En él se detallaban una lista interminable de delitos que supuestamente había cometido Magnus: difusión no autorizada, fraude electrónico, fraude informático, acceso no autorizado a una red informática... Los años de cárcel que pedía la fiscalía estadounidense sumaban varias unidades y unas cuantas decenas.

—Es una demanda de extradición de Estados Unidos. De momento sigo libre, pero si las cosas se ponen feas, podrían decretar arresto domiciliario. Pasarán unos meses antes de que el jurado decida si deben entregarme o no.

Me fijé en una de las firmas que aparecían al pie del documento. Era la del abogado Eirikur Gudrun, el padre de Hjalti. La Fiscalía de Estados Unidos lo había contratado para que impulsara el trámite de extradición desde Islandia. «Vaya, otro motivo para odiar a esa familia.»

—Tranquila, los abogados de Drumleaks se ocuparán del caso. Ellos conseguirán que no me extraditen.

Creo que lo dijo más para tranquilizarme que no porque contara realmente con ello.

Justamente por entonces, en la web de Hjalti, El Espejo Mágico, empezó un macabro juego. Cada día aparecía el nuevo trazo del dibujo de un ahorcado. Primero fueron dos toscos palos a modo de horca. Después, una gruesa línea que simulaba una cuerda. Más tarde, empezó a tomar forma la figura de un monigote, que estaba destinado a ser el ajusticiado... Las letras M-A-G-N-U-S S-T-U-R-L-U-S-O-N fueron apareciendo gradualmente. Era un aviso del destino que le esperaba a Magnus. Gracias a su padre, Hjalti debía de saberlo de primera mano.

La situación empezó a hacerse insostenible. Mi padre y mi madre discutían a menudo, pero disimulaban cuando yo estaba delante.

—¿Queréis decirme qué está pasando? ¡Que tenga agorafobia no quiere decir que sea idiota!

—Lo resolveremos, cariño. Hemos salido de situaciones peores.

Era la frase comodín que utilizaban para seguir manteniéndome al margen.

Mi padre se pasaba las noches en vela, programando. Parecía que le fuera la vida en ello. Estaba claro que intuía que el tiempo se agotaba y se había encomendado una misión que debía concluir a toda costa.

La siniestra soga virtual de la web de Hjalti fue haciéndose cada vez más real, convirtiéndose en un trágico vaticinio.

—Nadie va a mover un dedo por mí, hija. Ni siquiera Drumleaks. Soy un estorbo y aprovecharán la ocasión para quitarme de en medio.

Se lo veía agotado y desanimado.

Debía de ser muy duro para alguien como mi padre, que siempre había apostado por el interés colectivo, encontrarse solo de repente.

—Me dijiste que tú tenías algo que ellos querían. ¿Por qué no se lo entregas?

—No puedo. No me pertenece solo a mí.

Había tomado una decisión y pensaba llevarla hasta el final. ¡Así era él, maldita sea!

Finalmente, recibí un mensaje de Grumpy:

«Ok, Firefly. Te va a llegar un correo con el regalito que necesita tu amigo. Ten cuidado al manipular el bichejo que contiene, podría dejar a toda una ciudad sin ordenadores.»

A Grumpy le gustaba referirse a los virus informáticos como si se tratase de seres vivos. Seguro que se llevaba mejor con ellos que con las personas.

Ayudar a Sigmundur era una forma de mitigar el dolor que sentía por no poder hacer nada por mi padre.

Durante el invierno, en Reykjavik apenas hay un puñado de horas de sol. Su luz es mortecina y triste. Siempre he pensado que si ese sol hubiese calentado más, el destino de mi padre habría sido diferente.

Una tarde, cerca del anochecer, mi padre se presentó desencajado y desesperado en mi habitación.

—Toma, aquí está lo que andan buscando.

Mi padre puso en mi mano un disco duro externo.

— He introducido diversos mensajes ocultos en el código fuente de The World of Spellcraft...

The World of Spellcraft era un videojuego que Magnus creó especialmente para el día de mi sexto aniversario. ¡Fue un regalo increíble! Ningún otro niño ni niña de mi edad tenía nada parecido. Se trataba de un juego de temática fantástica y cuentos de hadas. Ahora entendía qué habría estado haciendo mi padre durante esas últimas semanas. Lo había desempolvado y trabajado de forma frenética en él para ocultar diversas pistas en su interior.

—Te guiarán hasta una documentación secreta y muy comprometedora. No te imaginas lo que pueden llegar a intentar todos los que aparecen nombrados en ella para impedir que se divulgue. No te fíes de nadie. Están por todas partes y muy bien conectados. Pero tú tienes lo necesario para vencerlos.

Estaba segura de que mi padre me sobrestimaba. ¡Si ni siquiera podía valerme por mí misma!

—¡Sigue guardándola tú, papá! Contigo estará segura... —dije casi llorando.

Intuí que se estaba despidiendo de mí y no podía aceptar esa idea.

Magnus no tenía tiempo que perder y no se entretuvo en rebatir mis palabras. Me abrazó como hacía mucho tiempo que no lo hacía.

—Hija, no creas nada de lo que de ahora en adelante puedas oír sobre mí. ¿Me lo prometes?

—Te lo prometo... ¡Te juro que lo prometo!

Magnus salió de mi habitación. Corrí tras él. Pero mi padre ya bajaba la escalera y se dirigía hacia la puerta de la calle. Tuve la intuición de que jamás volvería a verlo.

—¡Papá!

Capítulo 5
El laberinto inexpugnable

Todavía recuerdo el reflejo de aquellas luces azules en la nieve.

Estuve esperando durante horas a que volviera mi padre. Cuando finalmente sonó el timbre, corrí a abrir la puerta. Tenía la secreta esperanza de que se trataría de él y de que todos los negros presentimientos se desvanecerían por arte de magia.

En su lugar me encontré con un hombre y una mujer de uniforme. Habían aparcado el coche patrulla de la Lögreglan, la policía islandesa, ante nuestro domicilio. Era la confirmación de que algo terrible había sucedido. El aire frío de la noche arremetía contra mi pijama.

—¿Estás sola en casa? —preguntó la mujer policía.

Llevaba el pelo recogido en una larga trenza rubia que caía por encima de uno de sus hombros. El hombre era alto y delgado. Llevaba gafas. Era más fácil imaginárselos orientando a un turista que enfrentándose a un delincuente o siendo portadores de una mala noticia.

Después de que mi padre se hubiera marchado de casa había intentado localizar a Tomoe, mi madre. Pero no contestaba al teléfono. No estaba previsto que volviera a Islandia hasta dentro de dos días.

—¿Eres la hija de Magnus Sturluson? —Parecía ser la mujer la que llevaba la voz cantante.

—¿Qué le ha pasado a mi padre?

Mi voz sonaba temblorosa a causa de la temperatura exterior y también por lo que intuía que estaban a punto de decirme.

—Será mejor que entremos, ¿te parece?

Entraron y cerraron la puerta tras de sí. Nos quedamos de pie en el recibidor.

—Tu padre ha tenido un accidente.

—¿Ha muerto?

Era una pregunta retórica. Estaba convencida de que sí.

—¿Por qué no te sientas? —Por primera vez el hombre abrió la boca para decir algo.

Acercó una silla para que me sentara. Seguí de pie.

—¿Ha muerto?

—Ha sufrido un ataque al corazón.

No acababan de pronunciar las palabras que, en el fondo, esperaba no tener que oír.

—¡Maldita sea! ¿Ha muerto?

—Sí, lo siento...

Me habían arrebatado a mi padre.

Podían simular que había sido un accidente. Podían, incluso, hacer creer que se había suicidado. Eran capaces de eso y mucho más. ¡Cuántos ciberactivistas habían muerto de forma prematura por causas desconocidas! De momento, mi padre cerraba esa siniestra lista. Lo cierto, la pura verdad, era que ellos habían convertido su vida en un infierno y, de un modo u otro, lo habían matado.

Ni por asomo pensé en decirles a esos policías que el accidente del que hablaban en realidad había sido un complot. Ya no era tan ingenua para pensar que la policía estaba para proteger a los ciudadanos. Sabía que ellos los controlaban.

Supongo que los dos esperaban verme llorar, gritar, maldecir... En lugar de eso, fui instintivamente hacia el perchero que había en el recibidor y me puse un abrigo de mi padre que estaba colgado en él. Ni siquiera sé por qué. Solo lo hice. Abrí la puerta y salí a la calle.

Desde que llegué a Islandia no había reunido fuerzas suficientes para atravesar esa entrada. Y ahora, casi sin proponérmelo, traspasé la línea imaginaria que me separaba del mundo exterior. En otras circunstancias lo hubiera vivido como un triunfo, pero en ese momento solo sentía el frío del invierno y de la muerte.

Mis zapatillas se hundieron en la nieve.

Todavía eran visibles las huellas que Magnus había dejado unas horas antes. Me incliné sobre ellas y las acaricié con la punta de los dedos. Pronto desaparecerían para siempre bajo la nieve que volvía a caer.

—Si quieres, podemos avisar a un psicólogo de la policía. Hablar con él te ayudará.

La mujer estaba a mi lado. El hombre se había quedado en el umbral de la puerta. Ella puso la mano en mi hombro.

—Ven, te prepararé algo caliente.

El hombre y la mujer estuvieron acompañándome hasta que llegó Jean-Bernard, un viejo amigo de mis padres. Lo había llamado mi madre para que me hiciera compañía. A pesar de la distancia, ella también se había enterado de la muerte de papá.

La última vez que Jean-Bernard y yo nos vimos fue en la fiesta de fin de año. Yo estaba encaramada a la fachada de la casa y él me miraba sorprendido a través de la ventana del salón. En otra situación, volver a verlo podría haber sido bastante embarazoso, pero en ese momento me reconfortó. Jean-Bernard se mostraba torpe en las relaciones sociales. Cuando se encontraba incómodo ante una situación, solía ajustarse sus gafas redondas de pasta negra. Y eso fue lo que hizo ante mí. No sabía si ponerse las manos en los bolsillos o abrazarme. Finalmente, hizo esto último. Solo unas horas antes habría rehuido ese contacto, pero ahora me reconfortaba. De alguna manera fue sentir a mi padre cerca de mí.

Al principio el silencio fue incómodo. Después, una tras otra, fueron surgiendo anécdotas sobre Magnus. Esa es la prueba más evidente de que estás muerto, ¿no? Cuando la gente empieza a recordar lo bueno que eras.

Más tarde, de madrugada, llegó Tomoe, mi madre. Había conseguido un billete en el último vuelo nocturno desde Holanda.

Ni siquiera en un momento como aquel dejaba de tener esa elegancia innata. Transmitía magnificencia con la mirada, con su forma de moverse, incluso con el movimiento de un dedo meñique. Había heredado toda la arrogancia de sus ancestros samuráis y el gusto por la seducción de sus antepasadas geishas.

Supongo que a muchos hombres les resultaba atractiva. Nunca he querido ir más allá de esta suposición. Intuyo que mis padres tenían eso que llaman una «relación abierta», de la que básicamente se beneficiaba ella. Mi padre no necesitaba alimentarse de la admiración de los demás.

Jean-Bernard se marchó y nos dejó solas.

Nos quedamos sentadas una frente a la otra. Apenas recordaba la última vez que eso ocurrió. Mi padre siempre había hecho de puente entre las dos. Y ahora estábamos cada una en un extremo, sin nada que nos uniera.

—Tú eres toda mi familia, ahora —dijo.

En realidad, yo me sentía huérfana.

—Voy a prepararme un té verde. Lo necesito... ¿Quieres uno?

Era típico de ella no recordar que no me gustaba el té. Cada vez que me lo preguntaba era como si me diera la posibilidad de rectificar. Y eso hacía que todavía detestara más ese brebaje verdusco.

—He estado hablando con gente que conoce a Yoko Ono. Creo que le podremos hacer un homenaje a Magnus en Friðarsúlan.

En islandés, Friðarsúlan significa «la columna de la paz». También se la conocía con el nombre de Imagine Peace Tower. Era la ingenuidad convertida en monumento. ¡Quién podía pensar que un chorro de luz que se reflejaba en las nubes, a centenares de metros de altura, podía contribuir a la paz mundial!

Yoko Ono, la viuda del músico John Lennon, asesinado

por un fan en Nueva York el año 1980, había escogido la isla de Viðey, frente a Reykjavik, para emplazar ese monumento en memoria de su marido.

Yo apenas estaba empezando a hacerme a la idea de que jamás volvería a ver a mi padre. Y mi madre, en cambio, había estado incluso pensando en los detalles de su funeral.

—Papá sabía que algo iba a ocurrirle. Hablé con él... Estaba asustado, mamá. ¡Lo han asesinado!

Rompí a llorar por primera vez. Tomoe me abrazó, consolándome.

—Lo mataron mucho antes, hija. De un tiempo a esta parte, tu padre estaba muy cambiado. Será mejor que lo recordemos tal y como era en los buenos tiempos, y no de la forma en que murió... —Interrumpió la frase súbitamente.

—¿Qué pasa? Dímelo...

—¿La policía te ha explicado... cómo sucedió?

—Me dijeron que había sufrido un ataque... ¿No es así?

—Sí...

—¿Dónde ocurrió?

—Olvídalo, no tiene importancia. —No resultaba nada convincente, y noté que intentaba quitar hierro al asunto.

—Tengo derecho a saberlo, ¿no crees? —insistí.

Después de pensárselo un momento, Tomoe me tendió su smartphone.

—Tarde o temprano acabarás enterándote... Las noticias hablan de ello.

Los policías me habían ahorrado los detalles de la muerte de Magnus, pero fue en vano: las ediciones digitales de los periódicos islandeses se estaban recreando en ellos.

«Un conocido ciberactivista muere de un ataque al corazón en plena orgía sexual con dos prostitutas.»

(www.bleikt.is)

«Todo apunta a que Magnus Sturluson desviaba fondos de la organización Drumleaks para sus actividades privadas. Al parecer, era un asiduo cliente del local Peach Club, donde halló la muerte.»

(www.frettir.is)

«Las cámaras de seguridad del Peach Club grabaron a un eufórico Magnus Sturluson antes de que se retirara al reservado con dos de sus empleadas.»

(www.visir.is)

A esos carroñeros no les bastaba con que hubiera muerto. También querían arrancarle las entrañas a su recuerdo. Arrojé el smartphone contra el suelo con toda la rabia de que era capaz. Iba a ser difícil recomponerlo otra vez.

—¿Qué clase de periodistas pueden escribir esa sarta de mentiras? —exclamé.

Tomoe intentó tranquilizarme. Cogió mi cara entre sus manos y me habló con suavidad:

—Tu padre era una persona acorralada. En muchos sentidos. No sólo judicialmente... En esas circunstancias, la gente puede llegar a comportarse de una forma extraña... El mejor homenaje que podemos hacerle es no obsesionarnos con las circunstancias de su muerte y seguir adelante con nuestras vidas.

Para mi sorpresa, mamá no consideraba que esas informaciones fueran invenciones. Estuve a punto de decirle que Magnus me había confiado una documentación secreta y que eso era lo que había causado su muerte. Quería disipar en ella cualquier duda sobre papá.

Pero de pronto me fijé en su maleta. A ella no le bastaba un equipaje de mano. Utilizaba una de esas compactas con ruedas, tipo *trolley*. Su tamaño la obligaba a facturarla. Pero ahora la maleta no llevaba candado en los cierres de cremallera ni embalaje de plástico, como solía ser habitual. Tampoco tenía etiqueta ni adhesivo de compañía aérea alguna. Me pasó una idea por la cabeza... ¿Y si no había tomado ningún vuelo como decía haber hecho? Desconfié de ella.

«No te fíes de nadie.»

Las últimas palabras de mi padre resonaban en mi mente. ¿Eso incluía también a mi madre? ¿Por qué Magnus había confiado en mí y no en ella? ¿Empezaba a estar paranoica?

Me dolía la cabeza. Sentía como si me la hubieran pateado. Necesitaba estar a solas. Me fui a mi habitación y me eché en la cama. Sabía que sería imposible dormir, pero aun así cerré los ojos.

Los pensamientos estallaban en mi cerebro.

Todo el mundo parecía empeñado en explicarme quién era papá en realidad. ¡Qué sabrían ellos!

Mi padre era la persona que siempre tenía al lado cuando llegaba del colegio llorando porque habían invitado a todos los niños de la clase a una fiesta de cumpleaños menos a mí. Mi padre me enseñó que, al igual que hacían los protagonistas de los videojuegos, yo podía superar los problemas de la vida real con ingenio y habilidad. Él fue quien me inculcó que podía luchar para cambiar lo que no me pareciera justo.

Pero en el futuro él estaría ausente. No sabía si llamar vida a lo que empezaba a partir de ese momento. Me sentía terriblemente sola y desvalida...

¡No, mi padre no había confiado en mí para que me comportara como una niñata! ¡Ni para que me quedara escondida en mi madriguera!

Me miré en el espejo. Cuando lo hacía, procuraba que la visión fuera lo más fugaz posible. Lo que veía resultaba insoportable. Me entraban ganas de vomitar al contemplarme. Con los ojos llenos de lágrimas, golpeé mi imagen reflejada.

¡Voy a librarme de ti de una puñetera vez, niñata!... —grité.

Me arranqué esa horrible camisa de dormir estampada con ovejas lanudas. Y después hice lo mismo con los pantalones que iban a juego. Desde que enfermé, había echado mano de camisetas, raídos pantalones vaqueros e incluso chándales... Abrí el armario y arrojé al suelo aquellas prendas que me habían aprisionado y convertido en una caricatura de mí misma. Desnuda, pateé y rasgué con toda la rabia y la furia de que era capaz ese montón de ropa. ¡Jamás volvería a usarla!

En un rincón del armario descansaba, guardada en cajas de plástico, mi verdadera imagen. Mi indumentaria *cosplay*, la misma que usaban mis heroínas de los videojuegos, los cómics y las películas. Vestirla era intentar que mi vida usara la misma talla que ellas. ¡No había vuelto a llevarla desde hacía tanto tiempo...!

Si conseguía dejar de verme a mí misma como una pringada, puede que las cosas empezaran a cambiar. No podía vencer la agorafobia por arte de magia, pero podía intentar convertirla en una compañera menos posesiva.

Al fin y al cabo, Carla Valenti, la protagonista de Fahrenheit, mi videojuego favorito, tenía miedo a los espacios cerrados y eso no le impedía enfrentarse a sus enemigos. Y Joanna Dark, de Perfect Dark, era una de las mejores agentes del Instituto Carrington, a pesar de tener una lesión en la columna. ¿Solo eran personajes ficticios? ¡Y qué! Yo siempre había pensado que, en el fondo, la vida real era una especie de videojuego defectuoso.

Puede que mis enemigos tuvieran dinero, influencia y poder. Pero yo tenía a mis heroínas a mi lado.

Abrí una de las cajas y saqué mis pantalones de camuflaje. También mi jersey de color granate idéntico al de Carla. Y luego, las botas militares del interior del mueble zapatero. Ese iba a ser mi uniforme de poder, mi coraza contra las dificultades, fueran las que fuesen.

Miré por la ventana de mi habitación. El sol empezaba a despuntar. La noche más terrible de mi vida llegaba a su fin. Todo parecía tan irreal que no me hubiera costado demasiado convencerme de que solo se trataba de una pesadilla. Pero ahí estaba el disco duro que me había entregado mi padre para recordarme que no era así.

El disco duro estaba allí. Mi padre ya no. Lo conecté al

ordenador e inicié la sesión The World of Spellcraft. Ese iba a ser el juego de mi vida.

Hacía casi diez años que no contemplaba esas vistas. Olangijala, la tierra donde nacen los cuentos, el paisaje de mi infancia, un reino congelado en el tiempo. Era un lugar que invitaba a ser explorado para descubrir toda la belleza y también el horror que había en él. En cada rincón podía vislumbrar algo nuevo y maravilloso o algo desconocido y terrible.

No era esa clase de mundos mitológicos que debes explorar espada en mano cortando cabezas de dragones y buscando un magnífico botín. En ese juego, a diferencia de la mayoría, no había combates, sino desafíos y rompecabezas por resolver.

Papá siempre me decía que la única forma de encararlo era adquiriendo una nueva perspectiva de cuanto te rodeaba, no dar nada por sentado. Todo era nuevo, todo era impredecible.

Cuando solía jugar durante mi infancia, la protagonista del juego era una niña con el mismo aspecto que yo tenía a los seis años. Ahora se trataba de una chica de mi misma edad, dieciséis años, que se me parecía tanto como si me viera reflejada en un espejo de píxeles. Magnus incluso la había vestido con esa camiseta que me gustaba tanto y que llevaba la frase «*Virus Detected*» y un triángulo de peligro estampado en ella.

Instintivamente, seguí el curso descendente del río que atravesaba el valle de Olangijala. Es lo que solíamos hacer mi padre y yo cuando jugábamos. Mi padre también se había convertido en parte del juego. El personaje del Hombre Sabio tenía su mismo aspecto. Su misión era darme pistas que me ayudaran a superar los obstáculos.

Y allí estaba de nuevo. En aquel recodo del río, pescando, como solía hacer. Ataviado con su túnica y la capucha cubriéndole la cabeza.

«¡Papá!»

Corrí hacia él.

Al verme, el Hombre Sabio-Magnus se levantó y me abrazó.

—¿Te acuerdas, Aya? Tenías seis años y te preguntabas qué ocurría cuando las personas se morían. Te hablé de Olangijala. Ha llegado la hora de que yo también viaje para siempre hacia ese lugar.

Quizá la eternidad era eso: formar parte de un videojuego y superar sus infinitos niveles.

¡Tenía tanto que decirle! ¡Y tantas preguntas por hacerle! Pero mi personaje no estaba configurado para dialogar.

—Tienes una misión, Aya. He diseminado diferentes huevos de pascua que te ayudarán a dar con la información secreta.

Los huevos de pascua son los elementos ocultos que contienen recompensas para el jugador que los encuentra. Pero, en este caso, se trataba de un superpremio: la destrucción de los asesinos de mi padre.

—No será sencillo localizarlos, pero no podía ponérselo fácil a tus contrincantes. Son los miembros de Viktualia.

Viktualia era un nombre que, desde pequeña, había aprendido a temer y a odiar. Mis padres lo habían pronunciado en muy pocas ocasiones ante mí. Como si hacerlo resultase peligroso y pudiera acarrear graves problemas.

Normalmente, utilizaban la palabra «ellos» en su lugar. La primera vez que oí «Viktualia» era una niña. Imaginé que se trataba de una especie de bruja que perseguía a mis padres, lanzándoles hechizos maléficos. Más tarde, descubrí que en realidad era una poderosa organización secreta. La mayor red de espionaje y control de las comunicaciones de la historia.

Corría el rumor de que cuando una empresa de Internet tenía cierto éxito, sus promotores recibían la visita de los hombres de negro de Viktualia. No se andaban con rodeos: querían la llave de la puerta trasera del sistema, la que facilitaba toda la información sobre los usuarios. Muchas empresas con un futuro muy prometedor habían visto desplomarse sus beneficios después de dar una respuesta negativa a aquella petición. Incluso en algunas ocasiones habían sido sus propietarios quienes se habían desplomado desde lo alto de un edificio.

El Hombre Sabio-Magnus apartó la maleza con la mano y dejó al descubierto una piedra en la que había signos escritos en alfabeto rúnico. Cada vez que esos signos se localizaban, se iluminaban y permitían llegar a sitios que antes eran inaccesibles o sencillamente no existían.

—En el primer nivel encontrarás información sobre Viktualia. Debes conocerlos, saber quiénes son, cómo actúan y piensan. Ellos están más cerca de lo que crees. Vamos, el Laberinto Inexpugnable te está esperando —dijo a modo de despedida.

«Por favor, papá, déjame estar un poco más a tu lado. ¡Te necesito!»

Pero el juego se mostró inflexible.

Cambió el escenario.

Me encontraba en el interior de un laberinto formado por enormes bloques de piedra que me aprisionaban y me impedían ver por encima de ellos. Avancé intentando encontrar pistas ocultas. Había estado en un montón de videojuegos que contenían laberintos. La forma habitual de resolverlos era dibujar mentalmente un mapa. Pero cuando el espacio era tan homogéneo solía incorporar algún tipo de acertijo para que el jugador pudiera deducir el camino a través de él. El Laberinto Inexpugnable no permitía ni lo uno ni lo otro. Hice que mi personaje se agachara, tocara hasta el más mínimo rincón intentando accionar algún mecanismo secreto. Adopté posturas inverosímiles para conseguir un punto de vista que permitiera dar con alguna pista que me hubiera pasado por alto. Pero no encontré nada de nada.

De pronto, se me ocurrió.

«Las piedras te susurran al oído» es lo que solía decirme mi padre cuando era pequeña e íbamos de excursión. Simulaba que las piedras le explicaban historias y él me las contaba para conseguir que siguiera andando. De ese modo, me olvidaba de lo cansada que estaba o del hambre que tenía.

Acerqué el oído de mi personaje a una de las piedras. Percibí que emitía un extraño zumbido, una especie de pitidos con cierta musicalidad. Y lo mismo pasaba con los otros pedruscos. ¡Esas piedras estaban cargadas de información!

Se trataba de datos codificados en forma de sonidos. Descargué un software llamado RX SS TV para decodificarlos. Cuando lo tuve instalado en mi ordenador, le di al botón RX. La transmisión de imágenes por ondas sonoras formaba parte de la prehistoria de las telecomunicaciones. Los radioaficionados utilizaban las SSTV para enviar fotografías a través de la radio. Las imágenes se desplegaban gradualmente en forma de persiana. El proceso era lento. Si mi padre había optado por él era, lo más probable, porque los sistemas más sofisticados también eran los más fáciles de detectar.

Lo que empecé a ver en pantalla no aparecía de forma nítida sino con granulados e interferencias. Se asemejaba a una visión espectral. Se mostraron diversos documentos clasificados como secretos.

Tenía razón mi padre: Viktualia estaba más cerca de lo que nunca habría imaginado.

Leyéndolos, descubrí que la organización había nacido en 1930 a partir de una de las sociedades estudiantiles surgidas en Menntaskólinn Gullinbrú, ¡mi instituto! «¡Joder! ¡Joder! Así que no era ninguna casualidad que Magnus me hubiera matriculado allí.»

Me pregunté cuánto tiempo llevaba jugando a ese juego sin yo ni siquiera saberlo.

Los lazos que se establecieron entre los miembros de aquella hermandad fueron tan fuertes que se mantuvieron más allá de la vida estudiantil de sus integrantes. Dejaron de ser jóvenes y se convirtieron en adultos, pero siguieron apoyándose entre ellos para conseguir notoriedad e influencia social. Eso los ayudó a impulsar sus carreras. Entre sus miembros se encontraban presidentes de gobierno, periodistas, banqueros, artistas... La organización siguió creciendo e incorporando a nuevas promociones de alumnos. De ese modo se crearon auténticas sagas familiares.

Era lo más parecido a una mafia a lo islandés. Sus miembros utilizaban nombres en clave de duendes, gnomos, elfos... sacados de los libros de Astrid Karlsdottir. Por ejemplo, el gran capo se ocultaba tras el alias «Troll Njáll». Nadie lo conocía, pero sus dictados eran obedecidos por todos. A pesar de inspirarse en los cuentos de hadas, no había nada inocente en las actividades de Viktualia. Se dedicaban al negocio más lucrativo: el espionaje de las comunicaciones electrónicas.

Magnus me había puesto premeditadamente en la boca del lobo. Si no quería convertirme en una nueva Caperucita Roja debía conocer a mis enemigos. ¡Y qué mejor forma de hacerlo que conviviendo con ellos!

De pronto, recibí una señal procedente del instituto.

Mi VGo, que estaba guardado en el Menntaskólinn Gullinbrú, conectaba conmigo a través del ordenador. Alguien había accionado la videocámara que llevaba incorporada el robot.

Agnar apareció en el monitor de mi portátil. Por primera vez contemplaba su melena rubia y alborotada. Se había quitado la gorra de lana, en una especie de señal de respeto y de duelo.

¿Y de él, podía fiarme? No estaba segura, pero me alegré de verlo y de oír su voz.

—Me he enterado de lo que le ha ocurrido a tu padre. Lo siento, es una putada... Mientras pensaba qué podía decirte, me ha venido a la cabeza este joik que los samis cantan cuando pierden a un ser querido. No tiene letra, quizá se la puedas poner tú al escucharlo.

Empezó a musitar algo que no recordaba ni de lejos a una canción. Ese sonido monótono fue convirtiéndose en una melodía extraña. Poco a poco, despertó en mí imágenes y sensaciones.

Cerré los ojos. A través de su voz sentí a papá en mi interior. Deseé que, allí donde estuviera, Magnus pudiera experimentar lo mismo.

No, no habían arrancado a mi padre de mí. Eso no lo conseguirían jamás. Al revés: nos habían unido para siempre. Sus ojos verían a través de los míos y su experiencia guiaría mis pasos.

El paso del tiempo acaba convirtiendo a las personas en recuerdos que se olvidan. Pero, mientras yo viviera, no iba a dejar que eso ocurriera con mi padre.

Sentía mi corazón a la intemperie, bajo una lluvia de emociones. «Gracias, Agnar, gracias por hacerme sentir que te importo.»

Conecté mi videocámara dispuesta a decírselo, pero a duras penas pude articular palabra.

—Agnar...

La voz se me entrecortó. Las lágrimas me inundaron la cara. Él apoyó la palma de la mano en la pantalla, queriendo consolarme.

—Aya...

Yo también puse la mano en la pantalla. Jamás habíamos estado tan cerca.

Cerré repentinamente la sesión cuando mamá entró en mi habitación. Todavía lloraba. Se acercó a mí y, con suavidad con la punta de su dedo, secó una de mis lágrimas. Se quedó mirándome en silencio. Así estuvimos unos segundos, hasta que se percató de cómo iba vestida.

—¿Qué haces con esa ropa? —exclamó sorprendida.

—A papá le gustaba. Y a mí. Me siento menos desnuda con ella.

A pesar de que el *cosplay* nació en Japón, mi madre no soportaba esa estética. No debía de gustarle que imitara a personajes ficticios teniéndola a ella como modelo a seguir.

—¿Irás así al funeral? —preguntó en tono de reproche.

—No iré. Me despediré de papá a mi manera.

—Va a ser una ceremonia muy hermosa —insistió intentando convencerme

—Ya me lo imagino... —respondí sin entusiasmo.

Respetó mi decisión sin decir nada más.

Tomoe estuvo horas probándose la ropa que llevaría durante el funeral.

A través de la puerta entreabierta de su habitación pude contemplar cómo finalmente eligió su indumentaria: una chaqueta de leopardo grisácea combinada con un entallado vestido negro y zapatos de tacón alto del mismo color. En la cabeza llevaba un sombrero Fedora, tipo gángster, de un color oscuro indeterminado. Incluso ese día estaba dispuesta a robarle el protagonismo a mi padre.

El hecho de estar muerto le ahorró a Magnus tener que asistir al acto que había organizado Tomoe en su memoria aquella noche. Como era previsible, el funeral se llevó a cabo en la Imagine Peace Tower. Si mi madre se obstinaba en algo, acababa consiguiéndolo. Ni a ella ni a nadie le extrañó que me quedara en casa. No dejaba de ser una pobre enferma o una chiflada, dependiendo de quién fuera el interlocutor.

Me imaginaba a los presentes en la ceremonia cogidos de la mano, alrededor de esos horribles reflectores, procurando que el buen rollo de su karma viajara por el mundo ahuyentando la miseria física y espiritual. ¿En qué consistió el homenaje a mi padre? En apagar y encender repetidamente los haces luminosos del monumento y transmitir en morse la palabra «libertad» (.—.. .. —... . .—. — .— —..) en veinticuatro idiomas. ¡Y se quedaron tan anchos!

Al finalizar el funeral, Tomoe llegó a casa acompañada de Kristinn Munk, el tipo que había sustituido a Magnus en el liderazgo de Drumleaks. Su aspecto había cambiado. Se había dejado barba. Quizá para parecer menos joven y ganar autoridad. Ahora el color pelirrojo inundaba su rostro y le confería todo el aspecto de un guerrero vikingo.

—¡Aya, ven a saludar a Kristinn! —reclamó mi madre.

Diariamente tomaba mis dosis de ansiolíticos y eso me hacía más sociable. Lo suficiente para hacer el paripé ante el recién llegado.

Pensé que Kristinn acompañaría a mi madre hasta la puerta y después se iría. Pero entró, se quitó el abrigo, se sentó en el sofá e incluso se tomó uno de esos asquerosos brebajes que ella acostumbraba a preparar. Mi madre compartió el sofá con él. Yo preferí sentarme lejos, en una silla.

Kristinn intentó hacerse el simpático conmigo.

—¡De buena me libraste en aquel hotel de Zurich! De no haber sido por ti, me hubieran detenido. Fue una idea estupenda neutralizar la frecuencia de los auriculares con aquel solo de guitarra.

Estaba consiguiendo cabrearme. Primero, se convertía en un invitado inesperado, y después empezaba a hablar de un lugar que yo me esforzaba en olvidar.

—Lástima que luego ocurrió aquel incendio... —comentó, cambiando el tono alegre por otro más apesadumbrado.

¡Desde luego, este tipo se había propuesto sacarme de mis casillas!

—Tu padre y yo estábamos muy unidos —dijo a continuación.

Esa fue la gota que colmó el vaso.

—Es curioso. Él nunca me habló demasiado de ti. Y cuando lo hizo no fue para ponerte en un pedestal. Tenía la sensación de que lo dejaste tirado. —Casi le escupí mis palabras.

—¡Aya! —me reconvino mi madre.

—No deberías dejarte arrastrar por los prejuicios de los demás. Ya tienes suficiente edad para tener los tuyos propios... Acabaremos siendo amigos, ya lo verás —replicó Kristinn cínicamente.

Sonaba casi como una amenaza. Aquellos ojos tenían una mirada acerada.

Por suerte, no se quedó mucho más. Antes de irse le cogió la mano a mi madre. Por un momento me dio la impresión de que los dedos de Tomoe y los de Kristinn se entrelazaban.

—Tú y tu madre no estáis solas. Os voy a ayudar en todo cuanto haga falta —afirmó poniéndose trascendental.

No sabía si hablaba como portavoz de Drumleaks o a título personal.

Cuando se fue, Tomoe mostró su disgusto.

—Podrías haber sido un poco más amable, ¿no te parece?

—¿Y por qué tendría que serlo?

—Eres igual que tu padre.

Lo dijo como si hubiera algo malo en ello.

Tomoe entró en el despacho de papá. La seguí.

—He hablado con mi jefe. De ahora en adelante trabajaré desde casa. Al menos durante un tiempo. Así estaremos juntas.

La perspectiva me resultaba aterradora.

Empezó a cambiar los objetos de decoración y los muebles de sitio.

—Me instalaré aquí.

Desconectó el monitor de la torre del PC.

—¿Qué estás haciendo? —le pregunté.

—Tú ya tienes tu ordenador y yo el mío. No vamos a necesitarlo. Pensaba cedérselo a Drumleaks. Les resultará útil.

—Que papá haya muerto no significa que tengamos que borrar su paso por esta casa —dije mosqueada.

Mi madre me miró y suspiró profundamente. Acostumbraba a ser el preámbulo de una de esas conversaciones entre madre e hija que yo odiaba tanto. Por nada del mundo quería escucharla, así que tomé la iniciativa.

—Quiero decirte algo, mamá. He decidido que voy a acudir al instituto en persona.

Más que alegrarse, ella intentó disuadirme. Esa era la diferencia entre mi padre y mi madre: él me hacía sentir segura. Ella sembraba dudas.

—No creo que estés preparada todavía. Deja pasar un tiempo. Quizá más adelante...

¿Es que nunca íbamos a dejar de comportarnos como madre e hija? ¡Pasaba con gran facilidad de mostrarse indiferente a asfixiarme y agobiarme con sus preocupaciones respecto a mí!

—Ya lo he decidido, mamá.

—Prométeme que te lo pensarás un poco más.

—Lo haré.

Capítulo 6
La cenicienta con botas

Había traspasado la imaginaria línea amarilla que me separaba de mi vida anterior. Algo completamente desconocido daba comienzo.

Era la primera vez que me aventuraba fuera de mi círculo de seguridad. Mi madre insistió en acompañarme en coche, pero rechacé el ofrecimiento. Me valdría por mí misma costara lo que costase.

Una de las cosas que no me habían dejado dormir durante la noche anterior era la angustia por lo que me encontraría en el trayecto hasta llegar al Menntaskólinn Gullinbrú. Gracias al robot VGo estaba familiarizada más o menos con el interior del instituto, pero ignoraba qué escondía el camino para llegar hasta él. No me quedó más remedio que levantarme a mitad de la noche de la cama y conectar el ordenador.

Esos tíos de Google podían ser unos cabritos, pero ¡qué gran invento era Google Maps para una agorafóbica como yo! Me permitía descubrir un sitio antes de estar en él. Estudié cada recodo del camino para convencerme de que no entrañaba ningún peligro para mí. Y salí de casa.

Debía tomar nuestra calle, Hólastekkur, y luego girar por Hamrástekkur. Bajaría por ella hasta dar con un camino peatonal arbolado que desembocaba en la avenida Arnarbakki. Allí estaba la parada del Straetó, la compañía de autobuses urbanos de Reykjavik que me llevarían hasta el centro.

Llevaba meses viviendo allí, pero todo era perfectamente desconocido para mí. No sabía que, más que una ciudad, Reykjavik es una gran urbanización. No tenía ni idea de que puedes pasarte minutos y minutos circulando por sus calles sin ver ni un alma. La larga noche invernal la convierte en una ciudad de luces permanentemente encendidas. Pero aun así la penumbra se manifiesta en cada rincón. Era fácil imaginar presencias fantasmagóricas a mi alrededor.

Tuve la sensación de que me seguían. Ni siquiera me volví. Procuré apartar esa idea de mi cabeza. Las crisis de angustia dominaban el arte de la metamorfosis como nadie. Eran capaces de adaptar cualquier forma para acabar manifestándose.

De pronto, el corazón me dio un vuelco. Me quedé paralizada.

Un supertruck circulaba con lentitud a mi lado. Debía de utilizar uno de esos motores híbridos que resultan tan silenciosos. Era el vehículo que aparcó meses atrás ante nuestra casa y del que salió aquel individuo inquietante... El mismo que apareció ahora cuando el cristal oscuro de la ventanilla del copiloto empezó a descender.

El hombre de la cicatriz en la cara en forma de X y de los ojos permanentemente nublados me miró. Un escalofrío me recorrió el cuerpo.

—Ahora que ya no puedo seguir recopilando información sobre tu padre, he pensado que podría hacerlo sobre ti. Será muy interesante conocerte. Y más todavía saber si es cierto ese rumor de que te pasó ciertos documentos...

Su voz era tan fría y aséptica como el aire polar que se respiraba en Reykjavik. Esbozó esa sonrisa cruel tan característica de él.

Decidí cortar la conversación por lo sano.

—Tengo prisa. Debo irme.

Reemprendí la marcha. Pero el monstruo mecánico continuó siguiéndome. Era un gigante hablándole a una pulga.

—¿Sabes?, algunas veces mi trabajo no resulta agradable. Tengo que hacer cosas que... en fin... son necesarias para la comunidad. Es mi deber. Lo hago por defender unos valores. Tu padre no los encarnaba. La pregunta es: ¿vas a seguir su ejemplo o vas a convertirte en alguien útil a la comunidad?

Me detuve. El vehículo hizo lo mismo. Observé desafiante al hombre de los ojos empañados. Esperaba que pudiera sentir en toda su cara la bofetada que le propinó mi mirada.

—La respuesta es: no voy a seguir el ejemplo de mi padre porque no voy a dejar que me quiten de en medio igual que hicieron con él. Y en cuanto a su comunidad, voy a resultar muy útil... destruyéndola.

Debería haberme mordido la lengua, pero la diplomacia no era una de mis cualidades.

—Esa actitud no resulta muy adecuada. Pero confirma lo que ya sospechaba... Sube, nosotros te llevaremos... —No era una invitación, era una orden.

No había fuerza en el planeta Tierra capaz de hacerme subir a ese monstruo mecánico.

Empecé a correr hasta el camino peatonal arbolado que quedaba a mi derecha. Al menos allí no podrían seguirme con el coche.

Apenas había conseguido perderlos de vista cuando noté que me faltaba el aire. Tuve que detenerme y respirar hondo. Quizá era eso lo que buscaban: provocarme una crisis de ansiedad. No lo iban a conseguir.

Respirando con dificultad, llegué hasta la avenida Arnabakkin. El autobús ya estaba en la parada recogiendo a los pasajeros.

Corrí hacia él tan rápido como pude. Todavía me faltaban unas decenas de metros para llegar hasta la parada. Los pasajeros ya estaban entrando: cuatro, tres, dos, uno... El último de ellos desapareció en su interior.

Detrás de mí, unos faros me hicieron luces. El supertruck se acercaba, sin prisas, parecía que mi intento de fuga lo divirtiera.

El autobús cerró las puertas justo cuando llegué hasta él. Emprendió la marcha. ¡Maldita sea! ¡No iban a dejarme tirada!

Unas decenas de metros más allá, volvió a detenerse ante un semáforo en rojo. Tuve tiempo de alcanzarlo.

Me planté ante el vehículo. El semáforo se había puesto verde y no había manera de arrancar si yo no me apartaba. El conductor me maldijo.

Finalmente abrió la puerta.

—¿Te has vuelto loca?

—Era cuestión de vida o muerte —balbucí, sin apenas aliento.

—¡No se te ocurra volver a hacer nada parecido! —siguió increpándome el conductor.

Nos pusimos en marcha. El supertruck quedó atrás. Daba igual. Sabía que siempre estaría al acecho. Debería aprender a convivir con ello. Igual que hizo mi padre.

¡Mi vida se estaba moviendo, por fin!

Para recordarme que las cosas no iban a resultarme fáciles, tuve esa maldita sensación de mareo y de hormigueo en las piernas. Mi agorafobia también se había subido al autobús conmigo. Apreté con fuerza la caja de ansiolíticos que llevaba en el bolsillo del abrigo. Sentirlas cerca me tranquilizaba.

Los pasajeros del interior del bus me observaban con curiosidad y temor. ¿De qué nueva chifladura sería capaz?

Era la hora punta de la mañana y el autobús iba lleno. Hacía tiempo que no tenía la sensación de ser objeto de una mirada, y ahora caían sobre mí como un torrente. Intenté deshacerme de ellas adoptando una expresión poco amistosa. Pero pronto me di cuenta de que era una batalla perdida de antemano. Vivir en sociedad consiste en observar y ser observado.

Eché un vistazo buscando los martillos rompecristales de seguridad. Por suerte los había. Memoricé los lugares en los que estaban situados. Ese tipo de cosas formaba parte de mi rutina. Desde el incendio del hotel de Zurich me juré a mí misma que jamás ningún siniestro volvería a cogerme desprevenida. Un policía busca indicios. Un drogata busca camellos. Y un superviviente, posibles vías de escapatoria.

Bajé en pleno centro, en el número 7 de la calle Lækjargata.

Tenía ante mí una explanada nevada que se elevaba levemente en forma de colina. Coronando ese pastel de nieve estaba el Menntaskólinn Gullinbrú. La fachada era de un blanco inocente que contrastaba con el negro del tejado de zinc y el color oscuro de las losas de pizarra del sendero que conducía hasta él.

Nunca había visto tantas ventanas que mostraran tan poco de lo que sucedía en su interior.

A esa hora, los primeros turistas ya se agrupaban en la entrada para oír sonar la célebre campana del vestíbulo del instituto que Astrid Karlsdottir inmortalizó en sus cuentos. Según la tradición, cada mañana un estudiante la tañía como llamada a clase. Si lo pensabas bien era bastante estúpido: ¡madrugar para escuchar cómo sonaba una campana durante apenas un minuto!

Me detuve ante el edificio. Estaba recubierto de acero de color blanco. Es un eficaz aislante contra el frío. Los islandeses suelen pintar esas planchas con tonos alegres. Puede que lo hagan para camuflar su aspecto metálico o quizá para simular que no se ocultan terribles secretos entre las paredes de sus casas.

«En el primer nivel encontrarás información sobre Viktualia. Debes conocerlos, saber quiénes son, cómo actúan y piensan.»

¡Qué mejor forma de conocerlos que convivir con ellos!

La misión que me había encomendado mi padre me había llevado hasta allí.

Bueno, en realidad no era la única razón... Agnar también tenía que ver con ello. Nunca había tenido un amigo. Era muy agradable saber que yo le importaba. Me preguntaba cómo sería la primera vez que nos viéramos cara a cara. ¿Nos sentiríamos como dos extraños?

Me dirigí directamente a la secretaría.

—Hola, soy Aya Sturluson. A partir de hoy acudiré en persona a las clases. Pero antes el director quería verme.

La secretaria dejó de prestar atención al ordenador y me miró con curiosidad.

—Ah, tú eres la chica del robot.

Se levantó y se acercó al mostrador. Era una mujer de edad indefinida que vestía un jersey de cuello alto de color beige. Si se estaba quieta, podía llegar a ser difícil distinguirla de los archivadores y los post-it.

—Sí, ya me avisaron de que vendrías... Su despacho está subiendo la escalera a mano derecha...

Seguí sus indicaciones y llamé a la puerta. Una voz en el interior me invitó a entrar.

—Adelante...

El director estaba sentado detrás de su mesa de despacho. Iba vestido con americana y camisa negras, de forma descuidada, como si el cargo no fuera con él. Parecía la reencarnación de Gepetto, el padre de Pinocho: cabellera gris alborotada, gafas redondas caídas sobre la nariz, mostacho generoso...

—Pasa, pasa, no te quedes ahí... Siéntate. Ya sé que estas

sillas parecen sacadas de un museo, pero resultan cómodas, ya verás.

Iba de enrollado, como si no existiera ninguna distancia insalvable entre un adulto y alguien de mi edad.

—Bien, bien... Así que has decidido unirte a nosotros... Has elegido un momento complicado para venir.

—¿Ah, sí?

—No es nada personal. En Islandia no estamos acostumbrados a casos como el de tu padre. No es de extrañar que los medios de comunicación informen a diario sobre él. El hecho es que tu presencia puede atraer una atención indeseada hacia nuestro instituto. Algunas familias han expresado su inquietud. Pero tal vez exista una forma de evitar los objetivos de las cámaras...

—Usted habla como si tuviera algo de que avergonzarme... —Seguro que lo jodía que lo tratara de «usted», pero era su problema.

—No era mi intención darte esa impresión... Lo que quería decir es que en este país es costumbre que los hijos se apelliden con el nombre de pila del padre. Si islandizáramos tu nombre pasarías a llamarte Aya Magnusdóttir, la hija de Magnus. Es una forma de unirte más a él, ¿no crees? Y, además, serviría para despistar a los periodistas. ¿Qué te parece?

Me estaba pidiendo que renunciara a mi apellido paterno y tenía las narices de presentarlo como un homenaje a mi padre. Eso es lo que me revienta de esos puretas que van de progres. Cuando se lo proponen, pueden ser más hijoputas que nadie.

—No creo que deba cambiar de nombre como quien cambia de chaqueta. Además, una de las razones por las que he decidido venir en persona a clase es para demostrar que me traen sin cuidado las habladurías sobre mi padre.

—Es tu decisión y la respetaremos... pero tendrás que acarrear con las consecuencias...

El director empezó a soltarme un rollo sobre Astrid Karlsdottir. Dijo que ella no escribía ni para adultos ni para niños. Solo lo hacía para las personas que creían que los sueños podían hacerse realidad. Y eso era precisamente lo que pretendía Gullinbrú: que todos sus alumnos pudieran ver realizadas sus ambiciones. Bla, bla, bla...

En ese momento mi móvil vibró. Acababa de recibir un mensaje. Era una señal de que la aplicación X2Blue había funcionado de forma correcta. Ese programa resulta muy útil. Transmite un comando, vía bluetooth, a cualquier móvil que se encuentre en las cercanías. Y hace que este envíe un SMS al teléfono previamente configurado en el X2Blue. De este modo podría conocer el número de smartphone del director.

Era el primer paso para hackear ese móvil y convertirlo en una cámara y un micro a mi entera disposición. Si Gullinbrú era una tapadera para Viktualia, era lógico pensar que el director se comunicaba con ellos a menudo. Y yo podría saber qué se llevaban entre manos.

No me gustan los móviles. Es como llevar un chivato encima. Cualquiera con un poco de pericia podía utilizarlo para espiar mis movimientos. ¡Y ya no digamos para saber con quién hablaba y de qué! Pero mi madre insistió en que utilizara uno. Me negué hasta que caí en la cuenta de que podía serme útil. Lo acababa de comprobar.

El director dejó de mirarme fijamente a través de los cristales de sus gafas caídas. Su mirada empezó a divagar de un lado para otro.

—Todavía queda mucho curso por delante. Repetiremos esta charla dentro de unos días.

Entonces dejó de lado el tono paternalista del principio de la entrevista. Sus palabras sonaron a advertencia.

—Este instituto tiene sus tradiciones y estamos orgullosos de ellas. Estaremos pendientes de ti. Esperamos que te adaptes sin problemas.

—¿Es todo?

—Por el momento, sí.

Bajé la escalera de nuevo y me dirigí al aula. Tocaba clase de historia. Caminar por ese pasillo era abrirse paso a machetazos por una selva de miradas hostiles. Podía oír el runrún de los murmullos a mi paso.

«Es la hija de ese tipo del que hablan en la tele...»

«El que murió follándose a dos putas...»

«Sí, el que desviaba dinero de esa ONG para darse la gran vida...»

No lo habían conocido. Ni siquiera habían oído su nombre antes de que la tele hablara de él. ¡Y se atrevían a juzgarlo! Por lo visto, la potenciación del espíritu crítico no era uno de los fuertes de los planes de estudios de este instituto.

De repente no pude seguir avanzando. Hjalti Gudrun y su tropa de ricos niños de papá se interpusieron en mi camino.

—Así que eres real... —dijo Hjalti mientras se acercaba tanto que casi hubiera podido emborracharme con el olor de su *after shave*.

—Será mejor que te apartes de mi espacio vital o tu entrepierna pronto descubrirá la diferencia entre realidad y ficción —repliqué sin amedrentarme.

Hjalti me miró con su sonrisa impertinente y siguió hablando a un palmo de mi cara.

—Eres una novata, una *bursa*, no tienes ningún derecho en Gullinbrú. Tienes que pasar el período de prueba. Vas a ser una cenicienta hasta que tus padrastros y madrastras lo decidamos.

Una de las pijas que lo acompañaban, que parecía recién salida del estilista, se adelantó con una bolsa de basura en la mano. Más adelante descubriría que se trataba de Elínbet, la novia de Hjalti. La sostenía como si fuera un atuendo. Le habían hecho unos agujeros para poder meter la cabeza y los brazos.

—Hemos preparado un modelito de alta costura exclusivo para ti. Creo que es de tu talla —exclamó sarcástica Elínbet.

Hjalti abrió un bote y me lo tendió. En su interior había un líquido negro y pringoso.

—Y un poco de maquillaje especial. ¿A qué esperas para embadurnarte el rostro?

Recordé las últimas palabras del director...: «Este instituto tiene sus tradiciones y estamos orgullosos de ellas. Esperamos de ti que te adaptes sin problemas». Sin duda esos niñatos contaban con su beneplácito.

No estaba dispuesta a dejarme humillar.

—No acostumbro a aceptar las órdenes de nadie —dije desafiante.

—¿Te crees mejor que los demás? Todos hemos pasado por esto en nuestro primer día. Vete con cuidado. Ya sabes qué le ocurrió a tu padre por no atenerse a las normas.

—Vuelve a nombrar a mi padre y te arrepentirás. —No bromeaba ni un ápice.

Hjalti simuló reírse de mi amenaza, pero apartó su rostro del mío.

—Tú decides: o te conviertes en Cenicienta o en una apestada.

Descargué todo el peso de una de mis botas con puntera de acero sobre su pie derecho.

—¿Te parece que gasto el mismo número de zapato que Cenicienta? —dije ensañándome con su pie.

Hjalti reprimió un rictus de dolor. Se separó todavía más de mí.

—Un consejo: no jubiles todavía a tu robot. Vas a necesitarlo más pronto que tarde —me amenazó antes de alejarse con su camarilla.

Entré en el aula. La clase estaba a punto de empezar. De momento, allí sólo había los cuatro frikis marginados de siempre. Los que procuraban pisar el pasillo lo menos posible para evitar el escarnio público. Me senté junto a la puerta. Si me sobrevenía un ataque de pánico, podría levantarme y salir con discreción sin montar el número. Aunque procuraba no pensar en ello, la verdad.

Al verme, Stulka, mi enlace fallido en el instituto, se me acercó. Seguramente todavía no se había enterado del incidente del pasillo. Tenía toda la pinta de ser muy inteligente, todo un cerebrito. Pero, en cambio, su torpeza para relacionarse con los demás era prodigiosa...

—Vaya, al final me he quedado sin la entrevista con tu padre —exclamó cuando estuvo junto a mí.

Intentaba hacerse la simpática, pero lo único que conseguía era sacarme de quicio.

—¿Sabes lo que puedes hacer con tu entrevista? —le espeté de malas maneras.

—He vuelto a meter la pata. Me suele pasar a menudo... Sólo intentaba decirte que siento lo de tu padre... —se disculpó.

—Disculpas aceptadas. Olvídalo.

Stulka continuaba de pie, plantada ante mí. Me miraba de arriba abajo.

—¿Dónde consigues tu ropa? Pareces salida de uno de esos videojuegos... —Habría jurado que lo decía con admiración.

No debía de estar habituada a ver a alguien con el pelo azul. O tal vez era mi mono de color gris. O las botas militares. O la gorra tipo Che lo que llamaba su atención.

Cuando el profesor Jón Hédisson llegó, dio comienzo la clase de historia. Nunca me había entusiasmado esa asignatura. Y los minutos que siguieron me dieron motivos para detestarla todavía más.

Tocaba hacer un trabajo en equipo acerca de la primera guerra mundial. Debíamos formar grupos de cuatro. Me disponía a unir mi mesa con las que había a mi derecha, pero los alumnos que estaban sentados a ellas me dieron la espalda. Cuando, contrariada, me volví hacia la izquierda, todos los grupos ya estaban formados. El profesor no hizo nada por suavizar lo violento de la situación. Lo de convertirme en una apestada iba en serio.

—Si alguien se ha quedado sin grupo, puede hacer el ejercicio en solitario.

Ni siquiera se tomó la molestia de pronunciar mi nombre. Estaba sola en medio de la clase. A mi alrededor había una constelación de mesas unidas entre sí. Stulka hizo un amago de venir hacia mí, pero la chica que estaba a su lado la miró en tono de reproche.

—¿Estás o no estás en el grupo?

Esas palabras la hicieron desistir. Volvió a sentarse cabizbaja, procurando evitar mi mirada.

«El lugar en el que los sueños se convierten en realidad», eso era Gullinbrú según me habían dicho hacía escasamente una hora. Pues bien, alguien se había propuesto convertir mi estancia allí en una pesadilla.

No sé qué clase de lección creían haberme dado. En todo caso, me esforcé en aparentar que, hicieran lo que hiciesen, me traía sin cuidado. Le entregué el ejercicio al señor Hédisson procurando no exteriorizar ninguna contrariedad.

Al finalizar la clase, sentí la necesidad de alejarme de esa panda de cretinos.

Busqué a Agnar, pero no lo encontré ni en el bar, ni en la biblioteca, ni en la sala de estudiantes... ¿Qué ocurría?, ¿ahora que yo estaba allí, él había desaparecido?

Era la hora del desayuno. Un numeroso grupo de alumnos se agolpaba ante el ventanal del vestíbulo y se comía el bocata mientras permanecía atento a lo que sucedía en el exterior. Me acerqué y observé. No tenía nada mejor que hacer.

A través de los cristales vi a Agnar. Aprovechaba el paréntesis del desayuno para practicar *jibbing*, una modalidad de *snowboarding* urbano que consiste en utilizar barandillas, escalones, techos... para deslizarse por ellos. Cualquier pendiente con nieve se convierte en una lanzadera que permite realizar piruetas increíbles.

También había una chica. No hacía falta ser un tío para adivinar que era el tipo de chica que podía volverlos locos. Era guapa y parecía simpática. Su cabello rubio le confería un aire inocente, como si de una Ricitos de Oro se tratara. Llevaba un jersey de lana tipo islandés que hacía juego con el de Agnar. Creo que sentí una envidia atroz desde el primer momento en que la vi.

—Esos se llaman Agnar y Fiona. Parece que se llevan bien, ¿no? —dijo Stulka mientras le pegaba un mordisco a su bocadillo.

Stulka estaba a mi lado. Tal vez iba en serio lo de que quería hacerse amiga mía. Pero siempre tenía la rara habilidad de conseguir cabrearme. ¿A qué venía ese comentario? ¿Por qué suponía que me importaba quién era ella? Pero lo cierto es que me importaba.

¡Yo jamás estaría a la altura de Fiona! Ella podía hacer lo que le placiera. Desconocía el miedo o la angustia. Estaba ahí fuera, retozando, riendo y comportándose como la reina del baile. ¡Jo, qué libre e inconsciente era!

Me alivió el hecho de que no estuvieran solos. Junto a ellos había dos tipos con pantalones anchos y gorras tipo *skater*. Utilizaban arneses con cámaras Gopro para inmortalizar sus saltos.

—Esos son los hermanos Braaten : Aleks y Halldor. Son dos pirados del *jibbing*. Han llenado YouTube con grabaciones de sus cabriolas —me informó Stulka, con la boca medio llena de comida.

Conocía lo suficiente a Agnar para adivinar que no debía de gustarle que lo fotografiaran ni lo grabaran en vídeo. Para él, eso debía de ser lo más parecido a intentar enlatar las sensaciones.

—Y ese de ahí detrás es de Groenlandia. Se ha acogido a un programa de intercambio estudiantil. Se llama Tulugaq. Es esquimal, descendiente directo de cazadores de osos polares o focas, no estoy segura... Es raro que te cagas... Pero también es muy amigo de Agnar.

El tal Tulugaq era el primer esquimal con cabellera rasta que veía en mi vida. De hecho, era el primer esquimal que jamás había visto. Llevaba un anorak verde pistacho. Y era el único que no saltaba. Se dedicaba a comprobar la consistencia de la nieve. Los demás lo escuchaban antes de intentar ninguna pirueta.

Los amigos de Agnar eran una *troupe* bastante variopinta y particular.

Me sentí estúpida. Una agorafóbica como yo no entraba en ese estilo de vida ni con calzador. Me asaltó la idea de que tal vez más que amistad lo que Agnar sentía por mí era una especie de instinto protector. Me había cuidado y quizá, a su manera, adoptado. Como se hace con un *tamagotchi*.

Definitivamente, mi primer día de clase presencial estaba agotando mis reservas de autoestima hasta dejarlas en su mínima expresión.

Después del descanso llegó la clase de educación física. La llamaban así pero lo más apropiado hubiera sido denominarla «clase de balonmano». El balonmano es el deporte con el que Islandia ha cosechado más éxitos internacionales. Quizá por esa razón es el deporte más popular.

En los vestuarios, mientras las chicas nos cambiábamos para empezar a jugar, Elínbet me demostró por qué ella y Hjalti se llevaban tan bien. Tenían mucho en común. Por ejemplo, sus ganas de joderme.

Se plantó con aire insolente ante mí.

—¿Tiene algún significado esa forma de vestir?

No costaba mucho adivinar que mi mono de color gris, mis botas militares y mi gorra roja tipo Che no despertaban en ella la misma admiración que en Stulka.

—En mi idioma, sí —dije pasando de ella y empezando a descalzarme.

—¿Por qué no intentas traducírmelo? Quizá logre entenderlo.

Tenía ganas de bronca. Eso era evidente.

—Significa: «me importa un rábano lo que piensen los demás de mí» —le respondí para zanjar la cuestión.

—¿Eso fue antes o después de que alguien te dijera que tu pinta es bastante ridícula?

Vaya, también se las daba de graciosa, igual que su novio.

—¿De qué te ríes? —se extrañó.

—De tu estúpida cara. Si acostumbras a hablar así, no me extraña que te la rompan a menudo.

La cosa no pasó a mayores y me di por satisfecha. Pero al regresar a los vestuarios, después de la clase, descubrí que alguien había reventado mi taquilla y había hecho desaparecer mi ropa. Dentro sólo había el maldito saco de plástico que Hjalti y los otros me habían ofrecido unas horas antes.

Me fui directamente hacia Elínbet y me encaré con ella.

—Dime, ¿dónde está?

—No sé de qué me hablas...

—De mi ropa. Devuélvemela.

—Después de todo, no te va a quedar más remedio que ser Cenicienta. Créeme, el saco de plástico te sentará mejor que esa ropa de payasa —dijo con toda la mala leche del mundo.

Solo tenía dos alternativas: o enzarzarme en una pelea con ella o hacer lo que finalmente hice.

Al cabo de un rato me paseaba en ropa interior por el pasillo del instituto. Por suerte, ese día llevaba unos sujetadores y unas bragas presentables. No era fácil salir casi en pelotas y dejar que me escudriñaran de arriba abajo. Pero si no lo hacía, el juego habría terminado. Sería un *game over* total. Hjalti y los suyos habrían demostrado ante todos que eran ellos los que mandaban.

Procuré pensar que aquello solo era una prueba que dotaría a mi personaje de una dosis extra de poder.

A mi paso, las miradas de incredulidad se encontraban con las que veían en aquello un motivo de diversión o algo más. Algunos comenzaron a vomitar comentarios sobre mi anatomía.

—¡Bonitas tetas!

—¡Cómo me gustaría meterme en esas braguitas!

Un tipo de los cursos superiores incluso sacó un billete y me lo mostró, como si yo estuviera en venta. Decidí no pasar por alto aquel gesto.

—¡No me estoy exhibiendo! Y lo último que pretendo es poner cachondo a un comemierda como tú. Solo quiero recuperar mi ropa, eso es todo.

—Si has decidido convertirte en la putita del insti, quería que supieras que contabas con mi apoyo...

Estaba pidiendo a gritos que lo mandara al carajo. Y lo hice.

Entré en clase de filosofía y tomé asiento. Solo era cuestión de esperar. En cuanto me vio, la cara del profesor Ólafur Eldjárn se contrajo como si hubiera recibido una descarga eléctrica. No tardó en interpelarme.

—¿Qué ocurre, señorita Sturluson? ¿Se ha propuesto batir algún récord Guinness? Fue la primera alumna que utilizó un robot para acudir a clase y ahora es la primera que viene en paños menores. ¿Qué será lo siguiente?

Le dije lo que había ocurrido con mi ropa.

—Y bien, ¿cómo solucionamos esto? Haremos una cosa: se levantará e irá al baño. Cuando salga, espero que encuentre su ropa en la taquilla del pasillo. —No solo se dirigía a mí sino también al resto de la clase.

Me levanté y salí de la clase.

Al regresar del servicio pude recuperar mi ropa. No se habían ensañado demasiado con ella.

Llegó la hora de la comida. Fui a la cafetería. Era uno de esos lugares donde cada uno se sirve lo que quiere en una bandeja. Escogí un plato de *fiskibollur*, una especie de albóndigas de pescado, y una ración de patatas fritas. Me senté a la mesa que estaba más cerca de la puerta de salida.

— Tienes una rara habilidad para buscarte problemas.

Ahí estaba otra vez Hjalti, que también había depositado su bandeja en la misma mesa.

—Hay una norma no escrita en Gullinbrú: cada mesa pertenece a un grupo. Esta es la nuestra. No puedes tomar asiento si no te invitan. Así que coge tus cosas y lárgate.

Seguí comiendo.

—Veo que hay tantas normas no escritas en Gullinbrú que se podría hacer una enciclopedia con ellas. No pienso moverme.

Hjalti estaba dispuesto a provocarme una digestión difícil. Lanzó mi bandeja al suelo. Se hizo el silencio en el comedor. Todo el mundo estaba pendiente de mi reacción.

O me levantaba para recoger la comida que había quedado esparcida por el suelo o lo hacía para borrarle de un puñetazo a Hjalti esa sonrisa de pijo engreído. Antes de que pudiera elegir entre una de las dos opciones, apareció Agnar sosteniendo una bandeja. Se acercó y me saludó.

—¡Hola, Aya! ¡Bienvenida a Gullinbrú!

Era el primero que me daba la bienvenida.

—Agnar, tú sabes cómo funcionan las cosas aquí. Explícaselo a tu amiguita *borderline* —lo increpó Hjalti.

Agnar se sentó delante de mí ignorando a Hjalti. Acercó su bandeja al centro de la mesa.

—Si no te importa, podemos compartir mi comida. Hoy las raciones son demasiado grandes para mi apetito —dijo mientras su hoyuelo se le dibujaba en la mejilla.

Sonreí mientras cogía una de las patatas fritas de la bandeja de Agnar y me la llevaba a la boca.

A Hjalti no le gustaba que pasaran de él y decidió hacerse notar.

—Ándate con ojo al compartir, Agnar. Puede que también le vayan los tríos, igual que a su padre —dijo para provocarme.

Y lo consiguió.

Sin ser consciente de lo que hacía, me lancé sobre Hjalti. Los dos estábamos en el suelo. Yo encima de él, atizándole de lo lindo. Lo había cogido por sorpresa.

Cuando Hjalti tuvo tiempo de reaccionar, cambió mi suerte.

—¡Maldita chiflada!

Se zafó de mí y me lanzó una lluvia de puñetazos. Estaba completamente histérico. Había perdido los estribos.

—¡Te vas a enterar, hija de perra!

Lo máximo que pude hacer fue intentar evitar que sus golpes me dieran en el rostro. Alcé los brazos y los crucé, a modo de escudo protector, ante la cara. Solo podía esperar a que Hjalti se cansara de propinar puñetazos.

Agnar lo apartó de mí.

—¡Ya basta! —le gritó.

Antes de que pudiera lanzarme nuevamente sobre Hjalti, Agnar me arrancó de allí. Me llevaba en volandas mientras yo pateaba y daba puñetazos al aire. Me arrastró fuera del comedor.

—¡Déjame, le voy a dar una lección a ese niñato!

—¡No tienes ninguna opción! ¡Hjalti te machacará!

Estaba tan fuera de mí que incluso creo que golpeé a Agnar. Él me cogió de los brazos y me inmovilizó contra una columna.

—Te soltaré cuando te tranquilices, ¿de acuerdo? —dijo.

Intenté liberarme con todas mis fuerzas, y Agnar me aprisionó todavía más apoyando su cuerpo contra el mío.

No me esperaba lo que pasó a continuación.

Agnar me besó tan fuerte que me dejó sin aliento. De pronto, Hjalti y sus impertinencias habían dejado de importarme.

Cuando Agnar separó sus labios de los míos se lo veía contrariado.

—Ya ha pasado todo... —susurró con infinita ternura.

Yo lo miraba sorprendida y sin saber cómo reaccionar.

—... ¿de acuerdo?

Me soltó los brazos y se apartó de mí.

Capítulo 7
El armario secreto

No todos los negocios que se llevan entre manos los hackers son ilegales. En ocasiones, empresas de lo más serio se ponen en contacto con ellos para poner a prueba sus sistemas informáticos.

Ese fue el caso de Kripton Beauty, una sociedad dedicada a la venta online de cosméticos. No sé de qué forma, pero la cuestión es que contactaron con Blick, el líder de Los siete enanitos, para que intentáramos atacar sus equipos de red. Puede parecer una idea descabellada, pero es la forma de evitar que un ataque en serio te coja por sorpresa. Y tarde o temprano eso ocurre. Hay un dicho que corre por Internet: si no quieres sufrir un incendio que se te escape de las manos, provoca tú mismo pequeños incendios controlados.

Kripton Beauty había intentado que Blick firmase un contrato. Pero para ello Blick tendría que haber revelado su identidad. Y no hay nada que él guardara con mayor celo. Finalmente, los de la compañía tuvieron que conformarse con su palabra de que nada de lo que descubriéramos en sus archivos saldría a la luz pública.

Los hackers llamamos a esas operaciones «Attack and Pen». Es decir, detectas los puntos débiles del sistema y tomas nota de ellos. Al final, le pasas un informe exhaustivo al cliente para que decida qué hacer al respecto.

Blick nos habló del encargo y el resto de los enanitos, y también yo, estuvimos de acuerdo en aceptarlo. Después de diversos preparativos, nos pusimos manos a la obra.

Lo primero era recopilar información. Había que colocar a uno de los nuestros en las tripas del sistema de Kripton Beauty. Y el elegido fue Smiley, el enanito optimista. De hecho, se ofreció voluntario. Necesitaba su dosis diaria de adrenalina y esa era una manera de conseguirla.

Era imprescindible que actuáramos de incógnito. Si los trabajadores y directivos estaban al corriente no encontraríamos ni la mitad de fallos y, sobre todo, no podríamos hacernos una idea de cómo era la rutina de aquel sistema.

Los demás íbamos a estar pendientes de las evoluciones de Smiley a través de una pantalla desplegada en el centro del club polinesio virtual de Los siete enanitos.

Smiley no tuvo ningún problema en acceder a los sótanos de la empresa. Bastó con enseñarle al guardia de la entrada una tablet último modelo y unos cuantos gráficos ininteligibles para convencerlo de que era un encargado del servicio de mantenimiento de la red Wi-Fi de la empresa.

Llevaba puestas unas gafas que parecían normales y

corrientes, pero en realidad retransmitían vídeo de alta calidad en tiempo real. La cámara estaba montada en una de las varillas y los cables iban camuflados en un cordón que las sujetaba a la nuca.

Smiley caminaba por los pasillos del sótano sin que nadie le saliera al paso. Allí no había ni cristo. El reino de los equipos de mantenimiento solía ser así. Un lugar lúgubre que se parecía más al escenario de los crímenes de un psicópata asesino que a un lugar de trabajo.

Las puertas no estaban cerradas. Nadie parecía encargarse de las cámaras de seguridad. Los cables de la alarma antirrobo estaban a la vista, a disposición de cualquiera que quisiera cortarlos.

Se dirigió tranquilamente hacia la sala del servidor y las conexiones de red. Aunque estaba cerrada con llave, no le costó demasiado esfuerzo abrirla. Echó una ojeada al interior y localizó a nivel del suelo varios cajetines con su correspondiente toma ethernet. Cualquiera que se lo propusiera podía conectarse a través de ellos a la red interna sin ningún problema y extraer lo que le apeteciera. ¡Ese sistema era un auténtico colador!

—Creo que ya hemos visto suficiente, ¿aibó? —declaró Smiley, dándose por satisfecho.

—¡Aibóooo! —respondieron todos en señal de aprobación.

Como solía ser habitual cuando nos reuníamos, Packe se puso detrás de la barra y empezó a servir cócteles para todo el mundo. Para todo el mundo menos para mí...

—¿Me queréis explicar qué ocurre? —inquirí.

Fue Packe quien me miró y me dijo:

—Últimamente has estado buscando cosas sobre un tal Agnar Vilhjálmsson. ¿Qué interés tienes en él? ¿Sentimental? ¿Académico? ¿Sexual? ¿Profesional? —preguntó.

Me cogió totalmente por sorpresa que sacara a relucir el nombre de Agnar, pero aguanté la presión. Yo no era tan vulnerable como el sistema de Kripton Beauty.

—¡¿Me has estado... rastreando?! —exclamé furiosa.

—Forma parte de nuestra rutina de seguridad, Firefly. Ya lo sabes. Hoy te rastreo yo a ti y mañana me rastreas tú a mí —dijo Blick, que había tomado la palabra.

—Si Packe te ha estado rastreando es porque... —Blick dejó la frase a medias para que yo continuara.

—... dejo rastros al hacer click —concluí por él, percatándome de cuál era el problema.

Agnar había conseguido que me olvidara de mi rutina de seguridad y la cagara. ¿Quizá empezaba a importarme más de lo que debiera?

Me avergonzaba tener que admitirlo, pero había estado fisgoneando sobre él y Fiona Ónnudottir, la chica «maravillas» que lo acompañaba a menudo. Quería descubrir si eran algo más que amigos. Pero Agnar era prácticamente invisible en Internet. Estaba claro que las redes sociales le traían sin cuidado.

En cambio, Fiona tenía perfil en Facebook. A pesar de que utilicé el navegador Tor, que garantiza el anonimato, cometí un error de principiante. Estaba tan ansiosa por descubrir algo sobre ellos dos que abrí un documento que contenía un enlace no protegido. Eso bastó para que mi identidad quedara al descubierto.

—En el ciberespacio hay una guerra. El más mínimo

error puede resultar fatal. Si pueden llegar hasta ti, también pueden hacerlo hasta nosotros —prosiguió Blick.

Su rostro inmutable, que recordaba al personaje Nico Bellic del videojuego Grand Theft Auto, tenía más matices que nunca: transmitía tristeza, decepción y enfado al mismo tiempo.

—Y bien... ¿Interés sexual? ¿Sentimental? ¿Académico? ¿Profesional? —insistió Packe.

Sus palabras no sonaban a broma en absoluto.

—No es asunto vuestro —repliqué.

—De eso se trata, de que no lo acabe siendo —sentenció Packe.

Fue él quien me había llevado hasta ellos. Debía de sentirse responsable de mis actos.

—Si ese tipo ha conseguido que te olvides de las rutinas de seguridad, apuesto que es lo primero —metió baza Grumpy.

—Solo siento curiosidad por él, ¿de acuerdo?

—Procura ser más cuidadosa en el futuro. ¿Entendido, Firefly? —Y con estas palabras Blick dio por zanjado el asunto.

Me preguntaba si alguna vez alguien los había empujado a hacer alguna estupidez. Si en alguna ocasión habían sentido la necesidad de saber más sobre una persona fuera de su círculo de hackers. ¿Se habrían enamorado? ¿Serían capaces de mirar a alguien de carne y hueso con la mitad de interés con que miraban un ordenador?

Sin darme cuenta, volví a sorprenderme pensando en Agnar.

¡Pero ¿qué me estaba ocurriendo?! ¿Me estaba volviendo idiota? ¿Significaba algo ese beso de Agnar? ¿O solo fue una manera de calmar a una histérica? No tenía ni idea de cómo actuar cuando lo viera. Me apetecía volver a verlo. Mucho. Pero no acudí a la fiesta del instituto. Me convencí a mí misma de que todavía no estaba preparada para una farra de sábado. Aunque fuera algo tranquilo y sosegado como el festival Söngkeppnin que tenía lugar cada año en el instituto de Gullinbrú. Después de darle unas cuantas vueltas, decidí que no me veía en medio de toda aquella peña dispuesta a pasárselo en grande mientras yo debería hacer esfuerzos sobrehumanos para que no me entrara un ataque de pánico.

Según contaban, el Söngkeppnin formaba parte del pacto que la escritora Astrid Karlsdottir estableció con los *huldufólk*. Era una de las condiciones que pusieron los elfos para que cesara la racha de desgracias que afectaban al instituto. En el transcurso del certamen, las diferentes hermandades y clubs ofrecían una selección de sus habilidades desde el escenario.

Empezaba a pensar igual que esos flipados islandeses. Ya creía incluso en esa superchería de los *huldufólk*. Claro que cuando Agnar hablaba de ellos no parecía ninguna chorrada. Según él, Islandia contaba con dos energías muy poderosas, si sabías utilizarlas: la geotérmica, procedente del calor del subsuelo, y la mágica, procedente de los *huldufólk*. Si se te iba la mano con cualquiera de las dos, podían estallarte en la cara.

Yo no iba a estar físicamente en el festival, pero eso no significaba que fuera a perderme el acontecimiento. Había aprendido a hackear las cámaras de seguridad del instituto. A través de ellas podía ver lo que ocurría en cualquier rincón del Menntaskólinn Gullinbrú. Podría estudiar a distancia cómo era la rutina de su ecosistema y conocer sus puntos débiles.

Todo el mundo estaba en el ala del edificio que era conocida como *aliflugar* o establo. Antiguamente, el director y los profesores guardaban allí sus vacas y se alimentaban de la leche que estas les proporcionaban. Ahora, los alumnos utilizaban ese espacio para reunirse en manadas y demostrar de qué tribu urbana formaban parte.

Primero actuaron dos grupos de *heavy*. Sus nombres ya eran toda una declaración de principios: Eyðileggingu (Destrucción) y Morðo (Masacre). Los hijos de los currantes se refugiaban en esa estética de chupas de cuero y pulseras de remaches para mostrar su rebeldía social. Su música sonaba a mil demonios. No estaba segura de si en vez de apaciguar a los *huldufólk* los iban a cabrear todavía más. Los seguidores de los dos grupos coreaban las canciones como si fueran himnos. En la sala estaba prohibida la venta de bebidas alcohólicas, pero era evidente que la mayoría le había dado al botellón antes de entrar.

Cuando finalizó su actuación, se retiraron del centro de la pista y algunos de ellos dedicaron un «cariñoso» gesto con los dedos de la mano en forma de cuerno a los siguientes en actuar. Dejaron paso a un montón de niñatas —y también algún niñato— vestidas con holgados jerseys de lana y parafernalia hippy. Se sentaron en el suelo, con las piernas cruzadas, alrededor del escenario, como si estuvieran en una improvisada fogata de campamento. Bueno, no sé por qué las llamo niñatas; la mayoría eran mayores que yo. Pero me reventaba, por infantiloide, esa actitud tan trascendente. Quizá me sacaba de mis casillas verme reflejada en ellas y en su expresión bobalicona.

Estaba claro que todas perdían el culo por Agnar.

Las luces se apagaron en el escenario. Cuando volvieron a encenderse, apareció él, con su eterna gorra y su jersey islandés de lana. En una mano sostenía un tambor de piel tensada alrededor de un anillo de madera. Con la otra lo golpeaba con una delgada maza. Sin dejar de tocar, empezó a entonar un solo de voz que producía una extraña vibración en sus cuerdas vocales. Un cántico ancestral y mágico.

Debía de ser el tío más deseado del instituto. Cualquiera que quisiera acceder a él tenía que pasar por encima de ese mar de cabezas y, sobre todo, saltar ese obstáculo llamado Fiona, la chica que había conseguido una complicidad con Agnar que yo no era ni capaz de soñar. Ella estaba en primera fila, buscando una conexión especial con él. Se comportaba como si estuviera en otra dimensión. Levantaba los brazos intentando captar las imaginarias ondas que procedían del escenario. Si Agnar la tenía como amiga, novia o lo que fuera, debía de ser buena tía. Pero la verdad es que verla cerca de él me daba tres patadas.

Agnar era ajeno a la expectación que despertaba. Para él solo parecía existir la corriente invisible que lo rodeaba y que él era capaz de transformar en melodía.

De pronto, empezó a sonar otro tambor. Tulugaq, el esquimal rasta, se situó delante de Agnar al tiempo que emitía un cántico gutural que se asemejaba a los jadeos de un animal salvaje. Entre los dos se estableció una especie de batalla polifónica.

Apenas había transcurrido un minuto de ese peculiar cara a cara cuando empezaron a llegar los refuerzos. Salieron al escenario los demás miembros del club de joik, con el único acompañamiento de sus voces. Uno a uno, fueron colocándose al lado de cada contrincante, de modo que las fuerzas quedaban igualadas. Sus gargantas emitían un sonido sordo parecido al del *didgeridoo,* el instrumento de viento que utilizan los aborígenes australianos. Inhalaban y exhalaban rítmicamente.

Aquello sonaba como si los espíritus de los antepasados volvieran para campar a sus anchas. La sala entera se quedó muda. ¡De verdad que te ponía la piel de gallina!

Finalmente, a Tulugaq se le acabó el aliento. Sus acompañantes también cesaron en sus cantos. Agnar y su coro fueron quienes aguantaron más rato. Eso los proclamó vencedores.

Entonces me sorprendí a mí misma haciendo la mayor estupidez de mi vida...

A través de mi ordenador manipulé los circuitos eléctricos de la sala. Encendí y apagué repetidamente las luces en forma de señales morse. Los aspirantes a hippy que estaban sentados en el suelo lo celebraron como si fueran efectos especiales que formaran parte de la actuación. El mensaje venía a decir «Agnar, te quiero...». ¡Valiente chorrada! ¡No había duda de que me había vuelto completamente idiota! Por suerte, nadie allí parecía conocer el alfabeto morse.

Una vez acabada su actuación, Agnar podría haberse

largado con viento fresco, pero se quedó a ver el siguiente número. Estuvo bien el detalle.

Así que ese era Agnar un sábado por la noche. Bromeaba con los Braaten —los dos hermanos pirados por el *snowboard* urbano— y con Tulugaq. Fiona también parecía compartir su sentido del humor. ¿De qué debían de reírse? Habría pagado por saberlo. Últimamente, yo solo experimentaba rabia o tristeza. No dejaba de ser normal en alguien a quien le habían ocurrido tantas putadas en tan poco tiempo. ¡Cuánto echaba de menos divertirme!

Llegó el turno de los niños de papá. Se notaba quiénes ponían la pasta en ese instituto. Les habían reservado el horario estelar. Hjalti, su novia Elínbet y un par de sus colegas salieron al escenario y empezaron a moverse robóticamente. Iban engominados hasta las cejas y vestidos de uniforme con camisas rojas, corbatas negras y pantalones gris oscuro. Se situaron detrás de sus sintetizadores e interpretaron el viejo éxito de Kraftwerk *We are the robots*. Conocía a ese grupo de los años setenta gracias a mi padre. A Magnus le flipaban todos los pioneros de la música electrónica: Jean Michel Jarre, Vangelis, Kraftwerk... ¡Quién iba a decir que Hjalti podía tener algo en común con mi padre!

Pensar en mi padre me deprimió un poco. ¡Jo, no habría sido genial ni nada haberle podido explicar que sus viejas canciones seguían gustándoles a los chicos de mi edad!

A Hjalti y su grupo les iba la tecnología. ¡Los muy pijos no escatimaban en recursos! Soltaron un dron que sobrevoló la sala transmitiendo las imágenes del público a través de una enorme pantalla que estaba situada en el escenario.

Estuve tentada de sabotear su actuación y utilizar ese dron para despeinarlos un poco. Pero habría sido una pena hacerlo. La verdad es que se habían currado el numerito.

La canción de Kraftwerk hizo que cayera en la cuenta de que no me había despedido de mi robot VGo. Él había sido mis ojos y mi boca durante meses. Me conecté a la cámara de seguridad del almacén.

Ahí estaba, inerte, en un rincón. A pesar de la penumbra podía vislumbrar su carcasa metálica. Mi decisión de acudir al instituto le había robado la vida. Pero volvería a renacer, estaba segura. Escribiría al amigo de mi padre que nos lo cedió y le daría las gracias. Y también le pediría que los circuitos del VGo se activasen de nuevo. El mundo estaba lleno de Ayas que requerían su ayuda. Personas que veían cómo sus existencias habían quedado envasadas al vacío y necesitaban romper su aislamiento.

De pronto, las luces del almacén se encendieron. Alguien había entrado. Moví la cámara intentando ver de quién se trataba. Las voces me resultaban extrañamente familiares. Al final los localicé. El director del instituto, el mismo que unos días antes había intentado cambiarme el apellido, estaba hablando con un viejo conocido...: el hombre de la cicatriz en la cara en forma de X. ¡Vaya, los reyes del espionaje electrónico preferían los encuentros presenciales! Se habían citado allí, lejos de miradas indiscretas. ¡Quién iba a estar pendiente de lo que ocurría en el almacén un sábado por la noche, en pleno festival Söngkeppnin!

—¿Cómo está el asunto? —preguntó el hombre ciego.

—Está controlado. No te preocupes.

—Van pasando los días y la documentación sigue sin aparecer. Ya no sé qué decirles para evitar que intervengan.

—¡Por Dios, si solo se trata de una cría de dieciséis años! No gastemos recursos inútilmente. Viktualia se encargará de ella. Ni siquiera hará falta que sea la sección senior quien actúe. Bastará con los chicos del instituto. Va a ser su primera misión. Aya Sturluson será algo así como su graduación.

—El tiempo se acaba y queremos resultados —apostilló el hombre de los ojos empañados.

—Los tendrás.

El hombre de la X en la cara abrió una portezuela invisible a simple vista que había en el fondo del armario de las herramientas y desapareció a través de ella. ¡En Gullinbrú nada era lo que parecía! Incluso los armarios escondían puertas y pasadizos secretos. El director apagó la luz, dejando nuevamente la estancia en la penumbra, y salió del almacén por la puerta que daba al pasillo.

Así que iban a soltar a los cachorros de Viktualia, la mayor red de espionaje del planeta, para que me utilizaran como su juguete particular. Me tocaba la moral que me consideraran una presa fácil. Pero, sin duda, eso era una ventaja a mi favor. Ellos todavía no lo sabían, pero la «cría» les iba a dar una patada en todo su grasiento culo.

Por suerte, yo también había encontrado mi propio armario secreto para esconder el contenido del disco duro que me dio mi padre. Utilicé para ello un programa que habían creado unos estudiantes de la Universidad de Islamabad, en Pakistán. Consistía en dividir la información en pequeños fragmentos. De ese modo pasaría desapercibida a los ojos de cualquiera que anduviera en su busca.

Después me puse en contacto con un grupo de hackers de confianza que controlaban una *botnet* o red de ordenadores zombis. Se trataba de una red de millones de ordenadores que habían sido infectados con un virus. Podían ser controlados a distancia sin que sus propietarios lo supieran. Cada uno de esos equipos informáticos se convirtió en el servidor involuntario que albergaba una pequeña porción de mi información. Podía volver a reunirla al completo cuando quisiera con solo utilizar un algoritmo informático de mi invención.

Acto seguido, destruí el disco duro, raspándolo primero con un destornillador y golpeándolo después con un martillo hasta romperlo en pedazos. Nadie podría volver a utilizarlo jamás.

—¡Aya! ¿Puedes venir un momento!

Mi madre me llamaba. Estaba en el piso de abajo de nuestra casa, en la calle Hólastekkur. Sabía que si no bajaba subiría ella, así que decidí no hacer oídos sordos.

La encontré en el despacho de papá, que ahora ocupaba ella, junto a la impresora. Cogió el manojo de hojas que acababa de imprimir y me lo tendió.

—Me gustaría conocer tu opinión. ¿Por qué no le echas una ojeada? Es mi próximo artículo para la revista.

¿Desde cuándo le importaba mi opinión? Estaba excesivamente amable. Quizá tenía algo que ver con que había invitado a cenar a Kristinn.

Empecé a leer el dichoso artículo.

—¿Es un artículo de investigación? —le pregunté a las primeras de cambio.

—Sí, es sobre el caso Mankell. He utilizado mis fuentes y he conseguido una versión alternativa a la oficial. Cuando se publique, más de uno va a tener que dar muchas explicaciones... —Estaba que se salía de eufórica.

—¿Y no podrías haber hecho lo mismo con la muerte de papá? ¿Por qué no has utilizado tus habilidades periodísticas para encontrar pistas sobre lo que realmente ocurrió? —le espeté. Sabía que estaba poniendo el dedo en la llaga.

—Ya hemos hablado de eso. Es demasiado doloroso para mí investigar la muerte de Magnus... —dijo como si aquello le doliera en el alma. Sus ojos incluso se humedecieron.

¿Por qué tenía la sensación de que interpretaba un papel cuando se comportaba de ese modo?

—¿Y qué me dices de la verdad, mamá? No has parado hasta descubrirla en el caso Mankell. ¿Vas a hacer una excepción con papá?

Mi madre acostumbraba a comportarse igual que un témpano de hielo, pero en esta ocasión conseguí fundirlo.

—Hablas como si fueras la única a la que le importara su muerte. Tu padre y yo estuvimos juntos veinte años. Solo por eso deberías meditar más tus palabras...

Mi madre tenía la capacidad de hacerme sentir culpable a menudo. Y aquella fue una de esas ocasiones. Era un recurso que utilizaba cuando más le convenía. Y yo caía siempre en su trampa.

—La verdad es que nada de lo que hagamos va a devolverle la vida. Ya hace cuatro meses que murió y no ha pasado ni un solo día en que no pensara en él. Pero ni aunque convirtiera mi vida en un mausoleo dedicado a su memoria lo recuperaríamos, ¿entiendes?

¡Dios, era la reina de la manipulación!

—Kristinn va a venir a cenar. No quiero que nos amargues la noche. ¿Qué tal si de vez en cuando no piensas solo en ti misma?

Me había puesto contra las cuerdas y no me quedó más remedio que ayudarla a preparar esa estúpida velada.

Mi madre creía en el *feng shui* y esas chorradas de la energía positiva. Podía pasarse horas cambiando el orden de la vajilla y los cubiertos. No exagero. Cuando lo había toqueteado todo como unas mil veces, solía exclamar con satisfacción:

—Perfecto, ahora está perfecto...

Ni yo ni la mayor parte de la humanidad éramos capaces de notar la diferencia. Pero ella parecía tenerlo clarísimo. Me pedía que la ayudara y, en cambio, no paraba de corregir todo lo que yo hacía. Eso me reventaba sobremanera.

Reservó la cabecera de la mesa a Kristinn. Retiró las sillas sobrantes e hizo que la luz cayera directamente sobre el centro de la mesa.

Tomoe eligió uno de sus vestidos más elegantes y escotados para recibir a Kristinn. Era un vestido tipo cóctel, confeccionado con tela de *shantung* y estampado con símbolos japoneses. Se le pegaba al cuerpo como un guante y le marcaba una envidiable cintura de avispa.

Me hubiera gustado gritarle que ese vestido no era propio de su edad y menos de alguien que había perdido no hacía mucho a su pareja. Pero la pura verdad es que le quedaba bien. Demasiado bien para mi gusto.

Al cabo de media hora Kristinn ya había llegado y estábamos todos sentados a la mesa. Él también se había puesto sus galas. Llevaba un traje negro y una camisa blanca con el cuello desabrochado. Desenfadado pero elegante. ¿Me había perdido algo? ¿Estábamos de celebración y yo no me había enterado? Por suerte no me había cambiado de ropa, a pesar de que Tomoe insistió un par de veces en ello. Iba vestida a lo Carla Valenti: pantalones de camuflaje y jersey rojo de cuello alto.

Esa cena me había dado mal rollo desde el principio. Y mis temores no tardaron demasiado en verse confirmados.

—Kristinn y yo queríamos anunciarte algo, Aya.

—Hubiéramos preferido decírtelo antes, pero decidimos esperar para que tuvieras tiempo de reponerte de la pérdida de tu padre. —Kristinn lucía una enorme sonrisa de felicidad, como si lo que iban a decirme fuera lo más maravilloso que nadie podía imaginar.

Ella y Kristinn se cogieron de la mano mientras Tomoe me daba la «buena nueva». De verdad que era para echarse a vomitar.

—Hace ya tiempo que tenemos un sentimiento especial el uno por el otro. Creo que ya va siendo hora de que Kristinn se traslade a vivir aquí con nosotras... ¿Qué te parece? ¿No vas a decir nada, hija?

Se notaba que lo habían ensayado. ¿Cuántas veces habrían cambiado el orden de las palabras y los gestos antes de dar con la fórmula que consideraron más adecuada? ¿De verdad creían que esa era la mejor forma de comunicármelo?

—Ha sido todo muy repentino, ¿no? ¿Cuánto tiempo hace que estáis enrollados? Apuesto a que antes incluso de que papá muriera —dije secamente.

Mis palabras sirvieron para borrar aquella expresión de felicidad bovina de sus caras. Solo por eso ya valió la pena haberlas pronunciado.

—Hay algo que debes saber... Con Magnus acordamos que te lo diríamos cuando yo volviera de Holanda. Íbamos a separarnos.

La noticia me sorprendió. Mis padres no pasaban por ninguna luna de miel, pero no sabía que las cosas fueran tan mal entre ellos.

—¿Así de simple? ¿Lo acordasteis sin tan siquiera hablar conmigo? —Me enfurecí.

—Era un problema entre nosotros dos, hija.

—¿Y acaso a mí no me afectaba? ¿Con quién de los dos iba a ir a vivir?

—Eso ahora da igual. —Tomoe esquivó la cuestión.

Estaba segura de que habían decidido que me quedaría con Magnus. A menudo tenía la sensación de que yo era una carga para mi madre.

—En serio, mamá, hubiera preferido tener esta conversación a solas —dije ignorando deliberadamente a Kristinn.

—Desde hoy Kristinn también forma parte de nuestras

vidas. No tengo secretos para él. —Volvieron a mirarse como dos corderitos.

—Prefieres tenerlos conmigo, ¿no es eso? —exclamé dispuesta a hacer estallar esa burbuja de felicidad empalagosa que empezaba a llenar toda la estancia.

—¿A qué te refieres? —Mamá se quedó helada, aunque intentó disimular su contrariedad.

—No estabas en Holanda el día en que papá murió. Estabas aquí, en Reykjavik, tirándote a este tipo. ¿Me equivoco?

Las expresiones de Tomoe y de Kristinn evidenciaban que había dado en el clavo. No hacía falta que lo dijera; la cara contraída y sorprendida de Tomoe reflejaba la pregunta: «¿Cómo lo has sabido?».

—Me fijé en tus maletas, mamá. No llevaban ninguno de los precintos que sueles utilizar cuando viajas. Preferiste seguir junto a él antes que venir a consolarme. ¿Cómo pudiste dejarme sola en esos momentos? ¿Tanto te importa? ¿Tan poco te importo yo?

Tomoe se quedó muda. Kristinn intentó intervenir.

—Creo que estás siendo injusta, Aya.

Me levanté de la mesa haciendo caso omiso de sus palabras.

—Disfrutaréis más de la cena a solas. ¡Que os aproveche!

—Aya, vuelve a la mesa, por favor —apenas atinó a exclamar mi madre.

—Déjala, Tomoe, solo necesita tiempo... —Kristinn se hizo el comprensivo.

Fui directamente hacia la cocina. Abrí la nevera. Cogí

unas sobras y un refresco. Prefería comerme las uñas antes que probar un bocado del suculento banquete que mamá había preparado.

Me encerré en mi habitación. Tenía la secreta esperanza de que Kristinn no tardaría en largarse. Pero pasaban los minutos y no oía que la puerta de la calle se abriera ni se cerrara. Tal vez había decidido pasar su primera noche en casa. Aquello iba en serio.

Puse en marcha el ordenador y me conecté a unos cuantos chats, más que nada para evitar pensar en mi sórdida situación familiar.

De pronto vislumbré entre la penumbra una figura humana en el otro extremo de la habitación. Me apresuré a encender la luz.

Era Kristinn. Estaba inmóvil, de pie junto a la puerta. ¿Cuánto rato debía de haber estado allí, en silencio, observándome.

—¿Se puede saber qué estás haciendo aquí? —le espeté con cara de pocos amigos.

—Tu madre ha pensado que sería una buena idea que hablara contigo —dijo con voz tranquila mientras se acercaba.

Actuaba como si realmente le importara mi bienestar. Pero yo no me lo tragaba.

—Deja de disimular. En realidad ya sé lo que buscas, maldito cabrón.

Lo dije a boleo. Ni siquiera sé por qué lo hice. Mi instinto me decía que ese tipo no era de fiar.

—¿Y qué es lo que busco? Dímelo tú —susurró mientras se acercaba todavía más, con una sonrisa en los labios.

Me arrepentí de habérselo puesto tan fácil. Guardé silencio.

—Ya has oído a tu madre. No deben existir secretos entre nosotros...

De pronto, Kristinn cambió de tono. Intentaba hacerse el bueno, aunque su vocecita meliflua sonaba de lo más hipócrita.

—Tú y yo sabemos lo de esa documentación. Estoy de tu lado. Quiero ayudarte.

Vaya, todo el mundo parecía haberse puesto de acuerdo para intentar arrebatarme aquellos documentos. No solo lo pretendía Viktualia, la organización cuyo principal objetivo era controlar Internet, sino también Drumleaks, la ONG que luchaba precisamente por todo lo contrario. Dicen que los extremos se tocan, y en este caso yo era el punto de conexión.

—Esos documentos estarán mucho más seguros en manos de Drumleaks. Sabemos cómo utilizarlos. Los filtraremos en el momento oportuno. Es lo que hubiera querido tu padre, créeme. No tienes ni idea de a lo que te enfrentas. Una cría como tú no tiene ninguna posibilidad contra los servicios de inteligencia más poderosos del planeta.

Era la segunda vez en pocas horas que me llamaban «cría».

Kristinn estaba perdiendo la paciencia. Empezó a zarandearme.

—¡Escúchame! No voy a permitir que pongas en peligro el trabajo de todos estos años por un estúpido espíritu de venganza. Vamos a pasar mucho tiempo juntos y conseguiré que hables.

—¡Vete al infierno!

—Te equivocas, el infierno va a venir a ti —replicó amenazador.

Capítulo 8
El caballero sin miedo

Muy pronto podría oír de nuevo los pasos de Kristinn caminando por el pasillo y deteniéndose ante la puerta de mi habitación. Lo hacía cada noche. Se pasaba horas de pie, esperando. En otras ocasiones, se movía sin hacer ningún ruido. Y era invisible, como una sombra en la oscuridad. Cuando menos te lo esperabas, podías encontrártelo detrás de ti. Al acecho de cualquier indicio que lo condujera a la documentación que buscaba. A menudo sentía un escalofrío al notar su mirada clavada de improviso en mí.

Sólo podía continuar rastreando el juego The World of Spellcraft, a la búsqueda de pistas ocultas, a altas horas de la madrugada, cuando estaba casi segura de que Kristinn dormía. O cuando, por razones de su cargo, debía acudir a alguna presentación de Drumleaks. Por suerte, solicitaban su presencia a menudo.

Mi habitación había dejado de ser mi refugio, el lugar donde me sentía libre, el territorio infranqueable que nadie podía traspasar. Estaba segura de que, aprovechando que estaba en el instituto, Kristinn la había registrado de arriba abajo.

Kristinn era un antiguo hacker que tenía suficientes recursos para intentar colar algún programa espía en mi ordenador o algún artilugio en mi habitación. Decidí proteger ambas cosas. Gracias a los trabajos de minería que realizaba a menudo para Los siete enanitos disponía de bastante dinero. Era dinero virtual: *linden dollars* del mundo online Second Life y también monedas del juego Minecraft. En ambos casos existía una comunidad de jugadores suficientemente entusiastas que respaldaban el valor de aquellas monedas. Podía cambiarlas por dinero real cuando lo deseara. Abrí mi monedero virtual y cambié una parte de mis ahorros.

En el fórum hacker de Internet Shadowsite adquirí unos cuantos *gadgets* que me iban a ser de utilidad. Unos detectores de movimiento que coloqué junto a la puerta y la ventana de mi habitación y acoplé al ordenador. Si alguien entraba inesperadamente mientras yo estuviese conectada a The World of Spellcraft, la sesión se cerraría de inmediato. También me hice con un par de cámaras ultrasensibles que abarcaban todo el campo visual de mi cuarto. Las camuflé con ropa aparentemente tirada. Cualquiera que metiera sus narices en mi habitación cuando yo no estuviese provocaría que el ordenador que siempre llevaba encima, mi portátil Acer Aspire S7, recibiese una señal de alarma.

Mi casa se estaba convirtiendo en una prisión. Y el instituto en un campo de batalla permanente.

Cada mañana tenía que soportar el mismo ritual: Hjalti

y sus colegas se colocaban en el pasillo junto a la puerta de la clase, y cuando quería entrar tenía que pasar junto a ellos y aguantar sus vaciladas.

—¿Cómo va eso, chiflada? No irá a darte un ataque, ¿verdad? —Hjalti lucía un rasguño en la cara, recuerdo de nuestra pelea. Debería agradecérmelo, lo ayudaba a mitigar su permanente expresión de impertinencia.

—Por si acaso, procura no provocarme —dije mientras entraba en clase, evitando rozarme con él.

Desde el pasillo, Hjalti me lanzó otro improperio.

—Por cierto, El Espejo Mágico ha empezado una colecta para hacerte un regalito.

Se refería a que la página web de rumores anónimos que él gestionaba había publicado una imagen mía con un bozal. Habían lanzado una campaña de suscripción popular para comprármelo. Lo único que había evitado que lanzara un ataque masivo de virus contra El Espejo Mágico y el servidor que lo hospedaba era que esa web me permitía saber por dónde me atacarían los aprendices de espía de Viktualia. Eran tan estúpidos que hacían públicas sus intenciones antes de llevarlas a cabo.

No era la única a la que Hjalti dedicaba sus «atenciones». Sigmundur también se llevaba lo suyo.

—Estás muy guapo hoy, Sigmundur. ¿Has quedado con alguien en el Kjallarinn? —Hjalti simuló un movimiento amanerado.

Desde el día que evité que se suicidara, Sigmundur había recuperado la confianza en sí mismo. Gracias al virus que me proporcionó el enanito Grumpy, Hjalti ya no tenía nada con lo que hacerle chantaje. Pero es que, además, un cambio se había operado en él. Ya no vestía a todas horas esa ropa de estilo deportivo universitario americano como si se tratara de un uniforme hetero. De un tiempo a esta parte, no era raro verlo equipado con algunas de las camisetas ajustadas y multicolores que el bar gay Kjallarinn había creado con su logo. A Sigmundur parecía que no le importaba demasiado que pudieran llamarlo marica.

—¿Qué te pasa, Hjalti? ¿Me estás pidiendo una cita? —Sigmundur se encaró con él.

—¡Ni lo sueñes, pedazo de gay! —A Hjalti se le había borrado aquella sonrisa cínica del rostro.

Sigmundur lo miró con cara de pocos amigos.

—¿Qué ocurre? No te he llamado sarasa, ni bujarrón, ni tampoco mariposón... ni nada por el estilo. Gay es la palabra que utilizáis para referiros a vosotros mismos, ¿no? Mi padre ya me avisó que usara un lenguaje políticamente correcto contigo. No fuera a ser que me denunciaras por discriminación a causa de tu orientación sexual o alguna gilipollez como esta... —soltó Hjalti volviendo a dárselas de listo.

—¿Por qué no te apartas? No me gustaría pisar ninguna mierda... —Sigmundur se abrió paso hacia el interior de la clase, ignorando a Hjalti y sus insultos.

En ese momento Agnar entró en clase. No era muy buena fingiendo, por eso estoy segura de que, cuando nuestras miradas se encontraron, él pudo leer en mis ojos que se había convertido en el centro de mis pensamientos. Me consternó sentirme tan transparente. A duras penas conseguí desviar la mirada hacia otro lado y aparentar normalidad.

¡Empezaba a coleccionar todos los achaques posibles: joven, agorafóbica y, además, enamorada! ¡Puagh!

Finalmente, el profesor entró e hizo que Hjalti y los demás lo siguieran. Dio comienzo la clase de estudios sociales.

Svend Stefansson era uno de esos maestros de la vieja escuela que se presentaban en clase con americana y corbata. Trataba a sus alumnos de «usted». No era para tirar cohetes, pero me caía mejor que esos otros profes que iban de enrollados y te daban una puñalada por la espalda.

—Hasta ahora hemos estudiado sistemas políticos, organizaciones económicas, creencias culturales y religiosas... Es decir, hemos hablado del mundo en abstracto. Es hora de ponerle rostro...

Stefansson empezó a repartir dosieres. Dejaba uno por mesa mientras seguía hablando.

—El mundo es un rompecabezas en el que debemos encajar nuestra visión de las cosas con la que tienen los demás. De eso va este ejercicio. Van a trabajar por parejas. Su labor consistirá en descubrir en qué cree, cómo vive, de qué se alimenta, qué espera de la vida, incluso cuántas veces respira por minuto... su compañero o compañera. Quiero que, a partir de ahora, se familiaricen con esa porción de mundo que les ha tocado en suerte.

Desde el momento en que mis compañeros de clase me dejaron tirada durante aquel ejercicio de historia, procuraba que ningún trabajo en equipo me cogiera por sorpresa.

Colarme en el servidor del instituto formaba parte de mi rutina. El día anterior había echado una ojeada al cuestionario que el profesor estaba preparando para la clase y descubrí que me emparejaba con Hjálmar Einarsson para llevarlo a cabo... No tenía nada contra ese tipo, excepto que era uno de los amigos pijos de Hjalti y que parecía tan cretino como él. Decidí cambiar mi nombre de lugar en la lista y emparejarlo con el de Agnar. Esperaba que el profesor no se diera cuenta del cambio.

Stefansson dejó el dosier en mi mesa. Le eché una ojeada. En total contenía un cuestionario de unas cincuenta preguntas. Algunas eran de lo más indiscreto...: ¿Qué te parece la forma en que te han educado tus padres?... ¿Cómo definirías tu estilo de vida?... ¿Sigues alguna religión o tendencia espiritual?

Seguro que al profesor Stefansson lo había guiado la mejor de las intenciones. Se había tomado la molestia de emparejar a alumnos de distritos muy distintos entre sí. Alumnos que vivían en el distrito 101 con otros que habitaban en el 111, por ejemplo. Es decir, chicos de barrios acomodados con otros que procedían de auténticos guetos para inmigrantes y gente sin recursos. Pretendía que nos diéramos cuenta de que incluso en una misma ciudad había formas de vida muy distintas. Eso estaba bien. Pero en el fondo era lo de siempre: preguntas y más preguntas que no dejaban de meter sus narices allí donde nadie las había invitado.

Desde pequeña, supongo que influenciada por mi padre, me mostré extremadamente reservada. Estaba convencida de que revelar detalles personales equivalía a poner en manos de otras personas información que algún día podría ser utilizada en mi contra. Una idea cruzó por mi cabeza y me deprimió bastante: me esforzaba por salvaguardar mi privacidad cuando realmente no tenía vida privada. Puede que esa fuera la auténtica razón por la que me mostraba misteriosa y opaca con los demás: para disimular lo sola que estaba y lo pringada que era.

De hecho, me daba igual que los demás no supieran nada de mí. Pero lo último que deseaba era que Agnar me ignorara. Podría haberme preguntado lo que quisiera y yo le habría respondido.

No, no me refiero a explicarle que mi padre me había encargado una misión enormemente peligrosa y terrible ni que los servicios secretos del mundo entero se habían conjurado contra mí. Si se lo hubiera dicho, corría el riesgo que pensara que estaba loca de atar. Y si me hubiera creído, el riesgo lo corría él. Cuanto menos supiera sobre ese asunto, mejor.

¡Pero había tantas otras cosas que no había contado jamás a nadie y que me gustaría compartir con Agnar! ¡Y tantas otras que quería saber de él!

Llegó el momento de agruparse por parejas. Me acerqué hasta Agnar.

—Creo que estamos juntos en esto —dije levantando el dosier mientras me sentaba cerca de él. Cuando me pongo nerviosa suelo pronunciar frases tan chorras como esa.

—No soy muy bueno contestando cuestionarios... —se excusó Agnar—. Verás, a las personas les gusta clasificar a todo el mundo: ¿cómo te llamas?, ¿dónde vives?, ¿cuántos años tienes?... A la que te descuidas, estás atrapado en la telaraña de clichés que los demás han construido sobre ti. Y eso acaba inmovilizándote.

En esto coincidíamos, pero por motivos distintos. O no tanto.

—¿Quieres decir que no vas a responder a mis preguntas?

—Dejaré que te inventes algunas de las respuestas.

—Me parece bien. Si tú haces lo mismo con algunas de las mías.

—¡Trato hecho!

Chocamos nuestras manos para sellar el pacto. Fue una sensación increíblemente cálida notar por un momento su mano en contacto con la mía. Empezaba a sentirme a gusto y relajada.

—¿Por cuál de los dos empezamos?

—Por ti... «¿Cómo definirías los conceptos "padres" e "hijos"?» —dijo Agnar leyendo el dosier.

Se me hacía difícil hablar de forma objetiva de mis padres. Además, mi madre y yo nos habíamos declarado recientemente la guerra.

—Diría que los hijos somos una foto del pasado. Si algo unió a nuestros padres, el tiempo se ha encargado de borrarlo. No resulta extraño que algunos padres piensen que sus hijos son un error que podrían haberse ahorrado. ¿Y quién cuida de un error? Los errores se lamentan y procuran olvidarse. —No sé si era la respuesta más adecuada a esa pregunta, pero fue lo que se me ocurrió en ese momento.

—Oyéndote, parece que las cosas no van demasiado bien en tu casa... —se interesó Agnar.

—No estarás pretendiendo atraparme en una telaraña de ideas preconcebidas, ¿verdad? —dije emulando sus palabras.

—Perdona, tienes razón... No es asunto mío —se disculpó Agnar.

—Estaba bromeando... Me apetece contarlo... Verás, mi madre se ha enrollado con un tipo al que no soporto. Y si a eso le añadimos que ella y yo nunca nos hemos llevado demasiado bien, pues...

Por primera vez en toda mi vida le había hecho confidencias a alguien. No tenía ni idea de que necesitara tanto que otra persona pudiera entenderme y saber cómo pensaba y me sentía.

—Mis padres y yo nos llevamos mucho mejor desde que no vivimos juntos.

—¿No vives con ellos? —pregunté sorprendida.

—Al cumplir los dieciséis, pensé que ya había llegado el momento de que me buscara mi propio hogar.

—¿Y les pareció bien?

—Sí, agradecieron poder recuperar su intimidad. Viven en un velero en el puerto, ¿sabes? El espacio a bordo es bastante reducido.

Los padres de Agnar no tenían el espíritu posesivo de mi madre. Todavía recordaba cómo se había puesto el día que le dije que tenía intención de acudir en persona al instituto.

Llegó mi turno de hacer preguntas.

—¿Y cómo definirías tú «padres» e «hijos»? —le pregunté.

—La mayoría de los padres creen conocer a sus hijos

mejor que nadie. No hay nada que los pueda hacer cambiar de idea respecto a eso. En realidad, lo que consiguen con tal actitud es amarrarlos y dificultar que sigan creciendo. Por eso muchos hijos necesitan escapar para sentirse libres. Es una pérdida considerable de tiempo y energía que podría ahorrarse y dedicarse a cosas más constructivas.

Las palabras de Agnar parecían dichas pensando en mi madre. Ella actuaba como si yo fuera incapaz de mentirle o de ocultarle nada. Se otorgaba demasiado poder sobre mí. Realmente, podríamos haber sido todos más felices si no se hubiera empeñado en tratarme como un *déjà vu*.

Fue una clase muy productiva. Las preguntas del dosier nos dieron pie a hablar de esto y de aquello. La lección no había hecho más que empezar. Todavía quedaba mucho que aprender de Agnar y mucho que compartir con él.

Antes de dar la clase por acabada, el señor Stefansson nos puso deberes.

—Les queda algo pendiente, todavía: un trabajo de campo. Quiero que visiten el entorno habitual en el que transcurre la vida del compañero al que le han hecho el cuestionario. Deben conocer su hogar, su barrio...

A Elínbet, la novia de Hjalti, se la veía alarmada ante esa perspectiva. Levantó la mano para hacer una pregunta.

—¿Eso significa que tenemos que quedar con esa persona fuera de clase?

—Sí, así es —asintió el profesor.

La cara de disgusto de Elínbet era más que evidente. La reina de la popularidad no tenía nada en común con una empollona friki como Stulka, la compañera que le había tocado para hacer el trabajo. El contraste entre ellas dos no podía ser más exagerado.

Elínbet vestía una chaqueta Catherine Malandino con estampado de piel de serpiente. Resultaba muy adecuado para ella. Estaba hecha toda una víbora. Corría el rumor de que era la auténtica instigadora de los comentarios maliciosos que aparecían en la página web de su novio Hjalti, El Espejo Mágico. Ella y sus amigas se solían entregar a un deporte bastante retorcido: competir por poseer la figura más esbelta, la cintura más estrecha, los labios más sensuales... El más pequeño defecto en una contrincante era magnificado hasta convertirlo en un estigma vergonzante. La liga de las chicas perfectas se había cobrado ya unas cuantas víctimas.

En cambio, Stulka estaba más bien entradita en carnes. Utilizaba gafas, y no precisamente de diseño. Llevaba una sencilla camiseta de doble manga sin ningún estampado ni marca reconocible. Incluso su forma de vestir dejaba claro su propósito de pasar desapercibida.

—Tranquila, no voy a hacer ningún reportaje para la revista del instituto sobre nuestro encuentro... —ironizó Stulka.

En otro tiempo, el rechazo público de Elínbet habría dejado hecha polvo a Stulka. Ahora, por el contrario, se lo tomaba con humor.

—¿Quedamos después del instituto? —dijo Agnar, con esa sonrisa casi infantil tan característica suya.

—No me siento capaz de tener mucha vida social en estos momentos —me sinceré.

—No te preocupes por eso. Será un encuentro antisocial —ironizó Agnar.

Y, efectivamente, al finalizar las clases, Agnar y yo salimos juntos del instituto.

Había imaginado varias veces la escena, pero cuando estaba sucediendo realmente me costaba identificarme con la chica que caminaba a su lado. Y era yo, sin duda.

Es curioso. Cuando piensas en una persona y en que le dirás esto o aquello, suele ocurrir que a la hora de la verdad te quedas en silencio sin saber qué contarle. Volví a sentirme nerviosa. ¡Ojalá no lo echara todo a perder!

—La calle Lauvavegur es el camino más corto para ir a mi casa, pero siempre procuro evitarla. ¿Te importa caminar un poco más? —me preguntó.

—Me apetece andar.

Sabía pocas cosas de Reykjavik, y una de ellas era que la calle Lauvavegur es un río que atraviesa el centro de la ciudad. Las demás son afluentes que te conducen inevitablemente a ella. Lauvavegur es el lugar donde se concentran pubs, hoteles, centros comerciales, tiendas exclusivas... Es decir, las mil y una maneras de sacarles los cuartos a los turistas desprevenidos.

—No me gustan las aglomeraciones. Siempre me pregunto qué lleva a tantas personas a convivir juntas en el mismo lugar...

En eso también coincidíamos. Pero procuré desechar esa idea porque me llevaba inevitablemente al hotel Evanescence de Zurich y a aquella multitud que acabó convirtiéndose en una estampida humana. Uno de los peores días de mi vida.

Tomamos la calle paralela, Hverfistaga. Esa calle había conocido días mejores décadas atrás. Su decadencia la hacía más entrañable y humana. Sobre todo en contraste con la impostada pulcritud de Lauvavegur.

Nunca me había fijado mucho en cómo se movía la gente. Pero Agnar me hizo caer en la cuenta. Andaba de una forma peculiar. El tronco ligeramente inclinado hacia el frente pero con la espina dorsal recta, y las rodillas también ligeramente dobladas. Caminaba balanceando los brazos, con los dedos pulgares extendidos. No realizaba ningún movimiento en falso. Como si la suya fuera la forma correcta de cortar el aire. La única. Entendí por qué no acostumbraba a tomar la calle Lauvavegur. Allí la multitud te obligaba a andar como un pelele para evitar chocar contra alguien. Procuré imitarlo, pero me faltaba práctica.

—¿Voy demasiado deprisa? Agnar preguntó mientras ralentizaba el paso.

—No, está bien.

Volvió a su paso normal y yo intenté no quedar rezagada. Cuando conseguí hacerlo sin demasiado esfuerzo, observé a las personas con las que nos cruzábamos.

La gente feliz se movía de una forma diferente. En serio. La mayoría, no podían disimular la sordidez de sus vidas incluso en el más mínimo gesto. Estoy segura de que si alguien se fijó en mí, no dudó ni por un momento de que yo formaba parte del grupo de los afortunados.

Ya estábamos en la calle Vitastigur. Nos plantamos ante una fachada en un evidente estado de abandono, a pesar de estar maquillada con unos coloridos grafitis. El signo okupa de un círculo atravesado por un relámpago en forma de flecha estaba dibujado en diferentes puntos del edificio.

—¡Hemos llegado! —exclamó Agnar.

—¿Vives solo? —pregunté como quien no quiere la cosa.

—No... Comparto la casa con otras doce personas. Una de ellas es Tulugaq, mi amigo groenlandés. Todos vivimos en comunidad. Por eso la vida nos resulta bastante barata. Intercambiamos nuestras habilidades y nuestro tiempo. Y en cuanto al agua y la electricidad, digamos que... las tomamos prestadas.

Las abejas revoloteaban entre los cubos de basura que estaban llenos de botellas de cerveza vacías. Una vieja canción de Deep Purple, *Smoke on the water*, reverberaba sonoramente a través de una ventana abierta. Agnar saludó a un grupo de madres jóvenes con pinta de hippies que charlaban junto a la puerta mientras sus cachorrillos retozaban como salvajes a su alrededor.

Cuando me fijé en los empalmes chapuceros que conectaban el cable de la electricidad, en la entrada del edificio, con las instalaciones eléctricas de las diferentes partes de la casa, todas mis alarmas se activaron. Cualquier chispa podía provocar un drama. Habría sonado bastante ridículo preguntarle a Agnar por las salidas de emergencia.

¡Dios!, entrar en aquel edificio era meterse en una ratonera.

En cambio, me sorprendió sentirme segura al lado de Agnar. Junto a él nada podía sucederme. Simplemente, dejé de escuchar esa vocecita interior que como una histérica me gritaba que me alejara.

Seguí a Agnar, que iba delante, abriendo paso.

—Aquí están las instalaciones comunes para todos los vecinos del edificio: sala de Internet, cocina, lavandería...

Subimos hasta el final de la escalera. Agnar vivía en el piso superior. Se adelantó y abrió una puerta al final del pasillo. Ni siquiera tenía cerradura. Por lo visto, el vecindario era de confianza.

—Y aquí es donde vivimos Tulugaq y yo... Procura pasar rápido. Este suelo necesita una reparación —me advirtió Agnar.

Atravesé deprisa el pasillo, procurando casi levitar sobre él.

Vivía en una especie de buhardilla. En el interior había una pequeña sala de estar, dos habitaciones y un lavabo. Todo quedaba a la vista. Agnar cerró apresuradamente la puerta del lavabo y las de las habitaciones para evitar que yo pudiera percibir el desorden que reinaba dentro.

Se respiraba una atmosfera casi tribal. Los objetos relacionados con las culturas sami e inuit sobresalían en un entorno en el que la decoración era casi inexistente: una mesa de madera que reproducía una piragua inuit puesta al revés, una alfombra con motivos samis, varios tambores hechos de piel de animal colgados de las paredes...

—Ven... ¿El cuestionario dice algo de esto? —dijo Agnar con entusiasmo mientras acercaba una silla a una escotilla que había en el techo. La abrió.

Yo también me encaramé a la silla y eché una ojeada al exterior. Estábamos muy juntos el uno del otro. Me cogió de la cintura para que no me cayera.

Allí fuera estaba teniendo lugar un espectáculo increíble. Se empezaba a ver el crepúsculo. El cielo se teñía de colores: azul, lila, naranja, rojo, amarillo... Era aquella hora en la que, brevemente, la luz del día convivía con las luces de la ciudad, el momento en que todo era posible.

—Es una hora mágica... Es cuando los chamanes aguzan sus sentidos y sus conocimientos para desentrañar los misterios que nos rodean. —Aquellas palabras parecían salidas de lo más profundo de su ser.

De repente, Agnar dejó a un lado la actitud contemplativa. Bajó de la silla y cogió una tabla de *jibbing* que había apoyada en la pared.

—Uno no puede quedarse con los brazos cruzados cuando ve algo así. ¡Coge esa otra tabla y sígueme!

Se refería a la tabla de *jibbing* que había junto a la suya. Hablaba y se movía apresuradamente, como si no hubiera tiempo que perder. Subió de nuevo a la silla y se encaramó al tejado llevando la tabla consigo. ¡No podía creérmelo! ¿Estaba a punto de hacer lo que suponía?

—¡Vamos! ¿A qué esperas? —me apremió, asomando desde el tejado e invitándome a seguirlo.

—No... no creo que todavía esté preparada para esto... —respondí alarmada.

—Sí, lo estás. Lo único que cuenta es que la vida es demasiado corta. —Resultaba muy convincente.

Para mi sorpresa, lo seguí. La nieve, que empezaba a desaparecer de las calles, todavía estaba presente en la mayoría de los tejados.

—Agárrate ahí —dijo, señalando la chimenea.

—¿Estás seguro de que no es peligroso? —Me apresuré

a asirme a la chimenea. Lo hice con las dos manos. Apenas podía sostener al mismo tiempo la tabla de *jibbing*.

—El mundo es un lugar extraño, fascinante y peligroso al mismo tiempo. Acéptalo tal y como es...

Agnar se montó en la tabla y se deslizó por la nieve tejado abajo. Así de simple. ¡Era una locura! ¡Cómo deseé poder hacer algo parecido! Agnar fue a parar a una especie de callejón o patio trasero en el que todavía había grandes cantidades de nieve que amortiguaron su caída.

—¡Venga, es tu turno! —me gritó desde abajo.

Me monté en la tabla intentando no perder el equilibrio. Estaba harta de mantenerme al margen. En esta ocasión, en vez de dejar que la vida pasara ante mí, me iba a dejar ir. Sin pensar en las consecuencias. ¡Y lo hice!

Fui a parar junto a Agnar, aunque no tenía ni su estilo ni su dominio de la caída: yo fui por un lado y la tabla de *jibbing* por el otro.

—¡Uuuaaaauuuu! ¡Ha sido increíble! —Estaba entusiasmada, aquello sí que era sentirse vivo.

—Sabía que si lo probabas no te arrepentirías...

Agnar me ayudó a ponerme en pie.

—¿Haces eso muy a menudo? —Lo miré a los ojos.

—¿El qué? —Parecía no entender de qué le estaba hablando.

—Besar a la gente para evitar que tengan un ataque de histeria...

—No, contigo fue la primera vez.

Me incliné sobre él. Agnar me miraba fijamente, sin perder detalle. Esta vez fui yo quien tomó la iniciativa. Lo besé.

—No iba a tener ningún ataque —susurró Agnar cuando nuestros labios se separaron.

—Pero yo sí... —le respondí antes de volver a besarlo.

Fue un beso largo, lento, profundo, suave y húmedo. Podría haber durado días enteros. Cuando nos separamos, nos miramos en silencio.

Capítulo 9
El cazador sin lobo

De modo que eso del amor no era ninguna leyenda urbana. Siempre había pensado que se trataba de una cursilada, un invento de las novelas rosa... Y ahora me sucedía a mí. Sí, ya lo sé, no era nada nuevo ni extraordinario. Solo un chico y una chica que se enrollaban. Debe de pasar centenares de veces a cada minuto. El mundo gira y la gente se enamora. Es una ley universal. ¡Pero nunca me había sentido volar de ese modo!

Agnar estaba echado en el suelo de la buhardilla apoyado sobre un codo, y yo junto a él, acurrucada en su regazo.

—A veces, me quedo sentado en el trineo y miro cómo Tulugaq y su familia se mueven en el hielo. Saben en todo momento lo que está pasando a su alrededor de una manera que la gente normal no puede entender. Intuyen el peligro e incluso la presencia de la muerte. Por eso dicen que pueden escapar de ella, hasta que consideran que el fin de sus días ha llegado y se dejan morir. ¡Es increíble...!

Agnar jamás hablaba de algo que no fuera realmente importante. Pero lo hacía de forma natural, sin dárselas de intelectual, ni filósofo, ni nada por el estilo.

Yo también tenía algo importante que decirle.

—Sé que te parecerá muy extraño. Incluso puede que pienses que estoy paranoica, pero no podemos hacer esto en público.

No era una buena idea que me dejara ver por ahí con Agnar en actitud cariñosa. Eso lo habría puesto en peligro a él, y a mí en una situación muy vulnerable. ¡Todavía más de lo que ya era!

—¿El qué, besarnos? —Me miró extrañado.

—Ni abrazarnos, ni siquiera cogernos de la mano.

—¿Por qué? ¿Eres tímida? ¿Es por tu agorafobia?

—Hay una razón muy poderosa para que no lo hagamos, créeme. Tal vez algún día pueda explicarte de qué se trata. Pero hasta que ese día llegue, será mejor que todo el mundo piense que solo somos compañeros de instituto.

—¿Eso significa que no volveremos a estar juntos como ahora?

—Sí, si estamos a solas.

Una de las cualidades de Agnar es que no pretendía saberlo todo de mí. Aceptó mis razones sin más preguntas.

«Cuando conoces a alguien demasiado bien, esa persona se vuelve previsible, deja de sorprenderte y terminas muerto de aburrimiento. Lo mejor es aceptar que jamás llegaremos a conocer en profundidad a alguien», me había dicho en una ocasión.

Se había hecho tarde. Tenía que darme prisa.

Al llegar a casa me esperaba un «caluroso» recibimiento.

—¿Dónde has estado y con quién?

—No eres mi padre. No tengo por qué responder a tus preguntas.

Kristinn le había sorbido los sesos a mi madre. Era patético verla inhibirse en esa discusión y dejarle todo el protagonismo a él.

—No saquemos las cosas de quicio, Kristinn —intervino discretamente Tomoe.

—No me desautorices, ¿quieres, Tomoe? El bienestar de esta familia también es asunto mío, ¿o no?

—Claro que sí, cariño —asintió dócilmente.

¡Dios!, ¿cómo podía dejar que ese tipo campara a sus anchas por nuestras vidas?

—¿Eso es todo? —Hice el gesto de irme a mi habitación.

—Esto no ha hecho más que empezar. A partir de ahora vas a llevar siempre encima el móvil que te dio tu madre. Voy a llamarte muy a menudo. Quiero saber a todas horas dónde estás y con quién.

Eso era como tener colocada en el tobillo una de esas pulseras localizadoras que sirven para tener controlados a los presos que están en semilibertad.

La argucia del móvil le permitiría rastrear mis movimientos y seguirme a dondequiera que fuera. ¡No era listo ni nada, el tipo!

—¿No tienes nada que decir, mamá?

—Lo hace por tu bien, hija. Tienes que reconocer que, de un tiempo a esta parte, hemos descuidado las normas en esta casa. Quizá lo que necesitas es una figura paterna.

—¡Y se acabó lo de encerrarte en tu habitación! Vas a

hacer más vida con nosotros. Al fin y al cabo, somos una familia.

Ese era el famoso Kristinn Munk, el mismo que en los actos de Drumleaks se llenaba la boca criticando el control al que nos someten las grandes corporaciones y los Estados. ¡Menudo hipócrita!

Cuando finalmente pude ir a mi habitación, abrí la ventana de par en par y respiré hondo. ¿Qué debía de estar haciendo Agnar en esos momentos? ¡Ojalá pudiera estar a su lado! Me había dado a probar un poco de su libertad y eso todavía hacía más insoportable mi vida junto a mi madre y su novio.

Abrí mi portátil Acer Aspire S7. Tenía unos cuantos mensajes procedentes del móvil del director del Menntaskólinn. Ya hacía unos cuantos días que lo había hackeado para estar al corriente de las comunicaciones entre él y otros miembros de Viktualia. Y empezaba a recoger los primeros frutos.

Antes de echarles una ojeada, activé mi sistema de seguridad contra fisgones. Si la puerta de mi habitación se abría de forma inesperada, la sesión de mi portátil se cerraría sin dejar rastro.

A las 17.50 el director recibió un mensaje de lo más misterioso y desconcertante:

«El Troll Njáll lanzó el anzuelo y pescó la escopeta del cazador. Se mondó los dientes con ella. Ocultos tras la maleza, los animales reían mientras el cazador seguía el rastro del caracol.»

Alguien tendría que haberles dicho a esos tipos que escribieran sus mensajes en clave de una forma menos llamativa. Estaba claro que iba a despertar la curiosidad de quien lo leyera.

El Troll Njáll aparecía nombrado en él. Quizá transmitía una orden suya. Por lo que sabía, el control de Viktualia recaía en él. ¿Quién debía de ser la persona que se ocultaba tras ese alias?

Hacía tiempo que tenía mis sospechas. Eirikur Gudrun, el padre de Hjalti Gudrun, era alguien lo suficientemente importante, estaba lo bastante bien conectado y, sobre todo, podía llegar a ser el malnacido sin escrúpulos que se necesitaba para desempeñar esa labor.

Les di unas cuantas vueltas a esas treinta y tres palabras intentando descifrarlas. Sin la clave, el mensaje no parecía tener demasiado sentido. Apliqué a aquel texto un programa de descifrado. El software debería hallar la clave a través de todas las combinaciones matemáticas posibles.

Pero además de ser un proceso lento, no dio ningún resultado.

Entonces se me ocurrió que tal vez aquellas frases formaran parte de algún cuento infantil. ¿Y si eran de Astrid Karlsdottir? Puede que el mensaje no tuviera significado por sí mismo sino en el contexto del cuento.

No conocía a nadie que supiera tanto sobre Karlsdottir como Stulka.

A la mañana siguiente, la encontré en la biblioteca de Gullinbrú. Era el lugar que más frecuentaba del instituto, después de la clase y el lavabo.

—¿Tiene algún sentido para ti? —le pregunté mientras le enseñaba el texto.

Le echó una ojeada que duró brevísimos segundos.

—Sí, es un fragmento del cuento *El cazador sin lobo*. El Troll Njáll se divierte tomándole el pelo a un cazador que se adentra en el bosque dispuesto a cobrarse alguna pieza.

Stulka interpretó de forma equivocada mi interés por el texto. Me propuso que formara parte del mismo club literario que ella. Realmente se había empeñado en ser mi amiga. Yo no andaba sobrada de amistades. De hecho, jamás había tenido ninguna.

—¿Qué hacéis en vuestro club? —le pregunté sin demasiado entusiasmo.

—Entre otras cosas, respondemos a los mensajes que los niños suelen enviar a los personajes de Astrid Karlsdottir. También nos encargamos de la revista del instituto. Precisamente, dentro de un par de semanas vamos a tener mucho trabajo. Es el día de El toque de la campana. Vendrán un montón de exalumnos famosos, gente importante que un día estudió en Gullinbrú. Vamos a aprovechar para entrevistarlos.

Eirikur Gudrun, ¿alias Troll Njáll?, era uno de ellos. Esa era mi oportunidad para vérmelas cara a cara con él.

—Podría echarte una mano con alguna de las entrevistas, si quieres.

—¿Te animas a ingresar en el club? —se sorprendió Stulka.

—Solo es una ayuda puntual. Me sentiría incómoda en vuestro grupo. No estoy segura de que realmente esa Astrid fuera todo lo santurrona que aparentaba ser.

Mis palabras sonaban como un sacrilegio en ese templo dedicado a preservar la memoria de la autora más venerada de la literatura infantil nórdica. Stulka se rio como si acabaran de contarle un chiste.

—¡Jajaja! Tienes razón. Tal vez fuera una pervertida de mucho cuidado —dijo levantando la voz.

Ella misma se escandalizó por las palabras que acababa de pronunciar.

El bibliotecario le hizo un gesto advirtiéndola de que no hablara tan alto. Intentó ponerse seria pero se le escapaba la risa. A esa Stulka solo le faltaba un empujoncito para que se desmelenara por completo.

—¿Qué haces el sábado al mediodía? —me preguntó.

—Todavía no lo sé. Nada especial, supongo —le contesté.

—¿Por qué no te pasas por el parque Klambratún? Quiero presentarte a unos amigos.

¿Qué se podía hacer un sábado al mediodía en el parque Klambratún? Se me pasó por la cabeza que los amigos de Stulka podían ser unos de esos observadores de aves o unos aficionados a algo todavía más friki.

—Bueno, tal vez lo haga. ¿De acuerdo?

Cuando Stulka se fue, continué un rato más en la biblioteca. Eché una ojeada al cuento *El cazador sin lobo*. No tenía mucho sentido. Parecía que a su autora se le hubiera ido la olla. Se me pasó por la cabeza que más que un texto literario aquello podía ser una amalgama de mensajes en clave dirigidos a alguien en concreto.

¿Qué debió de sentir esa Astrid Karlsdottir al ver que sus personajes cobraban vida y se convertían en unos auténticos hijos de su madre, especialmente ese Troll Njáll?

Quizá fue el motivo por el que en 1947 desapareció para siempre. Tras una excursión a la cima del Bardarbunga, en el glaciar Vatnajokull, se la dio por perdida. A pesar de que rastrearon la zona durante semanas, no encontraron ningún indicio de ella. Hubo quien insinuó que se había reunido para siempre con los *huldufólk*. Finalmente, los equipos de rescate se dieron por vencidos. Al cumplirse el mes de su desaparición, el gobierno declaró una jornada de luto nacional en su memoria.

Me crucé con Agnar en el pasillo. Me guiñó el ojo discretamente. Estaba claro que le divertía ese juego de disimulos. Se agachó y pareció recoger algo del suelo.

—Se te ha caído —dijo entregándome un papel antes de seguir su camino.

Era una nota que había escrito para mí.

«¿Nos vemos de incógnito este sábado por la tarde, a eso de las cuatro? Podríamos quedar en uno de mis sitios favoritos: el museo de Historia Natural. Allí no suele haber nunca nadie. Y está tan anticuado que ni siquiera tiene cámaras de seguridad. ¿Qué me dices?»

¡Pues claro que iba a estar allí!

Antes de desaparecer de mi vista, Agnar me dirigió una última mirada. Le sonreí abiertamente en señal de aceptación.

¡Jo, cómo se habría podido parecer mi vida a la de una chica de dieciséis años normal y corriente si me hubiera podido olvidar de la promesa que le hice a mi padre! ¡Añadía tantas dificultades y cortapisas...!

Pero le había dado mi palabra y la iba a cumplir.

—Cuando llame, quiero que descuelgues. No me vengas con la típica excusa de que no había cobertura. Ah, y a las nueve tienes que estar de vuelta —me había advertido Kristinn antes de salir de casa.

No podía salir sin ese grillete llamado móvil. Pero hay una regla de oro para cualquier hacker que se precie: cuanto mayor es la dificultad, mayor es la satisfacción por superar el reto.

A mi madre y a Kristinn les dije que iba a un encuentro de videojugadores. No pretendía que me creyeran. Cuanto menos elaborada fuera la mentira, mejor. Así se confiarían y me tomarían por más estúpida de lo que en realidad era. Especialmente él. No me pusieron excesivos problemas ni me hicieron demasiadas preguntas. Creo que en realidad ese Kristinn estaba deseando saber adónde me dirigía.

No hacía falta ser un crack de la informática para rastrear la ubicación de un móvil. Existían un montón de programas y aplicaciones que permitían que cualquiera pudiera hacerlo. Cuando Kristinn usara el GPS para localizar mi smartphone, que lo haría, comprobaría que estaba en el café Babalú.

Había consultado diferentes guías online sobre turismo en Reykjavik. Localicé el Babalú, situado en la céntrica calle Skólavorddustigur. Era habitual que los turistas fueran allí a recargar sus móviles. El local estaba lleno de enchufes por todos lados y de clientes que ponían el Wi-Fi al límite de su capacidad con sus portátiles y tablets. Me acerqué a la barra. Hablé en inglés exagerando mi acento danés para pasar por una turista. Me tomé una Icelandic Glacial, la marca de agua mineral más popular del país. Después de pagarla, le pedí permiso al barman para enchufar mi móvil. Le dije que mientras se cargaba quería aprovechar el rato y visitar la cercana estatua de Arnarholl. Ya lo recogería más tarde. No puso ningún problema. Salí del café sin más preámbulos.

Desvié las llamadas hacia un móvil de prepago anónimo. Con la excusa de la seguridad, este tipo de terminales libres habían sido eliminados del mercado porque no eran fácilmente rastreables ni controlables. Pero en el *Deep Web*, el paraíso de los fuera de la ley en Internet, todavía era posible adquirirlos. Podría contestar cuando Kristinn llamase, pero él, en cambio, no sabría dónde me encontraba realmente.

Era uno de esos raros días soleados que se podían disfrutar en Reykjavik. En el parque Klambratún había unos cuantos jugadores de *frisbee* que intentaban encestar sus discos volantes en las canastas con más voluntad que acierto. También abundaban las parejas sentadas en bancos de madera que no quitaban ojo a sus retoños, mientras estos se entretenían en el parque infantil. Algún nostálgico del verano en otras latitudes más cálidas estaba desplegando una red para jugar a vóley playa. Pero no había ni rastro de Stulka. Empecé a preguntarme si había sido una buena idea aceptar su invitación.

De pronto, una aparición sorprendente surgió detrás de unos setos del parque.

—¡Te desafío, Aya Sturluson!

Stulka estaba irreconocible. Llevaba el rostro cubierto

con un antifaz y su cabello rubio con una peluca lila. Vestía una chaqueta y leotardos de cuero con refuerzos, todo ello embutido en una falda a cuadros rematada con un cinturón rosa. De sus hombros colgaba una capa negra. Me apuntaba con un bazuca de esos que suelen utilizarse como complemento de un disfraz en Halloween.

—¡Vas de Hit-Girl..! —exclamé sorprendida.

—¡No voy de... soy Hit-Girl! —respondió ella reivindicando su verdadera identidad.

¿Y el escote? ¿De dónde había sacado esas tetas?

—Ven, te presentaré a mis amigos. —Hizo gesto de que la acompañara.

Eran veintitantos y me miraban expectantes. Entre ellos había algunos de los más peculiares personajes de videojuego: el marsupilami bonachón Crash Bandicoot, el malvado Señor Oscuro, el agente Sam Fisher con su vestido de submarinista... Los amigos de Stulka formaban la pequeña pero dinámica comunidad *cosplayer* de Reykjavik. La mayoría solo debía de tener un superpoder en su vida real: ser completamente invisibles ante los demás.

—Stulka nos ha dicho que siempre vas vestida así, ¿es cierto? —me preguntó con cierta incredulidad una chica que iba de goa'uld.

—Sí. ¿Vosotros no?

—No, solamente lo hacemos el primer sábado de cada mes y nunca salimos de los límites del parque Klambratún. En Islandia todos nos conocemos, ¿sabes? Quedaría un poco raro... —dijo la réplica de goa'uld, lamentándose.

Tocaron mis cabellos. Querían comprobar si mi pelo azul era auténtico o una peluca. Se comportaban como si hubiera aterrizado proveniente de otra galaxia.

Jamás había acudido a una concentración parecida a aquella. Me gustaba la sensación de estar rodeada de unos bichos tan raros como yo. ¡El mundo sería mejor si hubiera más superhéroes circulando por sus calles!

Compramos unos bocatas en un puesto de venta al aire libre y nos los comimos sentados en el césped del parque. Al cabo de un rato, me despedí de ellos para acudir a mi cita con Agnar.

El museo de Historia Natural era uno de esos lugares que solamente debían de tener cierta animación cuando acudían las escuelas a visitarlos. Ese sábado por la tarde, cada una de mis pisadas resonaba entre las paredes de las distintas salas vacías de gente.

Agnar me estaba esperando junto a un espectacular esqueleto de ballena que daba la sensación de estar suspendido en el aire. Cuando oyó que me acercaba, se dio la vuelta y me sonrió. Su bienvenida fue un beso cálido y profundo.

¡No tenía ni idea de que se pudiera desear tanto el contacto de otra persona!

—¡Este lugar está igual que siempre! —exclamó Agnar mirando a su alrededor con satisfacción.

El olor a naftalina que desprendían las distintas vitrinas con animales disecados en su interior certificaba sus palabras.

—Mis padres se conocieron aquí... De niño, les encantaba enseñarme todo esto... Al principio, cuando perdimos la granja, mi padre se hundió. Pero fue en este museo donde tuvo la idea de embarcarnos en un velero y hacer realidad su sueño de navegar alrededor del mundo... Hay sitios especiales, ¿no crees?

«Hay personas que te hacen sentir especial.»

Teníamos el museo para nosotros dos solos. Estando junto a Agnar, aquello parecía un parque de atracciones. Cogió mi mano e hizo que lo siguiera.

—¡Voy a enseñarte la joya de la corona!

Atravesamos un par de salas y nos plantamos ante una vitrina de grandes dimensiones. Dentro había un oso polar. Incluso muerto y disecado, su presencia resultaba inquietante.

—Es el único animal que no huye del hombre. Al contrario, lo persigue hasta darle caza... Solo hay una forma de escapar de él... —Dejó la frase en suspenso.

—¿Encaramándote a unas rocas? ¿Manteniéndote quieto...? —traté de adivinar.

—Llevar a alguien más lento a tu lado.

Bromeé, simulando un ataque de oso polar. Los dos nos echamos a correr. Cuando me alcanzó, nos abrazamos, nos besamos, nos acariciamos... Debía tener suficientes reservas de abrazos, de besos y de caricias de Agnar para poder soportar aquella especie de hibernación que era mantenerme alejada de él.

El reloj de pared de la entrada del museo marcó la hora en que debíamos separarnos.

Pasé por el Babalú y recogí el móvil de marras. Al final no había recibido ninguna llamada de Kristinn *el Guardián*. Era una buena señal. Significaba que creía tenerme controlada. Después, tomé el autobús para volver a casa.

Llegué cinco minutos antes de la hora establecida. Tomoe estaba escribiendo un artículo en su despacho. Eso facilitó que Kristinn y yo coincidiéramos a solas en la cocina.

—Odio tener que convertirme en un inquisidor. ¿Por qué no me ayudas y me pones las cosas fáciles? Ya sabes lo que quiero —dijo, casi implorándome.

—¿Por qué no desapareces de nuestras vidas?—le contesté desafiante.

—Tengo que ir a Canadá. Estaré fuera unos días. Pero no creas que a pesar de la distancia dejaré de vigilarte. —Volvió a recuperar su habitual tono amenazante.

Quizá mi padre y Kristinn se parecían más de lo que yo estaba dispuesta a admitir. Los dos creían en algo que estaba por encima de las personas. Los dos estaban dispuestos a todo con tal de que su ideal saliera victorioso. Mi padre había sacrificado su vida por él. Y Kristinn... Empezaba a sospechar que quizá había seducido a mi madre con el único propósito de conseguir mi secreto.

El hecho de que Kristinn se ausentase durante unos días iba a facilitar mis indagaciones.

Los mensajes en clave que recibía el móvil del director se fueron haciendo más numerosos y también más enigmáticos. El día antes de El toque de la campana, llegó el último aviso:

«El cazador se metió en el agujero de gruyer para dar alcance al ratón. Cayó por un túnel y fue a parar a una pista de circo. Un chimpancé con pantalón corto daba vueltas a su alrededor montado en una bici.»

¿A quién o a qué se referían? ¿Qué iba a suceder a la mañana siguiente? La mayoría de los exalumnos ricos y famosos formaban parte de esa mafia islandesa llamada Viktualia. ¿Y si en realidad aquella celebración era una tapadera para que pudieran reunirse sin levantar sospechas?

Por fin llegó ese día. Y ocurrió lo que estaba escrito que sucedería.

Era alérgica a las multitudes. Y El toque de la campana era más que una aglomeración. El instituto había creado una tradición basándose en el cuento en que el Troll Njáll toca una campana que provoca que quien escuche su tañido sienta una irrefrenable necesidad de pelearse. En el vestíbulo se formaba «el Tumulto». Los estudiantes, que llevaban máscaras inspiradas en los personajes de la narración, se agolpaban, se zarandeaban y se zurraban de lo lindo. Sí, oficialmente solo lo simulaban, pero ¿quién podía evitar que lo que empezaba con unos empujoncitos en broma acabara a puñetazo limpio?

Ni se me pasaba por la cabeza participar en algo así. Y normalmente me habría mantenido lo más lejos posible de un follón como aquel. Pero tenía la oportunidad de acercarme a Eirikur Gudrun y no podía desaprovecharla. Stulka me pasó un cuestionario con unas cuantas preguntas para que pudiera entrevistarlo. Tendría la oportunidad de abrir mi portátil sin despertar sus sospechas. Mientras escribiera sus respuestas, un programa espía que había instalado en mi ordenador escanearía los dispositivos móviles que Gudrun llevase encima. A partir de ese momento, podría monitorizar sus conversaciones y sus movimientos. Emplearía con él la misma medicina que Viktualia solía utilizar con sus víctimas.

En la entrada del Menntaskólinn se agolpaban más turistas que de costumbre. Era uno de esos acontecimientos que aparecían remarcados en todas las guías. También era un evento nacional. Por eso, la primera línea estaba reservada a los periodistas, que ya ponían a punto los objetivos de sus cámaras. Como cada año, estaba previsto que acudieran numerosas celebridades y personajes importantes del país que habían cursado sus estudios allí.

Empezaron a llegar coches oficiales de gama alta, de esos típicos de cristales oscuros blindados que no dejan ver quién va en su interior. Primero llegó el primer ministro Ragnar Odsson. Luego el líder de la oposición, Tryggvi Skúlason. Más tarde, el cantante Pall Gnarr, quien llegó en una limusina de color rosa...

Eirikur Gudrun, el padre de Hjalti, se hizo esperar. Descendió de un lujoso todoterreno. Apareció rodeado por lo que parecía un séquito. Pero, vistos más de cerca, esos cachas con cara de mala leche que lo acompañaban tenían toda la pinta de ser unos guardaespaldas. Ni siquiera el primer ministro los necesitaba. Eirikur debía de haberse granjeado bastantes enemigos a lo largo de su «exitosa» carrera.

Uno de esos cabrones poderosos había ordenado la ejecución de mi padre y los demás lo habían ayudado a lograr su objetivo.

Se suponía que todos esos mandamases debían mezclarse con los alumnos y explicarles sus batallitas de juventud. En lugar de eso, empezaron a charlar entre ellos. Incluso se diría que cerraban negocios. Hjaltino no se movía del lado de su padre, y este aprovechaba para presentarlo en sociedad. También lo acompañaba la putita de Elínbet.

Me abrí paso entre esas figuras importantes que impregnaban la atmosfera con su fragancia de solvencia aderezada con perfume de vanidad y poder. Uno de los seguratas de Gudrun se interpuso en mi camino. Se notaba que era un gorila que preferiría estar cascando cabezas en vez de estar haciendo el paripé en ese instituto.

—¿Qué se te ofrece? —dijo mientras me escudriñaba de arriba abajo.

—Quería hacerle unas preguntas a Eirikur Gudrun. Es para la revista del instituto —le contesté con la mejor de mis sonrisas.

—Un momento. —Hizo el gesto de que no avanzara ni un paso más.

Fue a transmitir mi petición. Eirikur y su hijo me miraron de reojo e intercambiaron unas palabras. Después, Gudrun susurró al oído del guardaespaldas. Al cabo de unos segundos, este vino hacia donde yo estaba aguardando.

—El señor Gudrun te atenderá dentro de unos minutos. Dice que lo esperes en el Amtmannsstígur.

El Amtmannsstígur era una pequeña sala de reuniones que acostumbraban a utilizar las asociaciones de estudiantes. Fui hacia allí. No me encontré a nadie en los pasillos. Todo el mundo debía de estar en el vestíbulo o en sus proximidades.

Estuve esperando sola en esa sala cerca de media hora. Cuando empezaba a pensar que Gudrun pasaba de mí, la puerta se abrió.

—¡Sorpresa! —exclamó una figura cubierta con una máscara de duende.

Tras él entraron seis o siete personas con los rostros ocultos bajo máscaras de trolls, elfos, hadas, duendes... Algunas de ellas eran bastante realistas; otras, del tipo muñeco. Juntas, resultaban horripilantes.

—Si es una fiesta sorpresa, hoy no es mi cumpleaños... —dije poniéndome en guardia. La situación no me hacía ninguna gracia.

Se abalanzaron sobre mí sin mediar palabra. Me cayó encima una lluvia de patadas y puñetazos. Lo único que pude hacer fue desear que aquello acabase tan rápido como había empezado.

Obedeciendo una señal imperceptible, cesaron al unísono sus golpes y me dejaron tirada en el suelo. A duras penas me levanté. Me dolían terriblemente las costillas y la cadera. No recuerdo muy bien lo que sucedió a continuación. Sé que corrí tras ellos, eso sí. Huyeron por el pasillo y vi cómo desaparecían tras una puerta. Los seguí.

Me sorprendí al descubrir que estaba en el vestíbulo justo cuando la campana iniciaba su tañido. En un abrir y cerrar de ojos me encontré metida en el centro de una melé humana. Me rodeaban, amenazadoras, decenas de máscaras grotescas parecidas a las que llevaban quienes me habían dado una paliza hacía escasos minutos. Empezó la parodia de la tradicional pelea.

Conseguí hacerme con el protagonismo. ¡Y de qué manera! Tuve un ataque de pánico. La Aya agorafóbica y psicótica volvió a hacer de las suyas.

Antes de que pudiera darme cuenta, respondí al simulacro de empujones y zarandeos que formaban parte del Tumulto con puñetazos y patadas reales y totalmente desesperadas. Me defendí con uñas y dientes, como si me fuera la vida en ello. Dejé a algunos de los que me rodeaban bastante malparados.

De pronto, comprendí claramente lo que decían los mensajes en clave que había interceptado.

«... fue a parar a una pista de circo. Un chimpancé con pantalón corto daba vueltas a su alrededor...»

La única duda consistía en saber si yo era el cazador frustrado o el mono, pero lo que era seguro es que montaron un circo a mi costa. No me hacía falta ningún código para entender que alguien quería hacerme quedar como una loca. Y lo había conseguido.

Todavía viene a mi memoria la imagen de todos esos peces gordos observándome desde su palestra privilegiada en el rellano de la escalera del primer piso. Y la de Hjalti grabándome con su móvil.

—¡Sonríe a la cámara, chiflada!

Capítulo 10
Soplaré y soplaré

Me encontraba en el despacho de la psicóloga del instituto. Era una mujer de mediana edad que llevaba el pelo corto. Sus labios esbozaban algo que tanto podía ser una leve sonrisa como una expresión de reproche. Las dos estábamos sentadas al otro lado de la mesa escritorio, en sillas situadas una frente a otra. Me miraba fijamente intentando dirimir si yo representaba un peligro para el resto de los compañeros del instituto. Llevaba unas de esas gafas con cordel colocadas en la punta de la nariz todo el rato. ¿Veía algo a través de ellas?

—¿Alguna vez has fantaseado con la idea de infligir daño a los demás o incluso a ti misma?

Siempre me han jorobado esas personas que observan a los demás como si ellas poseyeran el secreto de lo que es normal y lo que no.

—No, jamás he sentido esa clase de impulso...

Era mejor no caer en las garras de esos hurgadores de mentes. Esperaba responder de forma satisfactoria a sus preguntas y lograr que se olvidase de mí lo más rápido posible.

—¿Te has autolesionado en alguna ocasión?

—No, tengo otros pasatiempos: leer, ver pelis... —Estoy segura de que no captó la ironía.

Cada vez que respondía, anotaba algo en su libreta. Me gustaría saber qué clase de gilipolleces escribía en ella.

Debía de ser difícil convivir con uno de esos psicólogos. Se les daba la mar de bien convertir la más sencilla anécdota en un síntoma patológico.

—¿Utilizas algún tipo de medicación?

—Ansiolíticos, pero sólo cuando presiento que está a punto de venirme un ataque de angustia. Últimamente me basta con llevarlos encima. Eso me calma.

—¿Me los dejas ver? —dijo alargando la mano.

Saqué la caja de ansiolíticos del interior de la mochila y se la pasé. La caja estaba hecha un asco, pero, en cambio, el precinto de plástico del pastillero estaba todavía intacto. La psicóloga estudió la caja y comprobó que el pastillero no había sido utilizado.

—Tal vez tendríamos que probar con algo nuevo... —dijo apuntando en su libreta.

No iba a dejar que me metieran cualquier porquería en el cerebro.

—¿Por qué no las utilizaste en esta ocasión? —me preguntó mientras me devolvía la caja de pastillas.

—Ya se lo he dicho... Todo fue muy repentino. Me golpearon. Fui tras ellos sin pensar en las consecuencias.

—Lo que te golpeó... ¿tenía forma humana? —preguntó en el mismo tono neutro y aséptico con el que había formulado las otras preguntas.

¡Lo que me faltaba! ¡Me estaba tratando de pirada!

—¿Le parecen suficientemente humanos estos golpes? —dije indignada levantándome la camiseta y mostrándole las contusiones que tenía a la altura de las costillas.

En ese momento, el director, que había permanecido escuchando en un rincón, decidió intervenir.

—Está bien. Ya es suficiente. ¿Puedes dejarnos a solas un momento? —dijo dirigiéndose a la psicóloga.

Esta se retiró del despacho. Nos quedamos a solas él y yo. Llevaba camisa y americana negras, igual que el día en que lo vi por primera vez. Me preguntaba si serían las mismas o si debía de tener un armario lleno de camisas y americanas negras.

Se sentó en la silla que había quedado vacía.

—No puedo permitir que esto vuelva a ocurrir. Quizá Gullinbrú no sea el lugar más adecuado para tus necesidades. Deberíamos plantearnos una alternativa...

Hablaba de mis necesidades como si yo fuera una especie de discapacitada o algo así.

—No piensa investigar quién me agredió, ¿verdad?

—Tendrás que convenir conmigo en que la versión de alguien que pierde el control como tú lo hiciste no es muy fiable...

—¿Y lo del vídeo, también es una alucinación mía?

—Ah, sí, el vídeo... He hablado personalmente con los estudiantes que lo colgaron y ya ha sido retirado.

¡Esa sí que era buena! ¡Cómo si se pudiera retirar algo de Internet!

El muy cabrón de Hjalti colgó el vídeo del Tumulto en su página de Facebook El Espejo Mágico. Corrió como la pólvora. Me había convertido en la nueva sensación de la red, junto con el vídeo del perro disfrazado de araña gigante mutante y el del osezno que hacía monerías en un campo de golf. Si me hubieran dado una moneda por cada vez que alguien vio aquel maldito vídeo me habría forrado. Era el hazmerreir de medio planeta. Y, además, había puesto en duda mis facultades mentales ante todo el mundo. Tenía que admitir que esos cachorros de Viktualia sabían hacer bien su trabajo. Aunque eso sí, los peces gordos de sus progenitores les habían echado una mano. A partir de ahora, nadie daría crédito a nada de lo que yo pudiera decir o hacer.

El director me «invitó» a quedarme en casa unos días.

Volver a casa era admitir mi derrota y tener que aceptar la mirada de condescendencia de mi madre. «Ya te dije que no estabas preparada», pensaría ella. O peor aún, incluso lo diría.

—¿Estás bien? —dijo mi madre al verme entrar en casa.

Seguramente la habría llamado el director y debía de estar al tanto de lo sucedido.

—¿Tú qué crees? —respondí en tono sarcástico.

Estaba muy lejos de sentirme bien. Pero la última persona con la que quería hablarlo era con Tomoe. Por un momento pareció que ella pretendía iniciar una conversación. Al final cambió de opinión. Se limitó a señalar un paquete que había en la mesilla del recibidor.

—Han traído esto para ti.

Era un envoltorio de mediano tamaño de la empresa de mensajería DHL. Cuando Los siete enanitos querían enviarme algo utilizaban ese sistema. Lo cogí y empecé a subir la escalera. La voz de mi madre hizo que me detuviera. Me volví hacia ella.

—Aya... —musitó Tomoe—. Soy tu madre. Siempre estaré a tu lado, pase lo que pase...

No me sonó falso en absoluto. Estuvo bien que me lo dijese. Si necesitaba una madre a mi lado, ese era justo el momento. Pero para que volviera a confiar en ella debería pasar tiempo... mucho tiempo.

—¿Cómo puedo ayudarte?

—No puedes, mamá.

Continué subiendo la escalera hasta llegar a mi habitación.

Era la primera vez que Los siete enanitos me enviaban algo sin previo aviso. Creo que ya entonces intuí lo que iba a pasar.

Retiré el envoltorio y me encontré con un maletín de plástico con la inscripción «Oculus. Development kit». Eran unas Rift, las famosas gafas de realidad aumentada. Había que ponerse a la cola para conseguirlas. Se trataba de un producto casi artesanal que tardaba un mínimo de dos meses en llegar a quien lo había encargado y pagado por adelantado. A pesar de eso, la gente se daba de bofetadas por adquirirlas.

Recordaban a unas gafas de esquí. Llevaban una cinta elástica que permitía acomodarlas a cabezas de todos los tamaños. Ese obsequio me intrigaba. Decidí descubrir qué significaba. Accedí a uno de los chats que utilizaba para ponerme en contacto con los enanitos. Blick también estaba en línea. Le di las gracias por el regalo.

—Póntelas y conecta la webcam —respondió Blick lacónicamente.

Todos los que las habían probado decían lo mismo: al principio te da una especie de pájara. El cerebro no está preparado para algo tan real e irreal a la vez.

A través de mi portátil vi siete figuras humanas sin rostro, con sudaderas y las capuchas alzadas. Se asomaron como si la pantalla fuera una ventana. Cuando advertí que salían del marco familiar y protector del ordenador y empezaban a campar a sus anchas por mi habitación, me eché instintivamente hacia atrás. Empezaba a sentir que el mundo daba vueltas a mi alrededor. No solo era que el cerebro necesitaba unos minutos para asimilar una experiencia que era totalmente nueva para él. También sentía que mis amigos virtuales estaban invadiendo mi vida real. Y el efecto era de lo más inquietante.

La sensación de relieve y profundidad era tremenda. Los veía frente a mí, casi podía alargar la mano y tocarlos. Sus voces distorsionadas sonaban a través del audio de mi portátil.

—Sabes por qué estamos aquí, ¿verdad? —Juraría que el que hablaba era Blick.

Claro que lo sabía. Era una despedida.

—Ese vídeo te ha dejado a la intemperie. No solo tenemos tu nombre, también tenemos tu cara. Todo el mundo te conoce, Firefly. ¿O prefieres que te llamemos Aya? No sería prudente que siguiéramos juntos. —Ese debía de ser Packe; él había sido el responsable de mi entrada en Los siete enanitos.

Si dejas de ser invisible, dejas de ser una hacker. El vídeo de Hjalti me había convertido en un pararrayos. Cualquiera que se acercara a mí resultaría chamuscado.

—Lo discutimos y llegamos a la conclusión de que no podíamos decírtelo a través de un chat, ni siquiera en un mundo virtual como *Avatar World*. Y las Rift son lo más parecido a encontrarnos cara a cara —prosiguió el que presumiblemente era Blick.

—Lo comprendo. De todos modos, gracias por las gafas —dije.

No había nada que discutir, caso cerrado.

—Te han jugado una mala pasada y van a pagarlo —exclamó uno de los enanitos, el que se había echado en mi cama.

—No, en serio, no os preocupéis por eso. Ya encontraré el modo de vengarme —intenté disuadirlos.

Tenía que hacer esfuerzos para centrar la vista y saber quién hablaba en cada momento.

—Estabas con Los siete enanitos cuando aquello ocurrió. Nadie puede meterse con nosotros sin recibir su merecido. —El enanito que estaba tumbado en la cama zanjó con estas palabras la cuestión. ¿Sería Quarx, Smiley, Rumpelbold...?

Pensé que no me gustaría estar en la piel de Hjalti. Cuando los enanitos se enfadaban, podían resultar de lo más peligroso.

Todavía estaban ahí y ya empezaba a echarlos de menos. No me gustan las despedidas. Es como si un pedazo de ti se muriera al decir adiós a alguien. Y en ese caso debía multiplicar la sensación por siete.

Uno tras otro, atravesaron de nuevo la pantalla de plasma volviendo a las profundidades del *Deep Web*. Antes de desaparecer para siempre, cada uno me dijo adiós a su manera.

—Hemos formado un buen equipo.

—Te echaré de menos, Firefly.

—Lamento que todo haya ido de este modo...

—Oí hablar de tu padre. Era un gran tipo... Y tú también lo eres...

—¡Que tengas suerte ahí fuera!

—No dejes que ganen los malos.

Blick ejerció de líder por última vez ante mí. A él le tocó la parte más difícil.

—Ya no estás dentro, Firefly. Jamás vuelvas a intentar ponerte en contacto con nosotros.

—Descuida, no lo haré.

Finalmente solo quedó una pantalla negra y vacía.

¡Menuda racha llevaba! Los siete enanitos me habían echado de su fraternidad virtual y también estaban a punto de ponerme de patitas en la calle del instituto. Cuando las cosas me iban mal siendo Aya, siempre me quedaba Firefly para poder salir adelante. Ahora, tanto la una como la otra estaban bien jodidas.

Dejé de ser Blancanieves para convertirme, súbitamente, en Caperucita Roja. El lobo feroz había soplado y me había dejado sin ningún muro de protección. Estaba a la intemperie. No tenía dónde refugiarme cuando llegara el próximo soplido. Y llegaría, de eso estaba segura.

Pronto descubrí que no era la única que lo estaba pasando mal.

Los enanitos querían ponerme al tanto de su plan de venganza. Por eso, en la pantalla de mi ordenador apareció la página de un evento que habían creado en Facebook, aunque lo firmaba la supuesta sección islandesa de los Soul Riders Motor Club. «Superencuentro de moteros en Kópavogur. Barra libre de cerveza y gasolina» era el encabezado de la web, que estaba decorado con la imagen de un esqueleto vestido con el uniforme del ejército sudista. El lugar escogido era una vivienda situada en Kópavogur, la zona residencial más lujosa del área urbana de Reykjavik. Organizar una macrofiesta ante las narices de un vecindario escandalosamente rico era toda una provocación. Y también una tentación difícil de evitar para quienes estaban llamados a participar en ella.

La iniciativa estaba siendo un éxito. El marcador de los «Me gusta» no paraba de aumentar y también el número de participantes: 237... 238... 239... Era increíble que en Islandia hubiera tantos moteros dispuestos a correrse una juerga salvaje entre semana.

A pie de página, un recuadro contenía un vídeo que mostraba en directo lo que estaba sucediendo en el lugar de la convocatoria. Tipos tatuados y con pinta de estibadores montados en motos tuneadas con símbolos vikingos y satánicos empezaron a darse cita ante el número 23 de la calle Sunnubraut. La casa era el típico diseño que pretendía ser innovador: dos estructuras cúbicas que se entrecruzaban formando un símbolo de +. En la fachada abundaba la madera y las superficies acristaladas, dos excentricidades carísimas en la arquitectura islandesa. El edificio estaba encarado a unas espectaculares vistas oceánicas. No me costó demasiado trabajo llegar a la conclusión de que aquella era la residencia de los Gudrun. Tanto cristal dejaba visibles hasta las entrañas de la casa. Incluso me pareció atisbar a Hjalti en su interior.

Era la dirección de la fiesta que aparecía en Internet. Pero la puerta continuaba cerrada.

Un tipo fornido, con chupa de cuero y un parche en el ojo, llamó educadamente al timbre. Quiero decir, sin ninguna violencia ni nada. Solo se trataba de saber por qué los supuestos organizadores de la fiesta no habían salido a recibirlos. La puerta se abrió y el niñato de Hjalti se encaró con él. Supongo que le dijo que avisaría a la policía. Acto seguido, le cerró la puerta en las narices. Desde el interior bajaron las persianas metálicas. Debían de creerse que vivían en una fortaleza.

¡Hay que ver cómo se pusieron aquellos moteros! Empezaron a lanzar latas de cerveza contra la fachada de la casa. Cuando se hartaron de hacerlo, saltaron al otro lado del seto que separaba el jardín de la calle. No les costó ningún trabajo reventar la persiana metálica de la parte trasera. La abrieron haciendo palanca, igual que si fuera una lata. La puerta corredera que daba al patio no era ningún obstáculo para ellos y no tardaron en meterse en el interior de la casa. El comedor y la sala de estar se convirtieron en una improvisada pista de carreras para motos.

La familia Gudrun se refugió en la azotea. No había ni rastro del padre. Por lo visto, no estaba en casa.

Al final, la fiesta salvaje tuvo lugar, aunque no duró hasta la madrugada como estaba previsto. Los antidisturbios de la policía llegaron mucho antes y actuaron con contundencia. La batalla campal afectó a varias casas vecinas y dejó el alumbrado de la calle y las señales de tráfico próximas completamente destrozadas.

Aquello no me animó, sino más bien al contrario.

Me estaba deprimiendo a marchas forzadas. ¡Jo, cuánto necesitaba hablar con alguien! Estuve tentada de ponerme en contacto con Agnar. Pero recordé que yo misma le había dicho que era mejor no hacerlo.

Después de todo, tal vez no era tan mala idea charlar con mi madre. Necesitaba explicarle a alguien cómo me sentía. Bajé hasta su despacho dispuesta a sincerarme con ella.

La puerta de la estancia estaba entreabierta. Tomoe estaba teniendo una conversación con Kristinn a través de Skype. Esperé en el umbral a que terminara.

—No sé cómo voy a decírselo... —se lamentó ella.

—Es tu gran oportunidad, la entrevista que has estado esperando todo este tiempo... —intentaba convencerla él.

—Sí, pero llega en el peor momento. Me tomaría por lo menos un par de semanas... No puedo dejarla sola ahora. Lo está pasando mal.

—Hace tiempo que quería proponértelo. ¿Por qué no nos inscribimos en el registro de parejas de hecho? Así podría actuar como su tutor legal en caso de que surgiera algún problema.

—Deja que lo piense... Aunque, sí, tal vez sea una buena idea...

¡Era lo que me faltaba! ¡Mi madre estaba a punto de dejarme en manos de Kristinn! ¡No podía creerme que pudiera llegar a ser tan estúpida!

Capítulo 11
La morada de los gigantes

Cuando amaneciera, oiría de nuevo el sonido de las ruedas de la maleta compacta de Tomoe bajando por la escalera. Después, durante un buen rato, se liaría a embalar su equipaje con el rollo de plástico adhesivo. Le daría millones de capas, como solía hacer.

Luego, Kristinn la acompañaría en coche hasta el aeropuerto de Kevaflik. Mi madre debía tomar el avión que la llevaría hasta Estados Unidos, donde la esperaba ese reportaje tan importante. ¿Cuánto tiempo iba a estar fuera? ¿Una semana?¿Quince días...? Y mientras tanto Kristinn tendría vía libre para interrogarme, para conseguir por todos los medios que hablase. Nadie lo interrumpiría. Estaría a su completa disposición. «¿Dónde están esos documentos, Aya?¡Vamos, dímelo, maldita zorra!» No quería ni imaginar lo que me esperaba estando los dos a solas.

Desde que supe que iba a estar a su cargo, solo pensaba en escapar.

Repasé de nuevo todos los detalles. No, no me había

olvidado de nada. Había conseguido una kennitala falsa. En Islandia todo el mundo necesita esa tarjeta de identidad. Sus diez dígitos eran una especie de varita mágica. Me convertían en mayor de edad. De pronto tenía dieciocho años. Era libre de hacer lo que me apeteciera. Sin tener que dar explicaciones. Y, sobre todo, sin necesidad de que un tarado se convirtiera en mi tutor legal si mi madre se ausentaba durante unas semanas.

Dejaría de ser Aya, eso sí. A partir de ahora me llamaría Henný Brynjz. Tenía suficiente dinero ahorrado como para pasar una larga temporada en un hotel, o en alguna granja que acogiera huéspedes en el remoto norte. O quizá podría ir a vivir con Agnar en la casa okupa de la calle Vitastigur. Pero eso sería exponerlo demasiado... Además, ni siquiera sabía si él me lo propondría.

Debería ir con cuidado, en Islandia casi todos se conocen, aunque sea de vista o de oídas. Para nada debería llamar la atención. Si sentía la necesidad de salir de mi escondite, lo más prudente sería hacerlo los fines de semana por la noche, cuando todo el mundo iba taja. Difícilmente alguien recordaría nada de mí a la mañana siguiente.

Y tendría que cambiar de aspecto. Ahora era demasiado reconocible. Mostrarme con mi color de pelo natural me ayudaría a pasar más desapercibida. Mejor pues decolorármelo. Lo haría en los lavabos de la estación de autobuses antes de buscar un lugar donde pasar la próxima noche. Y también llevaría una de esas ropas aburridas que usaba la mayoría.

No tenía carné de conducir, pero si hacía falta también conseguiría uno a través de Internet. Sabía cómo utilizar un vehículo. Eso no sería un problema porque, desde pequeña, papá me dejó practicar con nuestro coche. Primero llevándome en su regazo y luego teniéndole a él de copiloto.

Encendí el ordenador. Tardaría algún tiempo en volver a utilizarlo. Los Wi-Fi públicos no eran nada seguros. Puse en marcha The World of Spellcraft. La pista definitiva para dar con la maldita documentación secreta se me seguía resistiendo.Y eso que ya había superado casi todos los niveles del juego. Magnus se había esmerado lo suyo ocultándola.

La misión 7 del juego tenía lugar en el Castillo de Hiedra, en pleno Bosque Encantado, en los límites occidentales del Valle de Olangijala. Llevaba días moviéndome arriba y abajo por el pasillo principal. De nuevo volví a toparme con esa puerta. Hasta aquel momento siempre había pasado de largo. Pero en esta ocasión decidí abrirla y echar una ojeada.

Me encontré en una habitación a oscuras. Mi personaje empezó a caminar a tientas. Unos candelabros, sostenidos por unos brazos humanos que surgían de los muros, iban encendiéndose a mi paso. Finalmente, prendió el fuego del hogar que había al fondo de la estancia. En la pared de la chimenea había colgado un cuadro. Me fijé en él. Representaba a un hombre desnudo sentado en el suelo. Estaba de espaldas pero tenía la cabeza vuelta hacia atrás. Se lo veía desconcertado, incluso desvalido. Y eso era de lo más chocante, porque aquel cuerpo musculoso y atlético no era en absoluto la imagen que se acostumbra a tener de alguien indefenso. En un rincón de la tela, como si se tratara de la firma del pintor, estaba escrita la palabra: «Anburla». ¿Era una pista?

Había visto esa mirada antes. En el rostro de mi padre. Duró apenas un segundo. Acababa de recibir una paliza a manos de unos individuos que cruzaron sus coches ante nuestra camioneta familiar cortándonos el paso. Por aquel entonces vivíamos en Australia. Yo tenía unos siete años. Fue la primera vez que descubrí que mi padre era vulnerable. Hasta ese día estaba convencida de que Magnus era el ser más fuerte y poderoso del planeta. Pero esa creencia se desmoronó al igual que un castillo de naipes. Él también podía sangrar y retorcerse de dolor.

No tenía ni idea de quiénes eran esos hombres. En cambio, ellos parecían saberlo todo de nosotros. Llamaban a mis padres por su nombre de pila.

—Ya sabes a qué viene esto, ¿verdad, Magnus? ¿De qué te quejas? ¡Tú te lo has buscado!

Cuando se largaron, a mi madre le dio un ataque de histeria. Tenía los nervios destrozados. Juró y perjuró que se había acabado, que abandonaba la lucha subversiva. Desistía de intentar cambiar el mundo. En vez de socorrer a mi padre, empezó a lamentarse en voz alta. Le importaba menos lo que le había ocurrido a él que lo que podría haberle ocurrido a ella. ¡Qué típico de Tomoe!

—¡Han podido matarnos! ¡Y lo peor es que nadie se habría enterado jamás!

Sucedió en una de esas carreteras rectas y desoladas del desierto australiano, en pleno Red Center, cerca del cruce que llevaba al poblado aborigen de Anburla. Si esos hombres hubieran querido, nuestros cuerpos se habrían convertido en comida rápida para dingos. Y nuestro vehículo en uno más de esos coches carbonizados que se quedan en la cuneta. Pero no quisieron. Solo era un aviso.

Antes de limpiarse la sangre del rostro, mi padre se esforzó en borrar cualquier rastro de miedo o incluso de rabia en su mirada. Y, cuando lo consiguió, vino hacia mí. Me había quedado encerrada en la camioneta, como me dijeron mis padres que hiciera. Estaba muy asustada.

—Papá, ¡te han hecho daño! Pero ¿por qué?

Dijo que se trataba de unos gigantes que se habían enfadado porque él les había quitado sus botas de siete leguas.

—Pero papá, no eran gigantes. Tenían tu misma estatura...

Magnus me explicó que cada vez que un gigante usaba su fuerza contra alguien más débil se empequeñecía. Llegaba un día en que ya no podía volver jamás a la morada de los gigantes, y eso lo enfurecía todavía más...

Gigantes... ¿Qué sentido tenía? ¿Dónde se suponía que tenía que buscar gigantes en el mundo real? Fui repasando mentalmente todas las posibilidades.

De pronto, me detuve en una.

Las diferentes salas de Gullinbrú tenían nombres relacionados con cuentos. Y había una que se llamaba precisamente «La morada de los gigantes» o *Útgarður* en islandés.

Normalmente estaba cerrada electrónicamente con una combinación codificada y resultaba inaccesible para los estudiantes. Era el lugar donde estaban ubicados los servidores de la red informática local del instituto.

Si mis sospechas eran ciertas, había localizado el escondrijo que andaba buscando. Aunque existía un inconveniente: seguía expulsada de Gullinbrú. En teoría, no debía volver hasta que me invitaran a hacerlo. Pero no iba a dejar que eso fuera un impedimento. Me presentaría allí a la brava. Debía actuar rápido. Solo contaba con unas horas. Cuando Kristinn se diera cuenta de mi desaparición, ya no sería prudente dejarse ver por el insti.

Además, no podía esfumarme del Menntaskólinn sin antes despedirme. Se lo debía a Agnar.

De pronto, surgía un nuevo enigma: mi padre no pudo ocultar nada en aquel servidor sin contar con la complicidad de alguien en el instituto. ¿Quién pudo haberlo ayudado a hacerlo?

Hasta entonces había creído que cuando tuviera la documentación al alcance de la mano me sentiría eufórica. En realidad, me embargaba la sensación de estar de duelo. En cierto modo, estaba asistiendo a mi propio funeral. Era mi último día como Aya. La última vez que estaba en aquella casa, en esa habitación, la última vez que vería a mi madre, al menos durante mucho tiempo... Simplemente, no podía desaparecer a medias.

¡Qué ingenua fui al pensar que mi vida no tenía por qué ser una eterna huida como lo fue la de mi padre! No podía elegir. ¿Cuántas veces más tendría que volver a cambiar de identidad? Estaba condenada a llevar una existencia fantasma, sin nada a lo que poder agarrarme.

Los murmullos procedentes del pasillo me hicieron percatar de que ya había amanecido. El tiempo se había agotado. *Game over*.

Unos nudillos llamaron a la puerta de mi habitación. Mi madre venía a despedirse.

—Procura llevarte bien con Kristinn. ¿Lo harás por mí?

—Ya verás como acabará llamándome «papá Kristinn» —bromeó el malnacido.

¿Había alguien más falso en toda la faz de la Tierra?

No tenía ni idea de cuánto tiempo pasaría hasta volver a ver a Tomoe. La abracé. Eso la sorprendió. Mi madre no es muy efusiva que digamos.

—¡Adiós, mamá!

Se quedó ahí mirándome. Como si hiciera mucho tiempo que no me hubiera visto. Kristinn tuvo que recordarle que debían ir al aeropuerto.

—Vamos a llegar tarde, cariño.

A través de la ventana contemplé a Kristinn cargando el equipaje en el maletero. Parecía tener prisa para que mi madre desapareciera de escena. ¡Menuda sorpresa se iba a llevar cuando se percatara de que yo también me había largado!

Recogí mis cosas y me dispuse a irme. ¡Qué curioso, mi nueva vida cabía en la mochila! ¡Incluso sobraba espacio!

En el instituto no me esperaba un recibimiento muy efusivo que digamos. Más bien fue como si los hubiera insultado al presentarme allí de improviso. Se formó un pasillo de miradas hostiles que debía atravesar si quería entrar en Gullinbrú. Me esperaba una buena bronca. Yo era carnaza para las bestias. Y la jauría ya olía mi sangre.

Hjalti fue el primero que encaró su móvil hacia mí. En la pantalla aparecieron de nuevo aquellas malditas imágenes en las que yo me comportaba como un animal acorralado en el vestíbulo durante El toque de la campana.

—¿Has venido a por más? —dijo mientras sostenía el móvil.

Los demás lo imitaron. Decenas de pantallas de móviles se convirtieron en un espejo deformante en el que no tenía ninguna intención de reflejarme.

—¡Vuelve al manicomio del que has salido! —me espetó Elínbet, siempre tan compenetrada con su novio.

—¡Pírate ya!

—¿Has olvidado tu camisa de fuerza?

¡Dios, cómo odio a todos aquellos que se refugian en el anonimato de una aglomeración para dar rienda suelta al psicópata que llevan dentro!

Esta vez no iban a conseguir que perdiera el control. No me daría un ataque. El miedo no se apoderaría de mí. No hiperventilaría igual que un pez fuera del agua.

En un gesto instintivo quise comprobar que la caja de ansiolíticos estaba en el bolsillo de mi abrigo. Pero antes de que lo hiciese, una mano rozó la mía. Agnar había decidido compartir conmigo aquel mal trago.

—¡Mantente al margen!

Se lo grité, aunque en realidad era una súplica. Lo último que quería es que le ocurriera nada malo por mi culpa.

—Te equivocas si crees que voy a dejarte sola —respondió mientras cogía mi mano con fuerza.

Ese contacto era el antídoto al frío del rencor y la muerte. Todo el amor y el afecto del mundo circulaban por sus venas.

—No, Agnar, no lo hagas... —insistí.

Pero él entrecruzó los dedos con los míos, aferrándose más a mí. Fui demasiado egoísta al dejar que lo hiciera. No le convenía que lo relacionaran conmigo. Debería haberme apartado de él y avanzar a solas. Ojalá lo hubiera hecho. ¡Pero era tan reconfortante tenerlo a mi lado! Podía costarle muy caro. Y así fue...

El gesto de Agnar desconcertó a todos aquellos que ya se preparaban para saltarme a la yugular. Y todavía los contrarió más que Aleks y Halldor, los dos hermanos *skaters*, se nos sumaran. Ese breve paseo podía llegar a ser para ellos más arriesgado que algunas de sus piruetas con la tabla de *jibbing*.

Tulugaq también unió sus pasos a los nuestros. Y, con él, todo el poder de las fuerzas ancestrales se convirtió en nuestro aliado.

Lo siguió, con determinación, Fiona. También estaba dispuesta a dejarse partir la cara por mí. ¡Cómo me avergoncé de haberla odiado y haber sentido celos de ella!

Y cerrando ese improvisado grupo de insumisos estaba el espíritu de Hitgirl reencarnado en Stulka. ¡Por fin había desertado del bando de la mayoría, de los que mandaban, de los normales...!

Jamás había tenido amigos. Pero la amistad debe de ser

eso, creo... Mirar a ambos lados y ver que hay personas que te acompañan a pesar de que las circunstancias aconsejarían no hacerlo.

El director nos esperaba al final del pasillo. Tenía cara de pocos amigos. ¿Qué había sido del tipo que iba de enrollado?

—No recuerdo haber autorizado que volvieras al instituto. ¿Qué estás haciendo aquí? —dijo en tono de reproche.

—Le aseguro que si estoy aquí no es porque lo echara de menos a usted ni a la mayoría de los alumnos de este Menntaskólinn.

—Quiero hablar contigo a solas —dijo remarcando las dos últimas palabras.

—Nosotros también queremos escuchar lo que tenga que decirle a Aya. —Agnar se resistía a dejarme sola.

Estaba dispuesta a pasar por encima de cualquiera que intentara cortarme el paso, incluido el director. Pero era una estupidez llevar las cosas al límite en ese momento.

—No te preocupes —tranquilicé a Agnar—. Está bien. Tendremos esa conversación —le dije al director, y empecé a subir la escalera que llevaba a su despacho.

Después de cruzar la puerta de entrada, me dejé caer en la silla que estaba permanentemente situada frente a su escritorio.

—¡Suéltelo! ¿De qué quiere hablarme? —me impacienté.

Fue hacia su escritorio. Escribió algo en un papel. Lo dobló hasta convertirlo en un avión y me lo lanzó. Yo no estaba para jueguecitos. Con desgana, desplegué la hoja de papel. En ella había escrito: «¡Aibóooo! Soy Packe, el rey del humor bizarro».

¡Eso sí que me dejó a cuadros! ¡Nunca me imaginé que ninguno de Los siete enanitos pudiera estar tan cerca de mí! No sé por qué, pero siempre había imaginado que Packe, al igual que el resto de los enanitos, debía de ser un colgado. Supuse que era alguien permanentemente conectado a los videojuegos y a Internet. Con un aspecto descuidado tirando a marginal. Y de pronto tenía ante mí a ese tipo trajeado, que parecía del todo integrado en el sistema.

—Creí que nos habíamos despedido para siempre... —exclamé desconcertada.

—Ya sabes que, a menudo, el mundo real y el virtual se llevan la contraria.

Empezó a poner en marcha cuantos engendros mecánicos se le ponían por delante: la máquina destructora de papel, la fotocopiadora, el fax, la impresora... La cuestión era sumar decibelios hasta conseguir que el ruido fuera ensordecedor. ¿Se había vuelto loco? ¿O intentaba evitar que alguien pudiera oírnos? Sabía, por experiencia propia, que ese edificio estaba plagado de micrófonos y cámaras.

Se acercó hasta colocarse detrás del respaldo de mi silla. Susurraba a un palmo de mi oído.

—Apuesto a que ya has descubierto que lo que tú y yo sabemos está en el Útgarður.

¿Qué jugarreta se llevaba entre manos? Intenté disimular mi contrariedad.

—Tu padre y yo éramos amigos. Me pidió que lo guardara hasta que tú vinieras a buscarlo.

—Eso no tiene ningún sentido.

—Sssshhhh... baja el tono de voz... Para Magnus sí lo tenía... Cerró a cal y canto el acceso a esos documentos. Para dar con las claves habría que ser él o alguien tan unido a él como tú. Nadie más podría desbloquearlos.

—Bonito cuento... ¿Y por qué iba Magnus a poner en riesgo mi vida si ya contaba con el apoyo de alguien más?

—Creía que de ese modo te obligaría a reaccionar y a salir del caparazón en el que te habías encerrado.

Me sentía como si hubiera recibido una descarga eléctrica. La sacudida me había dejado en estado de *shock*. No sabía si alarmarme o sentirme aliviada.

¿Y si era un impostor que se hacía pasar por Packe? No, nadie podía haber interceptado las conversaciones online que mantuve con los enanitos. Eran totalmente seguras.

¿Y si Packe fuera en realidad una rata, un espía infiltrado cuya misión consistiera en recopilar información para Viktualia? Pero eso no encajaba con el hecho de que también ejerciera de director.

Cabía la posibilidad de que dijera la verdad. Recordé que Magnus había necesitado ayuda. Y, por descabellado que pudiera parecer, él era el cómplice perfecto. ¡Quién iba a sospechar del director del centro! Además, mi padre se obcecó en que acudiera a ese instituto... Tenía sentido.

Me costaba un montón confiar en él. Por si acaso, no le iba a dar ningún cheque en blanco.

—Todo este tiempo has sido un auténtico cabrón conmigo. ¿Por qué? —me encaré con él.

—No debía levantar sospechas. Pero en el fondo, te he

protegido. Si no llega a ser por mí te hubieran enviado a sus dobermans desde un principio.

—¿Y a los demás enanitos, también los conozco?

—No tengo ni idea. Y aunque lo supiera tampoco te lo diría.

—Bueno, ¿a qué estamos esperando? Pásame los códigos de la cerradura electrónica del Útgarður —dije con resolución.

Quería acabar cuanto antes con aquello. Fue hacia el escritorio y revolvió entre sus papeles. Luego volvió a acercarse a mí y puso una hoja de papel en la palma de mi mano.

—Léelo... Esta será tu oportunidad.

Se trataba de un email del Ministerio de Educación. Dentro de dos días habría un simulacro de evacuación en el instituto.

—Lo hacemos cada año. Cosas del ministerio... Las alarmas y las cámaras de seguridad van a dejar de funcionar durante una hora, aproximadamente. Tiempo más que suficiente.

¿Esperar? Eso significaba tener que volver a casa y convivir con el mayor hijo de puta de la historia, durante cuarenta y ocho horas interminables. No entraba ni por casualidad en mis planes. La vida real parecía inspirarse en uno de esos videojuegos baratos en los que el protagonista debe enfrentarse a su peor pesadilla, si quiere salirse con la suya. ¿De verdad que no había otra solución?

Empezó a apagar uno a uno los artilugios que había puesto en marcha. Se hizo el silencio. Volvió a ponerse en la piel de director borde.

—¡No sigas poniendo mi paciencia al límite! Será mejor que vayas a clase. ¡Y no se te ocurra volver a liarla! ¿Entendido? —dijo mientras abría la puerta de su despacho y me invitaba a salir.

Lo hizo en un tono de voz alto y amenazador, supuse que para que los demás pudieran oírlo.

Salí dándole vueltas al asunto hasta que me topé con Agnar.

—¿Qué ha ocurrido? —se interesó.

—Has incumplido nuestro acuerdo —le solté demostrándole mi enfado.

—¡¿Qué acuerdo?!

—¡Te dije que debíamos evitar tocarnos en el instituto!

—Tampoco ha sido para tanto —replicó quitándole importancia.

Se mostraba tan ajeno al peligro que, por un momento, consiguió que todos mis temores me parecieran ridículos.

—Ahora que lo nuestro es público, supongo que no te importará conocer a mis padres —dijo con sorna.

Pensé que bromeaba.

—En serio. Van a volver a zarpar. Saben que me importas y quieren conocerte.

—¿Te vas a ir con ellos? —me inquieté.

—No, esta vez me quedaré en tierra. Y en gran medida tú eres la responsable.

¿Conocer a sus padres? Con todo el respeto, sus viejos no me interesaban en absoluto. Pero como para él era importante, transigí. Sin embargo impuse una condición: iríamos por separado hasta el amarre 142 del puerto, donde estaba el *Höfrungur*, el velero de sus padres. Quería evitar que Agnar siguiera poniéndose de mierda hasta el cuello por mi culpa. Ya se había puesto demasiado en evidencia.

Al cabo de unas horas estaba en el puerto intentando localizar el embarcadero. Hacía una rasca de mil demonios. Lo encontré en una zona en la que se alternaban los yates, los balleneros y los veleros. Agnar y Jon, su padre, subían, con la ayuda de una polea, unas cajas que descansaban en el muelle.

—¡Vamos, sube! —exclamó al verme un eufórico Agnar.

Jon llevaba la cabeza cubierta con una gorra de lana, similar a la de Agnar, y la capucha del anorak. Una barba rubia y espesa poblaba su rostro. Era suave. Lo noté cuando me besó las mejillas. Una forma de saludarse nada habitual en Islandia. Jon era un tipo bastante excéntrico incluso en eso. Me cayó bien desde el principio. El barco era uno más de la familia. Jon también quiso presentármelo.

—Ven, acércate. ¿Lo oyes? ¿Sientes los latidos de su corazón? Este barco está más vivo que la mayoría de las personas que conozco —me dijo Jon. Oído al parche.

Bajamos al interior de la nave. Allí nos esperaba Eva. Agnar había heredado sus ojos azules. Vestía de forma nada femenina y sus manos estaban encallecidas. Pero era todo lo dulce y maternal que mi madre jamás sería.

—¡Hola, Aya! ¿Te apetece un poco de *ponnukokur* y café? ¡Venga, dame ese abrigo!

Casi me lo quitó ella misma. Era como si me conociera de toda la vida. El olor de los crepes, la nata y las bayas, combinados con el del café, le conferían a aquel barco el aroma de un hogar.

La mayoría de las personas de su edad estaban medio muertas. En cambio, ellos renacían con cada nueva singladura de su velero.

A media conversación surgió el tema de que Agnar no viajaría con ellos. Por un momento temí haber metido la pata.

—Cada vez que un hijo toma las riendas de su vida es como si el mundo creciera. De eso se trata, ¿no crees? —La frase la pronunció Eva, pero los dos asintieron.

Más tarde, Agnar y yo estábamos a solas en cubierta. Hacía un frío que pelaba. Empecé a tiritar. Agnar me abrazó mientras observábamos el agua en calma y el cielo despejado surcado de estrellas. Me fijé en una que brillaba especialmente. Me pregunté si se trataba de la estrella polar o de un satélite artificial en misión de observación.

—Tienes unos padres estupendos...

—Sí, aunque la distancia nos ayuda a sentirnos más unidos.

Pensé que la distancia también se interpondría entre nosotros. Cuando los documentos secretos se filtrasen a la prensa, Viktualia sería una bestia herida. Sus aullidos y sus embestidas se dirigirían contra todos aquellos que la habían atacado. Lo prudente sería ocultarme para quedar fuera de su alcance.

Pasaría mucho tiempo hasta que pudiéramos volver a estar juntos. ¿Seguirían siendo las cosas del mismo modo cuando nos reencontrásemos? Quizá el tiempo nos separaría definitivamente. Pero eso todavía estaba por llegar... Y esta noche nos pertenecíamos el uno al otro.

Nos besamos. De pronto, sentí la necesidad de decírselo.

—Soy virgen.... ¿Tú has estado alguna vez con...? —Casi no me atrevía a preguntárselo

Agnar asintió.

—¿Y cómo fue tu primera vez?

—Fue en Malekula, una isla de Melanesia. Tienen una vieja costumbre. Lo llaman «la cabaña de los solteros». Durante varios días, los chicos y las chicas del poblado se encierran en una choza y llevan a la práctica lo que los mayores les han enseñado. Me invitaron a unirme a ellos.

—¿Crees que podría servir como cabaña de los solteros? —le dije señalando la caseta del timón.

Eché a andar hacia la caseta. Agnar me siguió.

Nunca olvidarás la primera vez, suelen decir. Y es cierto. También se suelen explicar muchas estupideces, incluyendo aquella ocasión en que mi madre intentó darme su versión de la sexualidad. La verdad es que fue una situación incómoda.

Por fin había llegado el momento. Tenía permiso para explorar ese territorio desconocido que era su cuerpo. Y él también tenía mi permiso.

Agnar me besó con lentitud los ojos, las mejillas... Pero no en la boca. Ese momento tardaba en llegar. Empecé a desear que nuestras lenguas se unieran.

Me desabrochó el abrigo. Y yo hice lo mismo con el suyo. Nos fuimos desnudando mutuamente, poco a poco, hasta que nuestros cuerpos quedaron libres y expuestos.

Agnar me mostró el modo en que los chicos melanesios masajeaban el cuerpo de sus compañeras para hacer crecer el deseo en ellas. Con suavidad, acariciando los hombros, los brazos, la espalda, los pechos...

Por fin empezó a besarme en la boca. ¡Cuánto había esperado esos labios! Pero ya no me bastaba con que nuestras bocas fueran solo una. Ni que compartiéramos el mismo aire y las mismas exhalaciones e inspiraciones. Quería disfrutar de todos los puntos de unión con él.

Agnar debió de sentir lo mismo. Buscó en los bolsillos de sus pantalones tirados por el suelo y sacó un pequeño envoltorio: era un preservativo. Le pedí que me dejara ayudarlo a ponérselo. El cuerpo de Agnar fue adquiriendo forma entre mis manos, como si pudiera modelarlo a mi antojo.

Abrí las piernas y dejé que se deslizara dentro de mí.

Mi cuerpo por primera vez no fue una putada. La agorafobia lo había convertido en una pesada carga y una fuente de problemas. Apenas recordaba lo que era tenerlo como aliado. Pero esa noche me resarcí. Fue como juntar las piezas de un rompecabezas. Una vez unidas, todo tenía sentido. Cada extremidad respondía a una llamada secreta. Cada rincón adquiría una nueva razón de ser.

No sonaron campanas ni violines después de haberlo hecho. Tampoco hubo sangre ni dolor.

Esa noche fue nuestra noche. Nunca me había sentido tan de carne y hueso. Por fin era real y no un holograma.

Capítulo 12
La conjura de los trolls

Eran las ocho y media, la hora en que saltaban todas las alarmas si no quería llegar tarde a casa e incumplir el toque de queda que me había establecido Kristinn. Pero en esa ocasión el tictac del reloj no iba conmigo. Me limité a no tomar el camino que me llevaba de vuelta a ese lugar que ya no era mi hogar.

Me sentía plácidamente cansada, vívidamente feliz... No necesitaba dormir, ni comer ni beber. Solo necesitaba el aire que respiraba.

Hacía rato que Agnar y yo nos habíamos separado, pero todavía conservaba el calor de su cuerpo pegado al mío. Me dijo que pasaría la noche con sus padres en el *Höfrungur*. Esa fue una de las razones por las que elegí ese hotel. El Reykjavik Marina se encontraba tan cerca del puerto que casi estaba amarrado en el muelle igual que si de un barco más se tratara. Alojarme allí era estar lo más cerca posible de Agnar y de ese mar que nos había mecido a los dos unas horas antes.

El otro motivo por el que me decidí a alojarme en aquel hotel fue que no era uno de esos monstruos de cemento que crecen verticalmente. Este no tendría más de tres pisos de altura. Eso me tranquilizaba. En caso de emergencia, no se convertiría en una trampa mortal. Al menos no tan fácilmente.

A pesar de que por la parte exterior era un edificio gris que se diferenciaba poco de una terminal portuaria, su interior era todo lo contrario. Podría ser producto de la imaginación de un niño: lleno de colorines, ordenado, limpio, amable... Era lo más parecido a un albergue de la ciudad de los juguetes Playmobil.

—Bienvenida, señorita Brynjz —dijo el recepcionista después de echarle una ojeada rápida al formulario de reserva.

Era la primera vez que utilizaba esa identidad. Cuando estuve a solas en mi habitación, repetí en voz alta como un millón de veces el nombre de Henný Brynjz para familiarizarme con él. También estuve un buen rato mirándome en el espejo para convencerme de que esa con el pelo rubio y aspecto anodino era yo. Mi imagen había cambiado radicalmente tras mi paso por el baño de la estación de autobuses, unas horas antes. Allí, me desteñí el cabello y me disfracé de chica normal. Había comprado a través de Internet el tipo de ropa que pretende estar a la moda y lo que realmente consigue es convertirse en un uniforme que utiliza todo el mundo.

El Reykjavik Marina era un buen sitio para esperar las cuarenta y ocho horas que faltaban para el simulacro de evacuación del instituto. Bueno, en realidad, ya solo eran cuarenta. Tenía gimnasio, bar con terraza, restaurante y piscina cubierta... Todo eso me serviría de distracción cuando el servicio de habitaciones viniera a hacer la limpieza. Lo más prudente sería no ausentarme para nada del hotel. Únicamente saldría a la calle dentro de un par de días para ir al instituto. Debía reducir a la mínima expresión el riesgo de que pudieran dar conmigo. Seguro que Kristinn no tardaría en denunciar mi desaparición. Puede que incluso lo hiciera esa misma noche.

Era un plan perfecto. Pero no estaba inmunizado contra los imprevistos.

Empecé a notar que algo iba mal cuando oí las sirenas de los bomberos y las ambulancias. Se dirigían hacia el puerto, de eso no había duda. Abrí la ventana y me asomé. Una espesa columna de humo se elevaba hacia el cielo por detrás del edificio de oficinas del puerto. ¿El velero de los padres de Agnar no estaba amarrado justo ahí detrás?

No era aconsejable ni prudente, pero me lancé a la calle. Corrí en dirección al amarre 142 tan deprisa como pude. Al igual que en las pesadillas, mis piernas estaban agarrotadas y parecían resistirse a llevarme hacia donde quería ir. Debían de intuir que algo terrible había pasado.

Cuando llegué al amarre, las llamas habían convertido el *Höfrungur* en una bola de fuego. Las chispas, en medio de la humareda, se elevaban incesantemente hacia el cielo, como si se tratara de una lluvia roja invertida.

Tenía la esperanza de que Agnar y sus padres hubieran conseguido salir antes de que el fuego los atrapase. Mi mirada buscaba con desesperación alguna señal de ellos en el muelle. Pero lo único que conseguía ver era a una decena de bomberos con sus cascos amarillos y sus uniformes verde oliva disparando las mangueras desde la dársena y un barco de salvamento marítimo lanzando chorros de agua desde el mar.

Me planté ante un grupo de curiosos salidos apresuradamente de sus yates y veleros amarrados en las cercanías. Supuse que alguno de ellos conocería a los padres de Agnar.

—¡¿Han visto a los Vilhjálmsson?! ¿Saben si han conseguido salir? —pregunté de forma atropellada.

Me contestó un tipo de melena y barba blancas y la cara tan llena de arrugas que parecía un mapa en relieve.

—Me temo que aún siguen ahí dentro...

No lo dejé acabar. Corrí hacia los bomberos, que continuaban atacando el fuego desde la distancia. Llevaban las máscaras de oxígeno puestas. A través de esas viseras solo se reflejaban las llamas, era imposible atisbar ningún rostro humano.

—¡Hay tres personas en la nave! ¡Vamos! ¿Por qué no suben y apagan el fuego de una puñetera vez? —Casi los empujé en dirección a cubierta.

—Hasta que lleguen las grúas no podemos acercarnos más —me contestó uno de los bomberos.

Me hablaba mientras desplegaba una cinta roja y blanca para delimitar la zona de seguridad. Su voz sonaba amplificada a través del diafragma de la máscara.

—¡¿Van a dejar que mueran abrasados?! —chillé. No podía creérmelo.

—No necesitamos que añadas más presión. Sabemos lo que hacemos.

—¿Se puede saber en qué garito han alquilado esos disfraces de bombero?

—¡Fuera de aquí! —me gritó, y acabó de desplegar la cinta que me dejaba al otro lado de la zona reservada.

No iba a quedarme al margen. Ni me limitaría a contemplar desde la distancia cómo el *Höfrungur* se convertía en la pira mortuoria de Jon, Eva y... Agnar. Mi mente todavía arrastraba las consecuencias del fuego de Zurich. Y ahora ese incendio amenazaba con destrozarme el corazón.

Miré de nuevo hacia el velero. No había ni rastro de Agnar y sus padres en cubierta. Eso solo podía significar que estaban atrapados en el interior.

Los bomberos habían dejado varias mangueras en el suelo, a su alcance, por si la situación lo requería. Junto a ellas reposaba una sierra radial Milwaukee V28 Lithium de tamaño mediano. Era la mejor de su clase. Lo sabía porque Los siete enanitos habían previsto utilizarla en alguna ocasión. «Sí, eso me serviría.» Sin pensármelo dos veces, la cogí y salí corriendo.

—¡Ya tenemos suficientes problemas! ¡No empeores las cosas! —me gritó el bombero con el que ya había discutido antes.

Seguí oyendo sus gritos detrás de mí. Pero si él y sus compañeros no estaban dispuestos a actuar, yo sí lo estaba. Salté al interior de una zodiac y solté el cabo que la mantenía atada al amarre. Al cabo de dos o tres intentos conseguí poner la embarcación en marcha.

Me acerqué lo más posible al velero, que ya ardía por los cuatro costados. Hacía un calor de mil demonios. La fibra de vidrio y los materiales sintéticos de los que estaba hecho el barco hacían que las llamas dibujaran extrañas siluetas bailarinas. Eran figuras de cuerpos encorvados y deformes. Parecían trolls danzando en círculo y celebrando aquella destrucción.

Paré el motor de la zodiac cuando llegué al costado de estribor. Los camarotes estaban situados en ese lado. Era el único lugar en el que Agnar y sus padres podían haberse refugiado. Si conseguía abrir una brecha en el casco del barco podrían escapar a través de ella. O, al menos, la abertura serviría para bajar la concentración de gases tóxicos que había en el interior. Quizá era una locura o una estupidez, lo reconozco, pero era todo lo que se me ocurrió en ese momento.

Empuñé la radial y el disco empezó a girar sobre el casco de la nave. Las chispas y los fragmentos de fibra de vidrio empezaron a caerme encima. Me levanté el cuello del abrigo para cubrirme la cara.

Los padres de Agnar se habían empleado a fondo construyendo esa nave. La superficie era dura como una roca. O tal vez lo que ocurría era que esa sierra radial no servía para mis propósitos. En todo caso, mis esfuerzos estaban resultando inútiles. Me sentía completamente impotente. La vida de Agnar se escapaba entre mis manos.

Arrojé la radial al suelo de la zodiac y empecé a chillar, desesperada.

—¡Agnar! ¡Agnar!... —Grité su nombre como si al hacerlo pudiera seguir manteniéndolo con vida.

Pero no hubo ninguna respuesta. Ni ningún vestigio de esperanza.

Después de todo, Agnar acompañó a sus padres en su último viaje.

Había ocurrido otra vez. La muerte andaba detrás de mí, acechando. Primero se llevó a mi padre. Ahora, a Agnar y a sus padres... Tenía la sensación de que si me daba rápidamente la vuelta podría verla siguiéndome. Estaba por encararme con ella y decirle que ya bastaba, que dejara de destruir todo cuanto me importaba.

Intentarían disfrazarlo de accidente. Se inventarían alguna estúpida historia con una bengala o, tal vez, que una chispa casual fue a parar a las reservas de combustible... La verdad, la auténtica verdad, era que ellos habían sido los responsables de lo ocurrido. Y yo también...«Perdóname, Agnar, jamás debí dejar que me trajeras aquí.»

Si creían que iban a atemorizarme, cometieron un error. Nada peor podía sucederme. Ya no me importaba nada más que hacerles pagar por lo que habían hecho.

Acaricié el humo que me cubría y le susurré la melodía de un joik, como tantas veces le había oído cantar a Agnar.

—¡Jamás conseguirán que me convierta en aquello que más odio! ¡No me domesticarán! ¡Siempre seré una salvaje! ¡Por ti! ¡Por nosotros! ¡Te quiero, Agnar!

Ya todo era inútil.

Me senté en la zodiac y esperé a que el fuego, como un animal hambriento, devorara hasta el último rincón de la nave. Quería estar presente cuando, lentamente, languideciese en contacto con el agua. Ese rincón, a medio camino entre el mar y la tierra, siempre iba a guardar una parte de mí.

No sé cuánto tiempo transcurrió ni cómo consiguieron remolcarme de nuevo hasta la dársena. Estaba aturdida. Solo recuerdo encontrarme sentada en el suelo junto a un coche con las luces azules de emergencia encendidas de la Lögreglan, la policía islandesa. En su interior, un agente estaba comprobando por radio los datos de mi kennitala falsa.

Alguien me había cubierto los hombros con una manta térmica. Las mantas térmicas siempre estaban cerca cuando las necesitabas. Al contrario de lo que ocurría con muchas personas...

—Podría ser ella... —oí que decía el policía hablando por radio.

Me habían echado el guante. Pero en ese momento no me importaba. Ya nada me afectaba.

El agente salió del coche y me devolvió mi documentación.

—Deberás acompañarnos a comisaría...

Ni siquiera le pregunté por qué. Sencillamente, me limité a subir al vehículo.

Me llevaron a la comisaría central de Reykjavik, un edificio gris y amarillo que tenía pinta de colmena. Era de madrugada. A aquella hora, en la sala de espera solo había un par de borrachos a los que habían detenido por alborotadores.

Después de un rato esperando, un policía sin uniforme, al que los demás llamaban inspector, me condujo a uno de los despachos interiores, que más bien era un cubículo. Se trataba de una de esas salas de interrogatorio con persianas de aluminio y paredes blancas, aunque por la poca iluminación que reinaba allí también podrían haber sido grises. En el centro había dos sillones de escay de color negro. El policía me dijo que me sentara. Sin embargo, él no lo hizo. Empezó a dar vueltas a mi alrededor. Tenía una mirada permanentemente severa. Aquel tipo debía de haber hecho carrera en la policía gracias a esa mirada.

—Te lo preguntaré una sola vez: ¿cómo te llamas?

«Solo había un nombre que podía definirme... Agnar, Agnar, Agnar...»

—¿Sabes que utilizar una identidad falsa es un delito muy grave...?

«¿Grave? ¿De qué me estaba hablando? Me acababan de arrancar el corazón.»

—También he tenido tu edad y sé que es habitual utilizar la documentación de alguien mayor para que te sirvan una copa... —dijo en un tono más conciliador.

¡Y un cuerno! Ese tipo no parecía haber tenido jamás dieciséis años.

—¿Te imaginas por qué estás aquí? Alguien ha puesto una denuncia contra una chica llamada Aya. Apuesto a que tú eres ella...

Me atrincheré en lo más hondo de mi ser. Iba a dejar que hablase y hablase hasta el fin de los tiempos.

—Voy a pedir a esa persona que entre y te identifique.

Esperaba que en cualquier momento entrase Kristinn y se hiciera cargo de mí. Pero en su lugar apareció Hjalti. Tenía la cara hecha un asco: un ojo hinchado, el labio partido, varias magulladuras... Le habían dado una buena paliza. Dolía solo con mirarlo. Así me sentía yo por dentro.

Hjalti se plantó ante mí y me señaló.

—¡Ha sido ella! Ha intentado matarme. Es un peligro. ¡Está completamente loca! —Estaba muy nervioso y hecho una furia al mismo tiempo.

¿De qué estaba hablando? No tenía ni la más remota idea. En otra situación me habría encarado con él, lo habría rebatido... Pero en ese momento me limité a mirar como si aquello fuera una película que no iba conmigo.

Lo acompañaba su padre. El policía intentó evitar que entrase con él.

—Por favor, espere fuera.

—Soy su abogado, además de su padre —le informó Eirikur Gudrun, mientras seguía junto a su retoño.

Por lo visto, los trolls de Viktualia se habían reunido y habían decidido que esa noche iban a destrozarme la vida por completo.

—Cuento con diversos testigos que pueden identificarla. Y, además, está la palabra de mi hijo —declaró Eirikur, sacando el abogado que llevaba dentro.

¡Ah, era eso! No tenía ninguna duda. Hjalti había puesto su careto al servicio de Viktualia. Todo con el objetivo de inculparme. No sabía quién le había dado realmente esa paliza. Pero podía imaginarme a su padre haciéndolo. O quizá a uno de sus guardaespaldas.

De pronto, me percaté de que no tenía coartada.

Aya no había estado jamás en el hotel ni en el muelle, sino Henný Brynjz. El hecho de que hubiera intentado cambiar de identidad podría ser considerado un agravante. Ni Agnar ni sus padres podrían testificar a mi favor. Y mis antecedentes por agresión jugaban en mi contra. Si se me ocurría hablar de algún complot o de Viktualia, todavía empeoraría las cosas. Carácter inestable, conducta agresiva, tendencias maniacodepresivas... Podían encerrarme en un psiquiátrico... Aunque, probablemente, mi madre no daría su autorización para algo así. Pero... ¿y Kristinn? Ahora él también era legalmente mi tutor...

Capítulo 13
El aliento de la bestia

Hjalti y su padre ya se habían marchado de la comisaría. Y yo estaba a solas con el inspector esperando en la sala de interrogatorios. ¿Esperando qué? Pronto lo descubrí. Al cabo de un rato, dos individuos irrumpieron en la estancia. Vestían de paisano pero llevaban el mismo uniforme: un traje negro conjuntado con una corbata y unos zapatos del mismo color. ¿Iban de luto por mi libertad?

—Nosotros nos hacemos cargo de ella —dijo uno de los recién llegados.

—Es toda suya. —El inspector hizo un gesto con la mano como quien cede el paso a otro.

Eso fue definitivo para que saliera del estado letárgico en el que me había mantenido hasta entonces. Me puse en pie y empecé a chillar.

—¡¿Qué diablos está pasando aquí? ¿Quiénes son estos tipos?! —Me sentía terriblemente inquieta.

—No importa quiénes somos. Debería importarte lo

que podemos hacerte —afirmó de forma amenazadora uno de ellos.

El otro se acercó hasta mí dispuesto a ponerme unas esposas.

—Déjame ver esas manos...

—¿Las ves bien así?

Le arañé la cara de un zarpazo. Intenté aprovechar su desconcierto para alcanzar la puerta. Pero esos dos tipos me saltaron encima antes de que lo consiguiera. Me arrojaron al suelo, y mientras uno apoyaba las rodillas en mi espalda aplastándome contra el suelo, el otro me esposaba las manos por detrás.

—Está bien. Como tú quieras. Lo haremos por las malas —masculló el que me esposaba.

Intenté resistirme, pero me agarraron con sus manazas y se me llevaron casi a rastras. Era curioso ver cómo los policías que nos encontrábamos por el pasillo desviaban la mirada. Sabían que aquello era totalmente irregular y no querían implicarse, ni siquiera visualmente. «¿Ver? Yo no vi nada...» No salimos por la puerta delantera sino por una especie de salida de emergencia que daba a un callejón. Allí estaba esperándome el mismísimo diablo.

Ese vehículo monstruoso, el supertruck de carrocería oscura y lunas tintadas, estaba acechando como un ave de mal agüero. Su aparición había precedido a la muerte de mi padre. Y quizá ahora era un presagio de la mía.

Me metieron dentro del coche, en la parte de atrás, sin demasiados miramientos. Uno de los tipos que me habían sacado de la comisaría se sentó a mi lado.

Desde el asiento del copiloto se dio la vuelta un viejo conocido.

—Volvemos a encontrarnos, ¿eh, pequeña? —El hombre de los ojos cruzados por una cicatriz me atravesó con su mirada a pesar de estar ciego.

Las puertas del vehículo se cerraron dejándome atrapada en su interior. No había escapatoria posible. Estaba a su merced.

A través de las ventanillas del coche podía ver cómo amanecía y las calles de la ciudad empezaban a llenarse de vida. ¡Qué ajeno parecía todo el mundo a lo que estaba a punto de ocurrirme!

De pronto, noté un pinchazo en el brazo.

—¡Maldita sea! ¿Qué me has inyectado?

—Es un tranquilizante —dijo el tipo que estaba a mi lado.

—¡No estoy nerviosa, hijo de puta!

—Pues deberías estarlo.

Todo se desvaneció...

Cuando recuperé la consciencia, me encontré atada a una camilla en medio de lo que parecía una sala abandonada de un hospital. La estancia estaba en penumbra. Solo se filtraba un leve rayo de sol a través de las contraventanas cerradas. No se oía ningún sonido procedente del exterior. El lugar estaba a medio camino del mundo real y de la irrealidad de una pesadilla. Cerré y abrí los ojos unas cuantas veces esperando despertar. Pero lo único que conseguía era volver a percatarme una y otra vez de lo desesperado de mi situación.

Hice el gesto instintivo de levantarme, pero algo impedía que lo lograra: unas correas en forma de arnés mantenían mis brazos pegados al camastro. Luché con todas mis fuerzas por liberarme, pero fue inútil. Respiré hondo y procuré relajarme. Mi boca sabía a rayos. Me propuse tragar saliva lo menos posible para evitar aquel sabor amargo.

La bestia me había llevado a su guarida. El aliento gélido de la muerte lo impregnaba todo. Casi podía revivir la angustia y la desesperación de las víctimas que me habían precedido.

De pronto se encendieron unas luces cegadoras. No había ningún lugar en el que proteger los ojos de su agresión. Sentía que me deslumbraban el cerebro. Parecía el preámbulo de algo.

Oí pasos lejanos aproximándose. Y luego cómo se abría la puerta y varias personas se acercaban.

—¿Estás lista para nuestra «terapia de grupo»? Stekkjarstaur, proceda...

—De acuerdo, Giljagaur. Vamos a ello.

Se llamaban por sus alias. Era una buena señal. Significaba que no querían que los reconociera cuando estuviera libre, fuera cuando fuese eso. Los nombres que usaban estaban inspirados en los *Yule Lads*, los trece trolls que visitaban a los niños que habían sido malos antes de Navidad. Esos personajes aparecían a menudo en los libros de Astrid Karlsdottir. Me empollé sus nombres y sus historias cuando creía que los cuentos de esa autora eran en realidad mensajes en clave para los espías de Viktualia. Bueno, aún no podía descartarlo del todo.

Había por lo menos dos personas a mi alrededor, quizá

tres. Solo eran siluetas a contraluz. La voz del tipo al que llamaban Giljagaur pertenecía al hombre de los ojos nublados, de eso estaba segura. Era extraño. A pesar de todo, esa voz me transmitía tranquilidad y calma. Fue desgranando sus preguntas lentamente, como si tuviéramos todo el tiempo del mundo para responderlas.

—¿Quién más sabe nuestro secreto, Aya? ¿Con quién más has hablado de ello?... ¿Qué juego es The World of Spellcraft?... ¿Por qué no podemos acceder a él?... Apuesto a que papaíto escondió allí la información... Danos las contraseñas... ¿Dónde está esa documentación, Aya? Tú ya lo sabes, ¿verdad?

Le habían removido las entrañas a mi portátil Acer Aspire S7, seguro. Ese ordenador había sido para mí casi una extremidad más. Siempre lo llevaba conmigo en la mochila. Jamás me separaba de él. Después de aquello ya no podría volver a utilizarlo. Quién sabe qué clase de virus de mierda le habrían metido dentro.

Me hubiera gustado darle un puntapié a la figura humana que se inclinaba hacia mí. Pero también me habían atado los pies.

—Que os jodan de tres en tres. —Le lancé mis palabras como un arma arrojadiza.

—¿Por qué no te has limitado a ser normal y comportarte como suele hacerlo la gente en el mundo real? Ya sabes: usar móvil, utilizar Whatsapp, Facebook y comentar por Internet las chorradas habituales. Te habrías ahorrado muchos problemas. Tenías que pasarte de original. Y la has cagado —dijo el ciego paternalmente.

Alargó la mano hacia mi rostro. Intenté esquivar su contacto girando la cabeza. Pero otras manos me agarraron férreamente por detrás y pusieron mi cara a su disposición. Recorrió mi perfil con las yemas de sus dedos. Parecía querer captar el aura de mis pensamientos. Empezó a tocar mis cabellos y fue descendiendo por la frente, los ojos, la nariz, los labios...

—Es una lástima que nos odies. Podrías haber trabajado para nosotros. Eres buena. En Zurich, durante el incendio, lo demostraste.

—No sé a qué se refiere.

—¡Claro que lo sabes! —replicó con sarcasmo.

Zurich... incendio... Esas dos palabras seguidas eran toda una invocación para revivir el pasado. El recuerdo de lo ocurrido era tan fuerte que casi podía oler el humo asfixiante avanzando por todos los rincones de ese hotel, sembrando la muerte.

Mi padre y yo intentamos mutilar su recuerdo de nuestra memoria. Encerramos bajo llave lo que sucedió en aquella habitación. Fue en vano. Ahora, de nuevo, volvían a sonar los golpes en la puerta, como aquel día...

—¿Magnus, estás ahí? ¡Abre! —gritó la voz al otro lado de la puerta

Mi padre y yo nos miramos sorprendidos. ¿Quién podía ser y cómo sabía que estábamos allí?

Un extraño presentimiento cruzó raudo por mi mente...

—No abras la puerta, papá.

—¿Y dejar que muera? No podemos hacer eso.

El idealismo de mi padre estaba a punto de jugarnos una mala pasada a los dos.

Ya habíamos respirado más humo tóxico del que era conveniente. Por eso aislamos la puerta que daba al pasillo y abrimos la de la terraza. Habían pasado un montón de años, yo apenas tenía ocho, pero todavía recordaba el viejo consejo de los bomberos que visitaron mi escuela en Dinamarca: «Sellar puertas interiores y abrir ventanas exteriores». Magnus se apresuró a retirar las toallas mojadas que habíamos colocado en los bajos de la puerta y la abrió. Al otro lado, entre la humareda, apareció un hombre que se tapaba la boca y la nariz con un pedazo de cortina rasgada. No podía verle el rostro.

—¡Gracias... a Dios!

Esa voz me resultaba conocida.

El individuo entró y Magnus se apresuró a cerrar la puerta tras él. ¿Eran imaginaciones mías o ese tipo iba vestido igual que mi padre?

Al recién llegado le entró un ataque de tos. Tenía el cuerpo doblado hacia adelante y seguía sin poder verle la cara.

—Aya, dale un poco de agua —dijo mi padre mientras se inclinaba para volver a colocar las toallas en la ranura de la puerta.

Le hice caso y fui a buscar una de las botellas de agua Perrier que habíamos cogido del restaurante. Cuando me di la vuelta para ofrecérsela, me quedé petrificada.

El extraño ya no se cubría el rostro. Él y mi padre casi eran la misma persona. Los dos eran idénticos, como si fueran gemelos exactos.

Solo fue la primera sorpresa. La segunda no tardó en llegar.

Aquel sujeto se lanzó sobre mi padre, que seguía inclinado

sellando la puerta ajeno a todo cuanto estaba ocurriendo a su espalda.

—¡Papá, cuidado! —intenté prevenirlo.

Mi padre, alertado por mi grito, apenas tuvo tiempo de darse la vuelta y ver cómo su doble utilizaba el retazo de cortina para asirlo por el cuello. Magnus hizo esfuerzos por levantarse y ofrecer más resistencia. Pero su oponente agarró con más fuerza aquel trapo.

—Tu vida ha adquirido un rumbo que debe ser corregido. He venido a tomar el relevo —anunció el doble de Magnus.

Conque se trataba de eso... Eliminaban a Magnus, que se había convertido en un incordio para ellos, y lo sustituían por un topo que les pasaría información de primera mano sobre Drumleaks. Dos pájaros de un tiro.

—¡Maldito cabrón! —Me lancé contra él.

Estaba dispuesta a golpearlo con todas mis fuerzas, pero ni siquiera pude tocarlo. Sin soltar su presa, me propinó un codazo en el estómago que me dejó sin respiración durante varios segundos. Era un anuncio de que iba en serio: se proponía no dejarnos salir vivos de aquella habitación.

Para cuando el aire volvió a circular por mis pulmones, el desconocido ya había arrastrado a Magnus hasta la terraza, asiéndolo por el cuello. No hacía falta ser una pitonisa para adivinar qué se proponía. La copia quería librarse para siempre del original.

Conducía a Magnus hasta la barandilla metálica que separaba la terraza del vacío. Mi padre acusaba los efectos de la asfixia. En cualquier momento podía perder la conciencia. A pesar de eso, se agarró con fuerza a los barrotes metálicos. Para vencer sus últimas resistencias, el individuo le propinó un par de rodi-

llazos en los riñones. Mientras, seguía apretando con fuerza la tela alrededor de su cuello.

—Será como si te matara dos veces. Nadie te echará de menos. Me meteré en la cama con tu mujer y lloraré en la tumba de tu hija. Sí, ella también va acompañarte en este viaje —exclamó aquel tipo mientras le oprimía el cuello a mi padre.

Cada uno de sus golpes era como un mazazo. Lo había experimentado en carne propia. Tenía que oponer inteligencia a su fuerza bruta. Gracias al videojuego Shenmue había aprendido a utilizar técnicas de defensa personal. Descubrí que la mayoría de las personas tienden a protegerse los brazos y el cuello pero no las piernas. Ese era el punto débil a atacar. Si las piernas dejaban de ser un apoyo, el combate terminaba.

El doble de Magnus dejó de agarrarlo por el cuello e intentó empujarlo al vacío. Apoyó todo su cuerpo sobre el de mi padre, que seguía aferrándose a la barandilla. ¡Era el momento de actuar!

Me deslicé sigilosamente por detrás y cogí su pie derecho a la altura de los dedos para poder aplicar una palanca máxima. Al mismo tiempo, controlé su pierna con mis brazos mientras lo impulsaba hacia arriba. El principio de la palanca consiste en buscar puntos de apoyo en el propio cuerpo que permitan vencer una gran resistencia con una pequeña cantidad de fuerza. Las leyes de la física hacen el resto y se imponen sobre las diferencias de peso y altura.

Logré sorprender a mi oponente. No tuvo ocasión de contraatacar. Antes de que pudiera reaccionar de alguna manera ya se había precipitado hacia el abismo. Apenas tuvo tiempo de gritar. El combate finalizó de forma contundente.

Magnus siguió allí, apoyado en la barandilla, sin moverse ni hablar.

—Papá, ¿estás bien?

¿Por qué tardaba tanto en responder? ¡Maldita sea!

—¿Papá? ¿Eres realmente tú? —dije con voz temblorosa y casi sollozante por la duda.

Por un momento se me pasó por la cabeza que tal vez ese que estaba ahí apoyado no era en realidad Magnus.

—Yo soy el responsable... Un montón de gente va a morir por mi culpa —exclamó por fin.

Mi padre era el único ser en la faz de la Tierra que podía sentirse culpable por haber sobrevivido. Desgraciadamente, al cabo de un tiempo descubrí que yo también había heredado ese defecto.

Me abracé a él con desesperación.

—No, papá, no digas eso... Ni siquiera lo pienses...

Pero esa idea ya había anidado en su mente y no lo abandonaría. Mi padre nunca se sobrepuso. De alguna manera, aquellos malnacidos consiguieron lo que andaban buscando.

Al mismo tiempo que las manos de aquel ciego dejaron de leerme como si yo fuera un texto en braille, desapareció poco a poco el recuerdo abrasador de Zurich...

—¿No te has preguntado nunca por qué ese cuerpo jamás apareció en el recuento de víctimas? —preguntó aquel tipo en tono sarcástico.

Tenía razón. A pesar de que la lista de víctimas se incrementó con los días, el cuerpo del doble de Magnus jamás apareció en el recuento final.

—Tienes ante ti a ese cadáver... La cubierta de la piscina del hotel amortiguó mi caída. Desde entonces, no ha pasado ni un solo minuto en que no hubiera deseado haber muerto. Eso mismo desearás tú dentro de muy poco —declaró fríamente sin un ápice de remordimiento.

Se me erizó la piel al pensar que ese rostro desfigurado había sido un día un fiel reflejo del de mi padre. En cierto modo, yo también era una muerta viviente. Mis esperanzas e ilusiones también habían quedado hechas trizas. Una fuerza terrible aten[illegible] mi vida y la estrujó hasta hacerla estallar. Se había r[illegible] pedazos que jamás se recompondrían... Primero fue papá. Luego, Agnar...

—Así pues, ¿tienes algo que contarnos?

—¡No os voy a decir una mierda!

—Si no nos das lo que queremos, tendremos que venir a buscarlo nosotros mismos. Adelante, Askasleikir...

El tipo al que llamaba Askasleikir, como el *Yule Lad* que en los cuentos de Astrid Karsldottir se ocultaba debajo de las camas de los niños, llenó una aguja hipodérmica con un líquido rojo.

—Vamos a tener que estimular un poco ese cerebro... —me dijo Askasleikir.

—¡¿Por qué no te metes eso por donde te quepa?! —Intenté soltarme y las correas me apretaron todavía más, cortándome la circulación de la sangre.

A aquel tipo lo traían sin cuidado mis improperios. Me subió la manga de la camiseta con la misma parsimonia que un matarife prepara la carne para el despiece. Clavó la jeringuilla en la vena que más le apeteció. Podía hacerme la dura, pero estaba tan indefensa como un bebé.

Un sudor frío que surgía de mis entrañas empezó a empaparme la ropa. Me sentía sumergida en un barreño que rebosaba miedo y pánico.

¿Qué clase de droga era aquella? Tal vez LSD. Había oído decir a amigos de mis padres que los servicios secretos la utilizaban para doblegar la voluntad de los interrogados. Se proponían convertirme en un corderito que les dijera todo cuanto querían saber... Y lo malo es que no podía hacer nada para evitarlo.

Las drogas no iban conmigo. Conocía a muchos hackers profesionales que se ponían de modafinal hasta las cejas. Utilizaban ese medicamento para aguantar el ritmo y no pegar ojo durante varias noches seguidas. Ese no era mi caso. Yo ya sabía cómo las gastaba el cerebro cuando alterabas su delicado equilibrio. Me había propuesto circular en dirección contraria a cualquier cosa que pudiera llevarme a una crisis de angustia. ¡Joder! ¿Y ahora qué?

Todo empezó a girar. Primero lentamente, después cada vez más rápido. Las luces parpadeaban. La realidad se encendía y se apagaba. Se encendía y se apagaba... Se encendía y se...

...

Nuevamente abrí los ojos. Ya lo había hecho en varias ocasiones. No sabría decir cuántas. Había perdido completamente la noción del tiempo. Tiempo era la cantidad de veces que sentí esas agujas clavándose en mis brazos. Tiempo era la repetición de la misma puesta en escena: esas pisadas que se acercaban, esa puerta que se abría, esas presencias inquietantes a mi alrededor... Mis amaneceres eran esas luces incandescentes en la cara. Y mis atardeceres, cuando por fin se apagaban.

Tenía el cerebro entumecido. Debía de ser lo más parecido a un motor con las válvulas obstruidas. Apenas podía poner en orden mis ideas. Casi no recordaba quién era y qué hacía allí.

—Necesito ir al lavabo —dije en un tono que más que una exigencia era una pregunta.

No sabía si alguien me oía ni tan solo si había alguien en la habitación. Todo estaba a oscuras. No se oía ningún ruido. En un rincón de la estancia, alguien respondió por fin.

—Ni se te ocurra hacértelo encima. No soy ninguna chica de la limpieza —contestó una voz severa y distante.

Veía borroso. Los focos me habían dejado las pupilas hechas polvo.

Las correas en forma de arnés que mantenían mis brazos y piernas pegados a aquella camilla empezaron a aflojarse.

—¿A qué esperas? ¡Levántate! No tenemos todo el día... —mascculló mi guardián empezando a impacientarse.

Intenté ponerme en pie pero las piernas apenas me sostenían.

—Vamos, apóyate en mí... —se ofreció el tipo encargado de vigilarme.

Sentí como si me apoyara en una columna. Su cuerpo era frío y rígido. O quizá era yo la que había perdido la sensibilidad del mío.

Más que andar, dejé que me arrastrara por lo que intuí que era un pasillo. Oí puertas abriéndose y cerrándose a nuestro paso. Después de un corto trasiego, me encontré sentada en un retrete.

—Acabemos de una vez. Haz lo que tengas que hacer.

—¿Puedes... cerrar la puerta? —le pedí intentando recuperar un poco de mi dignidad perdida.

—¿Todavía no has aprendido que la intimidad no existe? —replicó el tipo en tono de burla.

Se contestó él mismo, sin esperar a que lo hiciera yo.

—Está bien. Si eso sirve para que te despabiles...

Cerró el lavabo de un portazo.

Una idea cruzó mi mente: era mi última oportunidad de salir con vida de allí.

Percatarme de cuál era mi situación provocó que sintiera punzadas de terror. Para dominarme, eché mano de un viejo truco: imaginar que yo y lo que me rodeaba formábamos parte de un videojuego. Era uno de esos juegos de un nivel extremo. Yo había jugado a millones de ellos. Y los había superado. Aquel pensamiento me tranquilizó.

Mi misión consistía en dar con un mecanismo o algún resorte que me sirviera para escapar. Siempre lo había. Solo era cuestión de encontrarlo. Eché una ojeada a mi alrededor. Estaba en un cuartucho inmundo, de las dimensiones de un armario. A aquel lavabo solo le faltaba estar pixelado para ser más cutre.

Tenía las pupilas dilatadas y la luz que se colaba por un ventanuco elevado me hería hasta el fondo del alma. A pesar de ello, me esforcé en poner la resolución de mi mirada al máximo. Hice un recuento mental de lo que iba viendo: un espejo tan viejo y desgastado que hasta me producía grima verme reflejada en él, un lavamanos que rebosaba mugre, unos grifos opacos a causa de la cal, el gres del suelo que se adhería a las suelas de los zapatos produciendo un sonido inquietante...

De pronto, aquel juego me ofreció una recompensa en forma de interruptor eléctrico. Sí, eso me serviría. No tenía armas convencionales con las que hacer frente al tipo que estaba fuera, pero eso no significaba que estuviera indefensa. Podía improvisar. Al fin y al cabo era una hacker y los desafíos me alegraban el día.

«¡Soy Firefly, y estoy acostumbrada a superar retos complejos...!»

—¡Date prisa, ¿quieres?! —me apremiaban desde el otro lado de la puerta.

¡No había tiempo que perder! Abrí el grifo para que el sonido del agua amortiguara el ruido de mis movimientos. Me quité el cinturón y utilicé la hebilla como un improvisado destornillador. Aflojé los tornillos del interruptor. La tapa no tardó en desprenderse. Un cable negro y otro marrón colgaban de ella. Ahí había premio. Solté las conexiones y empalmé los cables al picaporte metálico de la puerta. Luego eché un poco de agua sobre el pomo para aumentar la conductividad eléctrica.

—¿Qué ocurre?, no te estarás haciendo la manicura, ¿verdad? —En serio, a ese tipo se le acababa la paciencia.

Esperaba que fuera lo suficientemente estúpido para infringir la principal norma de un videojuego: nada es lo que parece. La empuñadura de aquella puerta ocultaba una descarga de 120 voltios.

Me alejé de la entrada todo lo que pude. «¡Vamos, vamos! ¡Ábrela de una vez!» No había pestillo, así que en cualquier momento iba a aparecer.

—¡Se acabó! —Abrió la puerta de golpe.

Su cara exteriorizó una inmensa sorpresa cuando los músculos de la mano, asidos al pomo de la puerta, se contrajeron a causa de la descarga eléctrica.

—¡Qué demonios...!

El cuerpo de aquel desdichado era un excelente conductor. Se convulsionaba y daba sacudidas al son de la corriente eléctrica. No pudo apartar sus ojos de mí ni siquiera cuando empezó a producir unos extraños chasquidos y a oler a carne chamuscada.

Me juré a misma que no iba a sentirme culpable. «Lo siento, o eras tú o era yo.»

La partida seguía. Unos cuantos clics más me llevaron hasta el pasillo. Se diferenciaba poco de los escenarios de los videojuegos de acción. ¿Qué había a mi derecha? Decenas de puertas a cuál más igual que la otra. ¿Y a mi izquierda? Una hilera de ventanales. Eché un vistazo a través de uno de ellos. Los cristales apenas dejaban pasar la luz. Acumulaban polvo desde hacía décadas. Abrir una de esas ventanas iba a suponer todo un esfuerzo. Decidí ahorrar tiempo y darle una patada a uno de los marcos. El vidrio se desprendió limpiamente.

El sonido de carreras y de puertas abriéndose y cerrándose de forma apresurada se aproximaba. Me estaban buscando.

—¡Vamos, moved el culo! ¡Hay que encontrarla! —Juraría que era el ciego quien gritaba.

Eché una rápida ojeada a la fachada. Mis posibilidades de huida pasaban por ella. Encaramarme al muro de una casa no era una experiencia nueva para mí. Solo que esta vez debería descender en vez de subir. Trepé hasta la repisa de la ventana y desde allí alcancé un bajante pluvial. Me agarré al tubo y me deslicé por él.

Fui a parar a un jardín tan aparentemente abandonado como el edificio al que rodeaba. Se diría que alguien se esforzaba en que aquel lugar tuviera un aspecto descuidado de una forma tan perfecta. Lo único que conservaba un aire imponente eran las rejas que cercaban el jardín y la casa. Eran tan elevadas que tendría que escalarlas para escapar de allí.

Desde el interior del edificio seguían oyéndose los gritos de alguien dando órdenes. Su tono cada vez era más agresivo.

Me agazapé y procuré acercarme lo más posible a la verja.

La salida quedaba bloqueada por una puerta de hierro de considerables dimensiones. Estaba cerrada con candados y cadenas de seguridad. El edificio parecía hallarse clausurado desde hacía mucho tiempo. Me encaramé a los travesaños de hierro de la puerta y a continución salté a la calle. Un destartalado cartel de latón anunciaba qué lugar había sido ese: Geðsjúkrahúsi Helgi Tomasson (Hospital Psiquiátrico Helgi Tomasson). Sería más apropiado llamarlo «Centro de detención ilegal y exterminio».

Lo conseguí, tenía una vida extra. Pero no podía confiarme. Los videojuegos te enseñan que en el momento menos pensado un zombi puede saltar sobre ti y devorarte, o un francotirador reventarte los sesos de un disparo.

Eché a correr. Era una huida a vida o muerte. Estaba

completamente desorientada. Sin saber situarme en el mapa ni en el calendario. Daba igual. Lo único que importaba era escapar, alejarme lo más posible. No tenía ni idea de hacia dónde iba. ¡Qué más daba! Ya no tenía ni hogar, ni familia, ni a nadie a quien amar...

Capítulo 14
El sombrero mágico

Corrí como nunca. No lo hacía porque tuviera miedo. Tampoco era el miedo lo que me hacía temblar. Era la rabia. Una furia que sacudía todo mi ser.

Habían conseguido cabrearme. ¡Y de qué manera! No se saldrían con la suya. Y menos si eso implicaba convertirme en una cobaya a la que querían arrancarle un secreto de las entrañas. No iba a dejar que me destriparan como a una de esas *Polycellis felina* que la profesora Gudmunndsdottir utilizaba en sus clases de ciencias en el instituto. Nada de eso. Ni soñarlo.

Era hora de convocar al Grupo de Autodefensa de Aya Sturluson. Lo formábamos mi yo en el mundo real y mi yo en el ciberespacio. Si las dos trabajábamos en equipo, quizá tendríamos alguna posibilidad.

Necesitaba centrarme. Situarme en el tiempo y en el espacio. ¿Cuántas horas, días o semanas habrían transcurrido desde que me secuestraron? Tenía la sensación de que habían sido siglos. ¿El simulacro de evacuación del instituto ya habría tenido lugar? La documentación secreta que estaba escondida en la sala de servidores era la gran ocasión para vengarme. ¡Ojalá no hubiera perdido esa oportunidad!

Me detuve un momento para recuperar el aliento. Cerca, un tipo que iba vestido con una de esas ridículas indumentarias de lycra hacía ejercicios de precalentamiento. Intenté aparentar normalidad, pero estaba sudorosa y tenía la voz entrecortada por el esfuerzo.

—¿Qué... día... es... hoy?

Me miró alarmado y manteniendo las distancias.

—Miércoles... —me contestó poniéndose en guardia, dispuesto a echar a correr al más mínimo gesto sospechoso por mi parte.

—¿Y del mes?

—Uno de mayo...

Estuve a punto de preguntarle de qué año, pero me reprimí. Creo que eso hubiera sido definitivo para que pensara que tenía ante él a una chiflada. Prosiguió su camino y echó un par de ojeadas a su espalda, como si esperara un ataque por mi parte en cualquier momento.

Uno de mayo... Eso significaba que mi cautiverio apenas había durado veinticuatro horas. Y que a la mañana siguiente tendría lugar el simulacro en el insti. El tiempo corría de mi parte. Esa idea, de pronto, se empañó de tristeza...

Las lágrimas brotaron sin previo aviso. ¡Jamás volvería a compartir mi tiempo con Agnar! ¡Dios, no era justo!

Intenté controlar mis emociones. «Debes centrarte», me repetí.

La perspectiva lejana de la iglesia de Hallgrimur, el edificio más alto de la capital, sirvió para empezar a situarme geográficamente. Había una cantidad inusual de árboles en los alrededores. Sí, debía de encontrarme en Laugardalur, la zona recreativa de Reykjavik. Era el lugar donde se concentraban los parques. Todo muy bucólico pero también demasiado expuesto. Necesitaba mezclarme con la multitud. La clave era camuflarse entre el gentío.

No hacía mucho, Agnar y yo huíamos de la amalgama de turistas y compradores compulsivos que poblaban el centro de la ciudad. Y ahora necesitaba mezclarme con ellos para seguir sobreviviendo. Me vino a la memoria aquella tarde en que Agnar y yo nos citamos en el museo de Historia Natural... ¿Cuándo podría volver a pensar en Agnar sin sentir aquel terrible dolor?

En ese momento, un autobús amarillo de la Strætó, la compañía de transportes metropolitanos de Reykjavik, se detuvo en una parada cercana. Se dirigía al centro de la capital. Subí a él. No llevaba dinero encima. Durante mi cautiverio me habían vaciado los bolsillos. Simulé buscar el abono de autobús en el suelo.

—¡Qué raro! Lo tenía hace un momento. Ha debido de caérseme al entrar... —me excusé mientras simulaba buscarlo.

El conductor no pareció tragárselo pero reemprendió la marcha.

—¿Estás segura de que no estaba en tu abrigo? ¿También lo has perdido? Deberías ser más cuidadosa, estamos casi a cero grados —dijo irónicamente el conductor.

También me habían quitado el abrigo y la mochila. En

Islandia, durante la mayor parte del año, es más chocante ver a alguien sin abrigo por la calle que a una pandilla de duendecillos tomándose algo a la puerta de un bar.

Ese autobús estaba lleno de personas que miraban embobadas las pantallas de sus aparatos electrónicos. Toda esa gente había convertido sus vidas en una especie de partida de máquina recreativa, con sus lucecitas de colores y su música pegadiza. Mientras los mantenían ensimismados, Viktualia podía utilizar las cámaras y los micrófonos de sus dispositivos móviles para seguirme el rastro. Eran miles de ojos que no me perdían de vista y miles de oídos que estaban al quite. Viktualia lo infectaba todo: ordenadores, teléfonos, cámaras de seguridad... Incluso los satélites podían convertirse en espías a sus órdenes... ¿Cómo lo haría para escapar de un enemigo tan poderoso y omnipresente?

El vehículo siguió circulando por Sundlaugavegur, la calle de las piscinas. Luego torció hacia la izquierda y tomó Krinsglumýrarbraut, una vía rápida que llevaba hasta el centro de la ciudad. El conductor parecía estar pasándoselo bien con el espectáculo gratuito que le ofrecía: primero simulé consternación por no encontrar mi supuesto abono; luego lo busqué y lo rebusqué por todos los rincones imaginables; finalmente, me mostré desesperada... Cuando empecé a sobreactuar, el conductor dio por acabada la función.

—Lo siento. No puedes viajar sin billete. Deberás bajar en la próxima —dijo mientras me miraba por el retrovisor.

Daba igual. Ya estaba más cerca del centro. Dejé de simular y me situé junto a la puerta. Cuando el autobús se detuvo, me apresuré a adentrarme en las calles más bulliciosas de la ciudad. Si mis enemigos querían acabar conmigo, tendrían que hacerlo a la vista de todo el mundo.

Ahí estaba yo: sola en medio de la multitud. Mi rastro por el planeta Tierra estaba siendo eliminado a conciencia. Viktualia era una inmensa goma de borrar que se encargaba de hacer desaparecer a cualquiera que hubiera tenido contacto conmigo.

En otro tiempo, Los siete enanitos habrían acudido en mi ayuda. Ahora solo podía contar con uno de ellos: Packe. Me chocó descubrir su verdadera identidad: director de Gullinbrú. Bueno, lo de verdadera identidad era un decir. No sé por qué tenía la sensación de que su yo en el mundo real era una especie de avatar y que su verdadera personalidad era la virtual. Packe era amigo de mi padre. Y si Magnus confió en él para que guardara aquella documentación tan comprometedora, es que era de fiar.

Contar con el apoyo de Packe podía ser la diferencia entre seguir viva o no.

Entré en el mercadillo de Kolaportið. Allí podría encontrar algo que ocultara mi cara y me hiciera poco identificable. La ciudad, cualquier ciudad, además de las cámaras de los móviles estaba infestada de cámaras de seguridad. Las había que incluso eran capaces de leer los labios a distancia y transcribir el contenido de la conversación en tiempo real. ¡A qué hijo de puta se le podía ocurrir inventar algo así! Necesitaba fabricarme con urgencia una «gorra de la invisibilidad», como lo llamábamos en argot hacker.

Kolaportið era uno de esos lugares donde se venden toda clase de objetos de segunda mano. Supongo que los turistas lo encuentran muy pintoresco. ¡Pero había que ver la cantidad de porquería que se acumulaba en los tenderetes! Algunas de sus existencias parecían sacadas directamente de los contenedores.

Me detuve ante un puesto ambulante que vendía típicos *souvenirs* islandeses *made in China*. Allí había todo lo que necesitaba: gorras rojas con la bandera de Islandia en forma de corazón, unos llaveros con leds incorporados simulando la lava de un volcán en erupción, diferentes pilas de petaca...

Me acerqué al vendedor que había detrás de la parada, un tipo sonriente y algo entrado en carnes, y le hablé en plan colega:

—Quizá no es asunto mío, pero acabo de ver a una rata colándose ahí debajo... —mentí señalando el suelo repleto de cajas de cartón.

Al principio se mostró incrédulo.

—¿En serio?...

Pero cuando lo pensó con un poco más de detenimiento, levantó el trasero del taburete en el que estaba sentado y se armó con una escoba. Le dio la vuelta y empezó a mover las cajas con el palo. No debía de ser tan descabellado que uno de esos bichejos se dejara ver por allí.

—¡Maldita sea! ¡En este país cada vez hay más ratas! —exclamó francamente enojado mientras rebuscaba con aprensión entre los bultos que se acumulaban en el suelo.

Aproveché el momento de descuido para adquirir todo lo de mi particular lista de la compra. Luego me dirigí a los servicios y me apresuré a confeccionar la gorra de la invisibilidad. Coloqué los leds de forma estratégica encima de la visera. Su efecto era imperceptible para el ojo humano, pero no ocurría lo mismo con las cámaras. Esos leds se encargarían de deslumbrar a los objetivos y velar las imágenes de las grabaciones, haciendo inidentificable mi rostro.

Salí de nuevo a la calle con la gorra puesta.

Unas banderolas colgadas en las farolas anunciaban que en el edificio Harpa se celebraba una convención sobre ocio digital. Los participantes disponían de ordenadores y conexión gratis. El acceso era libre. Sí, ese lugar me serviría para ponerme en contacto con Packe.

No tenía pérdida posible. El Harpa es un edificio acristalado situado junto al mar, casi tan visible desde la lejanía como la misma catedral Hallgrimar. Se habían gastado una pasta construyéndolo y querían que destacase. Por eso no había nada a su alrededor, aparte de asfalto, piedras y mar

Me adentré en él. Ese lugar era todo un homenaje a la luz. Cualquier rayo de sol, por tenue que fuera, penetraba hasta el último rincón de su interior. Las sombras de las estructuras metálicas que conformaban el esqueleto del edificio se reflejaban en las paredes provocando una sensación irreal, como si se tratara de celdas y gigantescos eslabones de cadenas. En serio: si te persiguen, esas sombras no ayudan a mantener la calma.

La sala de convenciones estaba a llena a rebosar. Lo que abundaba allí era esa clase de gente que se pasea todo el rato leyendo las inscripciones de las credenciales que los demás llevan colgadas en la solapa e intentando establecer contactos. Busqué algún ordenador libre, pero todos estaban ocupados. Finalmente, tres tipos se levantaron y se fueron al bar a celebrar que habían cerrado un trato. Ocupé de inmediato la terminal que dejaron disponible.

Lo primero que hice fue descargarme la última versión del videojuego Grand Theft Auto. No, no iba a pasarme jugando lo que me quedara de libertad y quién sabe si de vida. Mi intención era otra. Los siete enanitos habían ideado un peculiar sistema para dar la voz de alarma. No sé cómo lo consiguieron, pero se colaron en el código de programación de ese videojuego y colocaron en el listín telefónico que utilizan los personajes un número generado aleatoriamente con un software. Cada vez que alguien lo marcaba, sabíamos que uno de nosotros se hallaba en peligro. Por lo general, era Packe quien estaba de guardia.

Me coloqué unos auriculares con un micrófono incorporado que estaban conectados al ordenador. Era mi última esperanza, y marqué el número de Packe. Era una llamada cifrada y protegida contra escuchas indeseadas.

Al otro lado de la línea se oyó el sonido de un módem antiguo.

—Packe, ¿me copias?

De pronto, respondió una voz robótica.

—¡Aya...!

—Tienes que ayudarme. Necesito un lugar donde ocultarme.

Los pitidos de aquel módem prehistórico llenaron el silencio.

—¿Sigues en Reykjavik? —preguntó finalmente.

—Sí...

—Dame una hora y luego espera en la esquina entre

Snorrabraut y Laugavegur. ¿Podrás sobrevivir hasta entonces?

—Lo procuraré.

La comunicación se cortó.

Me quité los cascos. Tenía la intención de esperar a que transcurriera la mayor parte de la hora paseándome por esa inmensa sala de conferencias. Pero ocurrió algo que hizo que cambiara bruscamente de planes.

En las inmensas pantallas de plasma que presidían el salón apareció mi imagen. Alguna cámara debió de captarla en Laugardalur antes de que me subiera al autobús.

—«Atención... Atención... Les habla la policía de Reykjavik. La chica de la foto ha desaparecido de su domicilio. Sufre pérdida de memoria y puede tener una conducta agresiva. Si la han visto, pónganse en contacto con nosotros llamando al teléfono 444 2500.»

Si esos cabrones no me hubieran inyectado tanto LSD, quizá ahora sufriría menos de pérdida de memoria.

Me calé la gorra hasta las cejas, pero no fue suficiente para pasar desapercibida.

—¡Es ella! ¡Llamad a la policía! —gritó alguien en medio de la multitud al mismo tiempo que me señalaba con el dedo.

Esa voz de alarma fue la chispa que prendió una hoguera. De repente, había una legión de grises y anodinos asistentes a la convención dispuestos a convertirse en héroes a mi costa. Ahí estaban todos esos barrigudos, de cuerpos atrofiados por décadas de vida sedentaria, queriendo darme caza.

Empecé a sentirme tan acorralada como la rata imaginaria del mercadillo de Kolaportið.

—¿Adónde crees que vas?—exclamó uno de esos valientes anónimos.

Un tipo trajeado, con un cartelito que le colgaba de la solapa en el que podía leerse «Organización», intentó retenerme. Le arranqué la credencial y le rajé la cara con la pinza metálica que servía de sujeción. Me soltó al mismo tiempo que empezaba a chillar y a sangrar.

La gente aburrida puede ser muy peligrosa. Especialmente cuando tú te conviertes en motivo de su diversión. En serio, pueden llegar a matar a alguien solo para escapar de su triste rutina.

Salí corriendo de la sala de conferencias y llegué hasta el vestíbulo central, un gran espacio abierto que pretendía simular los efectos de la sacudida de un terremoto. Por eso las diversas pasarelas de granito que conducían a los niveles superiores se elevaban caóticamente, cruzándose entre sí, para después volver a separarse. Empecé a subir a la carrera por uno de aquellos pasillos elevados. El desnivel era tan pronunciado como la pendiente de una montaña. Esa subida imprimía a mi huida una especie de efecto a cámara lenta. Cuatro o cinco agentes encargados de la seguridad del Harpa salieron en mi persecución. Subían por la pasarela como escoria volcánica en plena ebullición.

Las sombras de la estructura del edificio que se reflejaban en el suelo y las paredes me parecieron aún más inquietantes que cuando entré. Entonces, tomé una determinación: no iban a cogerme viva.

Me percaté de que si subía hasta el punto más alto de

aquel pasillo elevado no tendría escapatoria posible. Eché una ojeada detrás de mí. Todavía llevaba ventaja sobre mis perseguidores. Miré hacia abajo. Otra pasarela descendía a escasos metros de distancia. Saltar hacia ella era posible, pero si fallaba la caída sería mortal. Decidí jugarme el todo por el todo. Traspasé la barandilla de cristal que me separaba del abismo y tomé impulso.

Conseguí llegar hasta la pasarela inferior. Por suerte, no me torcí el tobillo ni nada parecido. La maniobra desconcertó a mis perseguidores, que se detuvieron quedándose a la expectativa. Difícilmente alguno de ellos iba a intentar imitarme. No estaban tan desesperados como yo. Observé su cara de desconcierto al verme descender por la pasarela paralela.

—¡Quieta ahí! —gritó uno de ellos.

¡Por lo visto me había tomado por imbécil! Seguí corriendo hasta salir al exterior.

Fuera había un grupo de turistas contemplando la superficie acristalada del Harpa. Habían dejado sus bicis apoyadas en los bancos de madera de las proximidades. Escogí una al azar y me monté en ella. Empecé a pedalear con todas mis fuerzas.

Ya estaba a unos cuantos centenares de metros cuando el ruido del motor de un helicóptero empezó a hacerse cada vez más perceptible. No lo dudé ni por un momento: ese armatoste me seguía a mí. Descendió tanto que el vendaval que provocaban sus aspas amenazaba con tirarme al suelo. No hay nada que te haga sentir más indefensa que llevar un helicóptero pegado a tu trasero. A duras penas podía mantener recto el manillar. ¡Me estamparía contra el asfalto de un momento a otro!

¿Querían jugar al gato y al ratón? Pues veríamos quién era el gato y quién el ratón.

Bruscamente, torcí hacia la izquierda. Me dirigí a unas galerías comerciales. Las puertas automáticas se abrieron de par en par. ¡A ver cómo me seguían ahora! Aceleré. Todo el mundo procuraba apartarse a mi paso.

—¡¿Te has vuelto loca?! —gritó una mujer a la que casi me llevé por delante.

Me hubiera gustado decirle que no era nada fácil mantener la cordura cuando una organización como Viktualia va a por ti.

Atravesé las galerías pedaleando a toda velocidad y salí por la puerta que daba a otra calle distinta. Me detuve y escuché detenidamente. El ruido del helicóptero se percibía al otro lado de la manzana. Pedaleé un poco más y dejé mi vehículo en un aparcamiento para bicis. Sería difícil que la identificaran entre las decenas que allí había estacionadas.

Cuando me aseguré de que nadie podía verme y ninguna cámara de seguridad asomaba por las proximidades, me metí debajo de un coche aparcado en la calle. A pesar del frío que hacía y de no llevar abrigo, estaba sudando a mares. Al cabo de poco, el helicóptero sobrevoló el lugar en el que me encontraba, permaneció allí durante un rato y después se alejó.

Estar metida ahí, con los bajos de ese coche a un palmo de la nariz, casi era como estar enterrada viva. Empecé a contar mentalmente para evitar que me asaltara alguna fobia. 624... 789... 1245... 2405... Sí, tal vez ya era hora de salir de mi escondrijo.

Me levanté dispuesta a acudir a mi cita con Packe. Miré con cuidado a mi alrededor. Todo el mundo me parecía sospechoso. Continuamente me daba la vuelta para sorprender in fraganti a mis supuestos perseguidores. Era un esfuerzo bastante inútil, lo reconozco.

¿Cómo pensaba Packe sacarme de allí? En su día, Los siete enanitos habían sido capaces de movilizar a una tropa de moteros. ¿Se proponía hacer lo mismo ahora? ¿Vendría él mismo en mi ayuda? ¿O enviaría a alguien?

Descubrí que en el cruce de las calles Snorrabraut y Laugavegur había una cabina telefónica. Era muy raro porque las estaban retirando del paisaje urbano. Solo Dios sabía por qué esa continuaba allí. Era un vestigio de los viejos tiempos. ¡Cuánto había cambiado el sentido de la privacidad! Antes, una conversación significaba intimidad y tenía lugar a puerta cerrada. En cambio, ahora...

Supuse que la cabina tenía algo que ver con que Packe hubiera escogido precisamente ese lugar para encontrarnos. Así que me dirigí hacia ella y abrí la puerta. El interior olía a demonios. Estaba claro que quien entró por última vez no la utilizó para hacer una llamada. De hecho, ni siquiera había teléfono. Lo habían arrancado de cuajo. En el suelo alguien parecía haber olvidado una bolsa. Eché una ojeada a lo que contenía: un hábito monacal parecido al que utilizaban los personajes del videojuego Assassin's Creed. Me pregunté qué significado tenía aquello.

En la calle estaba ocurriendo algo fuera de lo normal. Los transeúntes se detenían y curioseaban en una dirección concreta. Algunos incluso preparaban sus cámaras para inmortalizar fuera lo que fuese. Al mismo tiempo, un sonido se percibía cada vez más nítidamente. ¿Esa no era la música del videojuego Super Mario Galaxy? Sonó de forma parecida al toque de carga del Séptimo de Caballería al rescate.

Una improvisada manifestación de dobles de los personajes de pelis, videojuegos y cómics irrumpió en aquel cruce de calles. Cuatro soldados imperiales de la saga *Star Wars* abrían el paso armados con sus metralletas de juguete. Los seguía una Catwoman que lucía un vestido de cuero que le quedaba ajustado al cuerpo como un guante. Más allá, un Hombre de Jengibre de tamaño extra saludaba bobaliconamente. Y una retahíla de personajes andróginos de *Final Fantasy* empujaban un carro de la compra que servía para transportar el equipo de música y los bafles...

Stulka y sus amigos *cosplayers* habían atravesado por fin la línea imaginaria que los mantenía enclaustrados en el parque Klambratún. Por lo visto, ya no les importaba lo que pudieran decir o pensar las personas normales.

Enseguida adiviné lo que se proponía Packe: que me mezclara con los colegas de Stulka para escapar de mis perseguidores. Tenía pinta de ser un buen plan. En total eran casi un centenar. Intentar detenerlos a todos era descabellado. Y ninguna cámara podría identificarlos porque los disfraces se lo impedirían. Me apresuré a ponerme el hábito de Assassin's Creed y salí de la cabina.

Identifiqué a Stulka por su peluca lila y sus leotardos del mismo color. Últimamente se había aficionado a utilizar la indumentaria de Hitgirl y también a comportarse como lo haría su heroína.

Me adentré en aquella marea de héroes de cartón piedra.

—¡Stulka, no deberíais haberos metido en esto! Es demasiado peligroso —intenté disuadirla.

—Aya... ¡esto es genial! Es como hacer realidad una de esas misiones de los videojuegos... —exclamó entusiasmada.

¡Alucinante! Para Stulka aquello era un motivo de diversión. Se lo estaba pasando en grande.

—Pero gracias por venir en mi ayuda.

—No me las des a mí. Dáselas a Agnar.

—¡¿Agnar?!

El corazón me dio un vuelco. ¿De qué estaba hablando?

—Sí, ese amigo tuyo, Packe, se ha puesto en contacto con él y le ha dicho que necesitabas nuestra ayuda.

—¿Dónde está Agnar? —la interrumpí ansiosamente.

—Ahí detrás. Te estaba buscando... Lleva un disfraz igual que el tuyo. Por cierto, ¿te has enterado de lo de sus padres?

No la dejé acabar. Salí corriendo hacia él.

Lo encontré por fin. Al verme, se descubrió la cabeza para que pudiera reconocerlo más fácilmente. Yo también hice lo mismo.

Nos abrazamos tan fuerte que nuestros huesos casi crujieron.

—¡Estás vivo! Pero... ¿cómo...? —No lo entendía.

Vi con mis propios ojos como el *Höfrungur* ardía por los cuatro costados.

—Tulugaq vino anteanoche, poco después de que tú te marcharas. Tuvo una premonición, como las que suelen tener los de su tribu, en Groenlandia. Sabía que el peligro nos acechaba a mis padres y a mí. Insistió en que no durmiéramos en el barco. Pero mis padres prefirieron quedarse...

Agnar no pudo continuar. Jamás lo había visto llorar. Esa fue la primera vez.

—¡Joder! ¿Por qué se quedaron? ¿Por qué...? No debí haberme marchado...

Lo abracé e intenté consolarlo.

—No te culpes, no fuiste tú quien quemó su barco. Te juro que van a pagar por lo que les han hecho... —le aseguré.

—Sus vidas no tenían ningún sentido sin su embarcación... —dijo con voz temblorosa Agnar.

Agnar ya no existía solo en mi memoria. Volvía a ser real. De nuevo podía abrazarlo y besarlo. Tulugaq no solo había salvado a Agnar. También me salvó a mí: gracias a él regresé al reino de los vivos.

—No sabes lo duro que ha sido vivir pensando que habías muerto —le dije.

—Te estuve buscando, pero fue como si se te hubiera tragado la tierra. ¿Vas a decirme ahora lo que ocurre? —inquirió esperando una respuesta.

—Van a por mí. Están aislando y eliminando a cualquiera que haya estado en contacto conmigo. Me consideran una especie de virus. Y quieren evitar que me convierta en una epidemia —le expliqué.

—Sea lo que sea, ya lo he pillado, ¿no crees? Ahora estoy tan metido en esto como tú... Incluso tus amigos hackers se ponen en contacto conmigo para que te transmita sus mensajes... Toma, es de Packe. —Agnar me entregó un papel doblado.

En aquel momento, un supertruck se detuvo entre la multitud. De su interior salieron varios individuos con trajes negros. Y también el hombre de la cara cruzada por una cicatriz. Desde la distancia podía intuir su rabia y su frustración por la forma como esos frikis vestidos de héroes del cómic y los videojuegos les habían ganado la partida. Momentáneamente...

Capítulo 15
La madriguera del conejo

Al mismo tiempo que Agnar y yo dábamos mil y un rodeos para cerciorarnos de que nadie nos seguía, mi mente se hallaba en una encrucijada.

No podía dejar de pensar en el mensaje que Packe le transmitió a Agnar para mí.

«Tu padre entendería que quisieras retirarte. Si decides seguir adelante, estaré esperándote mañana en el cruce de las calles Spitalastigur con Óðinsgata, a las 8.40. Iré en un coche de color gris.»

Tenía que tomar una decisión.

Descubrir que Agnar estaba vivo fue lo mejor que podía pasarme... Pero ahora tenía un dilema: ¿me ponía a salvo junto a él, olvidándome de la promesa que le hice a mi padre? ¿O seguía intentando localizar la documentación secreta, arriesgándome a que Viktualia me atrapara de nuevo?

La posibilidad de que algo volviera a separarme de la persona que más amaba me resultaba insoportable. Pero al mismo tiempo sabía que tenía una oportunidad única de dejar a Viktualia en pelotas ante todo el mundo.

Por fin llegamos a la buhardilla de Agnar, en la calle Vitastigur. Estaba bien situada, en el centro, cerca del instituto. Y si las cosas se ponían feas ofrecía muchas vías de escapatoria.

—El mundo es enorme. Podemos escapar a algún lugar en el que escondernos de ellos —apuntó Agnar cuando estuvimos en su casa.

—Quizá hoy podamos y mañana también, pero llegará un día, no muy lejano, en que ya no habrá escapatoria posible. Antes de que eso ocurra, tengo que hacer algo —le respondí.

Intentaba aparentar seguridad, pero en el fondo la indecisión me corroía por dentro. Necesitaba la clarividencia que proporcionaba esa hora mágica que era el atardecer. Acerqué una silla a la ventana que había en el techo y la abrí, tal y como Agnar me había enseñado a hacerlo.

—¿Subimos? —Me encaramé al tejado casi al mismo tiempo que lo decía.

Agnar me siguió.

El crepúsculo despuntaba. Era la puerta a un mundo desconocido. Me pareció que en cualquier momento la silueta de mi padre podría haber asomado por esa rendija de luz en el horizonte. ¡Cuánto necesitaba hablar con él!

«Es demasiado, papá. Te dije que no lograría soportarlo. Tú conseguiste esa documentación. Tú sabías qué hacer con ella. ¿Qué te hacía estar tan seguro de que podría seguir adelante?»

Dejé de volar con la mirada y la posé un poco más abajo, en el callejón de detrás del edificio. Me fijé en unas hojas de periódico desparramadas alrededor de un contenedor. Quizá lo imaginé, pero me pareció ver la portada que el *Fréttir* le había dedicado en su día a Magnus.

El último capítulo de la vida de mi padre estaba todavía por escribir. Tenía en mis manos darle un final que estuviera a su altura y poder borrar para siempre todas las calumnias que habían lanzado sobre él.

Agnar se sentó detrás de mí y me rodeó con sus brazos.

—¿Vas a hacerlo? —me preguntó mientras me abrazaba.

De pronto tuve la certeza de que si no acudía a la cita el Útgarður siempre se interpondría entre nosotros dos. ¿Por qué las cosas eran como eran? Aparentemente todo es posible, pero siempre hay una corriente subterránea que acaba guiando los pasos de las personas.

—No tengo más remedio —le respondí , acurrucándome contra su cuerpo.

—Déjame acompañarte —me pidió.

—No, esto es entre mi destino y yo —le contesté mirando el crepúsculo a través de sus ojos.

Me hice el propósito de no pensar en nada más y disfrutar de todos los segundos que íbamos a compartir. ¿Es posible concentrar toda una vida en unas pocas horas?

Agnar y yo volvimos abajo. Nos desnudamos e intentamos detener el tiempo con nuestros cuerpos y nuestras mentes. No pronunciamos demasiadas palabras. Dejamos que fueran nuestros sentidos quienes hablaran por nosotros.

El tictac del reloj solo regresó cuando Agnar se quedó dormido. Estuve mirándolo un largo rato. Jamás me cansaría de hacerlo. Sus largas piernas se intuían debajo de la manta. Y su torso desnudo y los brazos sobresalían por encima de ella. No podía imaginar nada más acogedor que ese colchón en el suelo y Agnar durmiendo en él. Aquel era el epicentro de mi felicidad.

Pronto sería mañana.

Me levanté sin hacer ruido y fui a la ducha. Me lavé el pelo y me preparé para teñírmelo. Quería que volviera a ser azul. Una amiga *cosplayer* de Stulka me había prestado tinte de ese color. Cuando acabé, empecé a vestirme. Esa misma amiga tenía más o menos mi talla y también me dejó su vestido de Lara Croft: una chaqueta militar de color crema con un curioso tigre bordado en la espalda, unos de esos típicos pantalones de camuflaje con infinidad de bolsillos, una blusa blanca tipo safari y unas botas militares de caña alta. Esas serían mis pinturas de guerra.

Después fui a la cocina. Calenté agua para hacerme un café bien cargado. Lo necesitaría. Desayuné un poco de *skyr*, el típico yogur islandés, con cereales.

Cuando me encaminé hacia la puerta, vi a Agnar despierto de pie ante mí. Solo llevaba puestos los pantalones. Me miré por última vez en ese espejo que era su rostro. En él no solo veía todo cuanto quería, también contemplaba todo cuanto yo quería ser.

—Hazme un favor: no te conviertas en un recuerdo —me imploró.

—Tú eres la excusa que necesito para seguir con vida —le contesté.

Nos besamos. Cada uno procuró que el otro no sintiera que podía ser la última vez que lo hacíamos.

En el cruce de las calles Spitalastigur y Óðinsgata me esperaba un turismo de color gris. Era uno de esos coches que pasan desapercibidos incluso cuando te atropellan. Packe iba a llevarme hasta el instituto. Al entrar y sentarme en el asiento de copiloto vi que estaba muy cambiado. Parecía haber envejecido prematuramente. Utilizaba una barba y una melena blancas postizas. Eso le confería un aspecto desconocido. Todas las precauciones eran pocas.

—¿Estás decidida por completo?

—Debo acabar lo que he empezado —le respondí.

Packe se volvió hacia el asiento trasero del coche y me pasó una mochila.

—Toma. Aquí tienes el kit de supervivencia para enemigos de Viktualia —dijo con cierta ironía.

Repasé lo que contenía la mochila: tarjeta de proximidad para abrir la cerradura electrónica del Útgarður, un *pendrive*...

—¿Bastará para guardar todos los archivos? —le pregunté mostrando el *pendrive*.

—Sí. Toda la Wikipedia cabría ahí dentro... También contiene el programa que te permitirá ver los archivos ocultos alojados en el servidor —afirmó Packe.

Parecía preocupado por mí. Me miró fijamente.

—Mientras estuviste retenida, ¿pudieron sonsacarte alguna información? ¿Les dijiste algo acerca de los documentos?

—La verdad es que no lo sé... Me drogaron... —tuve que admitir.

—Escucha con atención, es importante...

Packe me mostró un detalle de la mochila que me acababa de entregar.

—En el frontal hay una cámara oculta. Transmite audio y vídeo por Internet. Puede ser tu seguro de vida. Si ocurre algo, acudiré en tu ayuda.

Nos pusimos en marcha.

Después de circular durante unos minutos por las calles, que parecían más desiertas que nunca, Packe me dejó cerca del instituto.

—El simulacro empezará a las diez. Espera a que desalojemos el edificio para entrar. Hazlo por el jardín. La puerta trasera estará abierta —dijo Packe a modo de despedida.

—¿No me deseas suerte?

— Los enanitos nos deseamos ¡Aibóooo! —Sonrió.

—¡Aibóooo! —le respondí.

Después de todo, seguía siendo una de ellos.

Poco a poco me acerqué a Gullinbrú. Su perspectiva me resultó inquietante. La parte central de la construcción se elevaba por encima de los laterales como si se tratara de un animal descomunal poniéndose en guardia ante una presencia indeseada. Un ligero manto de niebla la rodeaba, otorgándole un halo de misterio.

Cuando llegara la hora de la evacuación, Packe desconectaría todas las cámaras de seguridad interiores y exteriores con la excusa del simulacro. Podría entrar y salir del instituto sin ser descubierta.

Me aposté junto a la caseta del jardinero que también servía de trastero. Esperé a oír el sonido de la sirena que obligaría a todos los alumnos y profesores a salir del instituto. Finalmente, sonó el aviso. Hasta mí llegó el murmullo de voces y pasos dirigiéndose ordenadamente hacia la salida.

¡Aquello se asemejaba más al recreo que a un siniestro! ¿Alguien creía en serio que tal pantomima servía para algo? Cuando las personas huelen la tragedia se convierten en supervivientes que anteponen su vida a cualquier otra consideración. ¿Cómo esperaban reproducir eso en una *performance*?

A pesar de que el edificio estaba completamente vacío lo notaba más vivo que nunca. Ese lugar había engendrado a Viktualia. Sus pasillos eran las arterias por las que había circulado el alimento que había hecho crecer a la organización durante generaciones. Y ahora yo me dirigía a su corazón, dispuesta a asestarle un golpe mortal. Casi podía percibir que sus paredes me consideraban un virus dañino que debían eliminar.

Llegué hasta la puerta del Útgarður. La tarjeta magnética que me había facilitado Packe abrió la cerradura electrónica sin ningún problema.

La sala de servidores consistía en un amplio espacio en el que se abigarraban decenas de armarios metalizados separados entre sí, dejando de ese modo pasillos entre ellos. Cada uno contenía equipos informáticos dispuestos en forma de torre.

El zumbido que producían los equipos era continuo y crispaba los nervios. Respiré hondo para tranquilizarme.

Arrastré una silla de oficina con ruedas hasta uno de los portátiles desde los que se debían de realizar las tareas rutinarias de mantenimiento. El ordenador estaba encima de la bandeja que sobresalía de uno de los armarios. Dejé la mochila a mi lado con el frontal enfocando en mi dirección. De este modo, si ocurría algo, quedaría registrado. Introduje el *pendrive* en la ranura del USB. El programa que me había dado Packe hizo visibles los archivos ocultos. ¡Había encontrado por fin la madriguera de conejo en la que mi padre ocultó toda esa documentación! Debía de llevar meses allí, salvaguardada por Packe a la espera de que yo diera con ella. Poco a poco empezaba a verle las orejas a ese secreto tan bien guardado.

Para acceder a su contenido, antes debía introducir la clave de cifrado. En la pantalla apareció una secuencia de signos rúnicos, el alfabeto que utilizaban los antiguos vikingos...

ᚨ ᚹᚨᚱᚱᛁᛟᚱ ᛟᚢᛖᚱᚲᛟᛗᛖ
ᛏᚹᛖ ᛚᚢᛖ ᛏᛃᚨᛚᛚᛖᛜᛖᛊ
ᛏᛟ ᛗᚨᚱᚱᛃ ᚨ ᛈᚱᛁᚾᛊᛖᛊᛊ

...y una ventana vacía que debía rellenar.

El juego The World of Spellcraft estaba plagado de mensajes en alfabeto rúnico. Eso me llevó a interesarme por ellos, de pequeña. Mi curiosidad aumentó más todavía cuando mi padre me explicó que era la escritura que utilizaban los vikingos y los elfos para hacer magia. Nosotros también hacíamos cosas asombrosas con ellos. Cuando los uníamos, surgían cuentos. Nos los inventábamos sobre la marcha de la manera más tonta. Había uno, especialmente, que me gustaba que Magnus repitiese. Iba de un guerrero que consiguió el amor de una doncella después de superar doce pruebas. Las runas que aparecían en la pantalla narraban parte de ese cuento. Yo debía continuarlo. Me esforcé en recordar cómo seguía. Finalmente, empecé a teclear los símbolos que correspondían...

ᛞᛖ ᛚᚨᛊᛏ ᛏᛃᚨᛚᛚᛖᛜᛖ

ᚹᚨᛊ ᚠᛁᚷᚺᛏᛁᛜ ᚨᚷᚨᛁᚾᛊᛏ

ᚺᛁᛊ ᛟᚹᚾ ᛊᚺᚨᛞᛟᚹ

ᚹᛟᚾ ᛞᛖ ᛊᚺᚨᛞᛟᚹ

Me apenó pensar que la mitad de las personas que conocían esa historia había muerto. La otra mitad, es decir, yo, se esforzaría en no olvidarla jamás.

Pulsé intro. La clave era correcta. Comenzó la extracción.

¡Era como estar al mando de la sala de máquinas que podía cambiar el destino del mundo! El sistema empezó a vomitar secretos. En la pantalla del ordenador se sucedían, una tras otra, informaciones acompañadas del membrete de *Top Secret*, «Confidencial», «Materia Reservada»... Esos documentos demostraban la existencia de Viktualia y ponían nombres y apellidos a sus integrantes. Y hablaban de un proyecto celosamente guardado...

Empecé a transferir todos los documentos al *pendrive*. El proceso podía durar unos cuantos minutos. Por el momento, todo estaba transcurriendo como era debido.

Ni siquiera lo oí acercarse. Como en tantas otras ocasiones, el ruido de sus pies se había camuflado en el silencio más absoluto. De pronto, su voz sonó detrás de mí.

—No debiste haber hecho esa promesa...

Antes de que pudiera darme la vuelta, recibí un terrible golpe en la cabeza que me dejó inconsciente.

Cuando volví en mí, vi en el suelo lo que supuse que habían utilizado para golpearme: un extintor. Una silueta borrosa manipulaba el portátil en el que yo había estado transfiriendo la documentación al *pendrive*. Poco a poco, mi visión se volvió más nítida y pude verlo con claridad.

—¡¿Kristinn?! ¿Qué haces tú aquí? —Era la última persona a la que esperaba ver.

Kristinn apartó la mirada del ordenador por un momento. Sus ojos eran fríos e implacables como los de un halcón.

—Esto es Gullinbrú, nada pasa por casualidad —respondió con sarcasmo.

Me había atado las manos detrás del respaldo de la silla utilizando cables de ordenador.

—Cuando te dije que no tenías ninguna posibilidad contra Viktualia sabía de lo que estaba hablando. Formo parte de esa organización desde el día en que nací, incluso antes... —afirmó dejando de teclear.

Procuré tranquilizarme. Packe debía de estar al tanto de lo que estaba ocurriendo a través de la cámara oculta que había instalado en la mochila. Supuse que no tardaría en venir en mi ayuda. Decidí seguir sonsacándolo. Sus palabras quedarían registradas para la posteridad.

—Así que has engañado a todos cuantos creen en ti. A los miembros de Drumleaks, a sus colaboradores, a todas aquellas personas que miran con simpatía su causa... —exclamé indignada.

—Sí, a todos ellos. Y a tu madre también... A todos menos a ti.

Se equivocaba: sabía que Kristinn era un malnacido, pero nunca habría creído que fuera un traidor.

—¿Por qué colaboras con ellos? ¿Por dinero?

Kristinn se apoyó en la bandeja en la que estaba el portátil y soltó una breve carcajada.

—Digamos que por tradición familiar. La famosa escritora Astrid Karlsdottir era mi abuela. Ella sembró la semilla de Viktualia. Sus descendientes estamos llamados a ser el Troll Njáll. Y ahora es mi turno —afirmó

—¡¿Tú?!

No podía dar crédito a sus palabras. ¿Había tenido tan cerca de mí al Troll Njáll, el jefe supremo de Viktualia, todo este tiempo?

—Sí, yo fui quien ideó el proyecto que tu padre pretendía poner al descubierto divulgando esos documentos. Tuve que infiltrarme en Drumleaks para impedírselo.

Se apartó de mi vista momentáneamente y volvió al cabo de muy poco con un bidón de plástico. Desenroscó el tapón y empezó a rociar los equipos y los muebles con su contenido. ¡Maldita fuera! ¿Por qué Packe no venía de una vez?

—Un pequeño incendio y las pruebas desaparecerán. Tú, entre ellas.

Kristinn se comportaba como si estuviera realizando una tarea rutinaria. ¿A cuánta gente debía de haber matado en su vida?

—¿Qué proyecto puede ser tan importante?

—MDR... —declaró deteniendo lo que estaba haciendo por un momento.

—¿Qué? —No tenía ni idea de qué estaba hablando.

—*Massive Data Repository*, la mayor base de datos que jamás ha existido. —Lo dijo como si pronunciar ese nombre fuese suficiente justificación.

—Debe de haber algo más. Hay decenas de *data center*s y nadie mata para mantenerlos en secreto...

—Sí, tienes razón... El MDR no se parece a los demás. En su interior se está desarrollando un programa piloto. Algo que los biempensantes como tu padre jamás valorarán: construimos réplicas virtuales de cerebros humanos. Cuando podamos hacerlo en serie, dispondrán de un cuerpo que las albergará. Entonces tendrá lugar la Gran Sustitución.

Debió de pensar que la expresión de mi cara era de escepticismo. Por eso se aproximó y reorientó la silla giratoria para que yo le prestase la atención debida.

—Piénsalo un poco: toda nuestra vida está en un ordenador. Continuamente aportamos pistas sobre quiénes somos, lo que nos gusta, cómo pensamos, qué nos excita, cómo nos sentimos... ¿Qué sentido tendría un sistema de espionaje tan fabuloso si no es para saberlo todo sobre las personas y... reemplazarlas? —Hablaba con entusiasmo, como poseído.

De pronto caí en la cuenta. ¡Dios mío, el hombre de la

cicatriz en forma de X, el doble que intentó asesinar a mi padre en Zurich era un prototipo, uno de los primeros modelos que salieron de aquella fábrica!

Decidí jugar mi última baza.

—Tengo un transmisor oculto en la mochila. Todo ha quedado grabado y en estos momentos está en poder de mis amigos —dije señalando con la cabeza la mochila que estaba junto al portátil.

Kristinn miró a su alrededor con expresión irónica.

—¿Ah, sí? ¿Y por qué tus amigos no están aquí?

Tenía que reconocer que estaba en lo cierto.

—Supuse que utilizarías alguna especie de cámara oculta. Por eso ya tenía prevista la manera de interceptar su señal y retransmitirla con algunas alteraciones... —prosiguió Kristinn.

Fue hacia el portátil y pulsó algunas teclas.

—¿Quieres saber lo que están viendo tus amigos en este momento?

En la pantalla del ordenador me vi a mí misma en el Útgarður, trabajando tranquilamente, como si nada estuviera ocurriendo.

—Te presento a tu doble. En el fondo, es lo que siempre has querido: una existencia virtual sin las ataduras de la vida humana.

—Esto no puede ser real... —Negué con la cabeza.

—¡Qué sabrás tú de la realidad! —exclamó sarcástico.

Kristinn extrajo mi *pendrive* del puerto USB del ordenador y sacó de su bolsillo una memoria USB externa de color rojo.

—Llegó la hora de encender la mecha... —Colocó su *pendrive* en la ranura del ordenador.

Ya había oído hablar del Killer USB. Sabía que era capaz de aumentar la temperatura hasta que el dispositivo entraba en combustión.

Al cabo de muy poco el portátil empezó a sacar humo.

Kristinn se aproximó y depositó mi *pendrive* en el bolsillo de mi abrigo. Si seguía tan cerca, quizá tendría una oportunidad de actuar.

—Quédate tu *pendrive*. Aunque no creo que allá adonde vas encuentres muchos puertos USB...

Sin pensármelo dos veces, le pegué un cabezazo con todas mis fuerzas. Creo que a mí no me dolió ni la mitad que a él.

—¡Serás zorra! —maldijo Kristinn, dolorido, echándose hacia atrás.

Me impulsé a mí misma y me deslicé a toda prisa montada en la silla. Debía de tener una pinta bastante ridícula intentando huir de esa forma. Pero conseguí alejarme lo suficiente y parapetarme detrás de uno de los armarios. Cerca de donde me encontraba había una caja de cartón que contenía diversas placas base listas para su reciclaje. Con grandes esfuerzos, conseguí agarrar una. Intenté utilizarla para cortar las ataduras que apresaban mis manos. Después de unos cuantos intentos y cortes en las muñecas, lo logré.

Me asomé discretamente y eché un vistazo.

El ordenador portátil había empezado a arder y las llamas se propagaban rápidamente gracias al líquido inflamable. No había ni rastro de Kristinn.

De repente, las luces se apagaron. Solo las de emergencia iluminaban vagamente la estancia. El fuego estaba empezando a afectar a los cables de la iluminación.

Tenía que actuar rápido si quería sobrevivir. Decidí aprovechar la semioscuridad para salir de mi escondrijo.

Durante unos segundos no se oyó nada, excepto el crepitar de las llamas.

De pronto, sonó un chasquido. Casi al mismo tiempo sentí un suave golpe en uno de los hombros. Al cabo de unos segundos el dolor fue más y más intenso. Un líquido pegajoso y caliente me empapaba la ropa. Era sangre. Tenía una bala incrustada en el cuerpo.

Estaba echada en el suelo cuando Kristinn avanzó hacia mí. Llevaba una pistola con silenciador en la mano.

—Esta vez no vas a escapar con vida —dijo en un tono de voz totalmente neutro.

—¿Cómo justificarás los agujeros de bala en mi cadáver? —Intenté hacerlo cambiar de opinión.

—Todo el mundo creerá lo que Viktualia quiera que crea. —Para él era pura lógica.

Kristinn levantó el arma dispuesto a rematarme. Entonces, sonó una voz detrás de él.

—¡Ni se te ocurra apretar el gatillo!

Pude vislumbrar a Agnar a través de la humareda. Estaba desarmado. ¿Cuál era su plan?

Kristinn lo miró desconcertado. Su sorpresa aumentó más todavía cuando Agnar empezó a musitar algo. Era la melodía de un joik distinto a todos los que había oído hasta entonces. ¡¿Cómo alguien podía oponer una canción al poder de un arma?! Para mi sorpresa, algo empezó a ocurrir...

Una presencia inquietante fue haciéndose evidente. Era indefinida, una sombra que se movía entre la tenue iluminación. Descubrí que era enorme cuando se fusionó con las llamas. El fuego se encabritó y recordó, por un momento, a un caballo salvaje y desbocado. Las llamas se volvieron iridiscentes y desmesuradas, creciendo hasta llegar al techo. Luego, tan súbitamente como ascendieron se apaciguaron y el fuego volvió a su apariencia normal.

Kristinn debió de temer que algo iba a suceder porque la seguridad que lo había acompañado hasta ese momento se disipó.

De repente todo empezó a vibrar. El falso techo abierto en canal desparramó sus vísceras sobre Kristinn. El enorme aparato de aire acondicionado cayó sobre él. Le siguieron tubos metálicos, cables, yeso y toda esa clase de despojos que suelen ocultarse a la vista sepultándolos en las alturas.

Se oyó algo parecido a un crujir de huesos. Kristinn solo gritó al principio. Después, enmudeció para siempre.

El reinado del Troll Njáll Kristinn había concluido.

Agnar dejó que su joik languideciera del mismo modo que la vida de Kristinn se desvaneció.

—Tiene que verte esa herida algún médico. —Agnar intentó arrastrarme hasta la puerta.

—¡No, aún no!

Todavía no había acabado de copiar todos los archivos. No podía dejar que el fuego acabara con aquello por lo que mi padre había dado su vida.

—¡Es una locura! ¡Si continuamos aquí vamos a morir! —insistió Agnar, intentando hacerme cambiar de opinión.

El aire se estaba volviendo irrespirable. Los gases venenosos que desprendía la combustión de los equipos informáticos empezaban a sustituir al oxígeno.

A pesar del dolor en el hombro y de perder bastante sangre, me cubrí la cara con el cuello del abrigo y fui a la búsqueda de un ordenador que todavía estuviera operativo.

Era imposible llegar al centro de la sala. Las llamas la habían convertido en un infierno. Localicé otro ordenador portátil cerca de la puerta de entrada. Me apresuré a introducir mi *pendrive* en la ranura de su puerto USB. Pero algo ocurría, no funcionaba. Las altas temperaturas debían de haberlo dañado.

De repente me había quedado sin la posibilidad de llevarme aquellos documentos conmigo. Y si no lo remediaba, cuando el fuego alcanzara los servidores no quedaría nada que sirviera para inculpar a Viktualia.

Solo existía una forma de poner a salvo aquellos documentos.

En su día, un viejo conocido hacker me había dado acceso a su red de ordenadores zombis. Tenía cerca de un millón y medio de ordenadores infectados con un virus de fabricación propia. Era un ejército informático preparado para actuar como un solo equipo. Bastaba una orden para obligarlos a hacer lo que yo quisiera. Normalmente, los hackers que se dedicaban a parasitar ordenadores ajenos procuraban no hacer nada que levantase la liebre y alertase a sus propietarios. Pero yo me proponía hacer todo lo contrario: con un clic, los secretos de Viktualia se pusieron a la cola de impresión de centenares de miles de ordenadores. Me imaginé las caras de sorpresa de sus propietarios al descubrir que un pedazo de aquella verdad inquietante había llegado a la bandeja de salida de sus impresoras. No habría suficientes esbirros de Viktualia para silenciar ese alud de información. Ya no importaba en absoluto si existían periodistas o editores lo suficientemente valientes para divulgar esos secretos. Estaban a punto de ser de dominio público.

La partida había terminado. Y Viktualia la había perdido.

Súbitamente, las manos de Agnar sacudieron mi cuerpo. Ni siquiera me había percatado, pero la modorra producida por los gases venenosos empezaba a sumirme en un profundo sueño.

—¡Tenemos que salir de aquí!

Finalmente, Agnar y yo abandonamos el Útgarður. Intentamos cerrar la puerta para evitar que las llamas se extendieran por el edificio. Pero ya era demasiado tarde.

Fuera, los alumnos y profesores de Gullinbrú estaban congregados en la calle. Alguien debió de pensar que las columnas de humo procedentes del instituto añadían un toque realista al simulacro de evacuación.

Contemplamos cómo las llamas devoraban el instituto. Pronto, los *huldufólk* recuperarían lo que era suyo y aquellas piedras que yacían bajo los cimientos del edificio volverían a ver la luz del mortecino sol islandés.

Capítulo 16
Colorín colorado, este cuento no ha acabado

Los secretos de Viktualia pasaron de permanecer celosamente guardados a estar encima de las mesas, mesillas de noche y sofás de los hogares de medio mundo. Los periódicos y las televisiones tardaron todavía unas semanas en hacerse eco de su contenido. Pero cuando se apuntaron al carro, le sacaron todo el jugo. Incluso mi madre consiguió convencer al director de su revista de que aquella era la exclusiva del siglo.

Los artículos de Tomoe sobre el caso Viktualia tuvieron un éxito sin precedentes. Supongo que se concentró en el trabajo para evitar pensar en su vida privada. De un tiempo a esta parte había perdido casi toda la aureola majestuosa que siempre la acompañaba. El hecho de descubrir que Kristinn la había seducido para sonsacarme a mí fue un duro golpe para su vanidad. Y también para nuestra relación.

¡Qué curioso! Los mismos que dijeron pestes de mi padre se llenaron la boca hablando de su coraje y heroicidad. Pasó de ser un villano a un héroe en cuestión de meses.

«Existen fundadas sospechas de que la muerte de Magnus Sturluson no fue debida a causas naturales.»

(www.bleikt.is)

«Según apuntan algunas fuentes, sus presuntos asesinos querían evitar que divulgara unos documentos comprometedores.»

(www.frettir.is)

«Una vez muerto, Magnus Sturluson fue víctima de una campaña de desprestigio orquestada para restarle credibilidad ante la opinión pública.»

(www.visir.is)

Otras informaciones dejaron al descubierto algunos trapicheos bastante feos en los que estaba metido Eirikur Gudrun. Un buen día, su maravillosa casa con vistas oceánicas apareció con el cartel de «Se vende» y la familia al completo desapareció de Islandia. En un primer momento fueron vistos en una isla del Caribe. Después, nada más se supo de ellos.

Poco a poco, como si se tratara de fuegos artificiales, el entusiasmo inicial por el tema fue decayendo. Hasta que las noticias sobre Viktualia dejaron de aparecer en los informativos.

En cuanto a mí, conseguí que la agorafobia dejara de afectarme. Quizá no desaparecería para siempre, pero no iba a desperdiciar mi vida buscando seguridad. Desde que logré salir al descubierto sin necesidad de un caparazón en el que ocultarme ya no había marcha atrás. Tenía un montón de cosas nuevas por descubrir y nada me impondría límites.

Después de todo lo ocurrido, necesitaba recomponerme. Agnar y yo nos marchamos a Skagafjördur, en el norte de la isla. A ese lugar se desplazan cada año miles de caballos salvajes. Acompañarlos en su ruta hacia nuevos pastos y valles inhóspitos hacía que nos sintiéramos tan libres y salvajes como ellos. Acampábamos bajo ese cielo estrellado y esperábamos que llegara una nueva jornada de pasión y aventura.

La nieve todavía empolvaba las cimas de las colinas, lo que les confería un aspecto majestuoso. A cada paso que dábamos los prados eran más y más verdes. El cielo era sobrecogedoramente azul y el silencio era tan absoluto que podía oír mis propios pensamientos.

Desde que descubrí lo que se proponía Viktualia, no podía evitar sentir una inmensa desazón. En algún lugar estaban construyendo copias de todos y cada uno de nosotros. Esa idea me estremecía. Pero siempre resonaban en el eco de mi mente las palabras que mi padre solía pronunciar: «Nunca dejes que el miedo guíe tus pasos».

Me hice un propósito: cuando volviéramos a Reykjavik tenía un cometido muy importante. Mi nueva misión consistiría en decirle a todo el mundo qué estaba ocurriendo en realidad. Internet era un bello sueño hasta que el mal se apoderó de él. Ahora más que nunca el mundo necesitaba a los hackers.